Louis
ou la fabrique d'un drôle de genre

Du même auteur

Lazarus, du monde Lambda, éditions des Béatitudes, collection « Aux quatre vents », 2011.

Christine Voegel-Turenne

Louis ou la fabrique d'un drôle de genre

Pierre TÉQUI *éditeur*
8 rue de Mézières 75006 Paris
www.editionstequi.com

ISBN : 978-2-7403-1900-0

PREMIÈRE PARTIE
An 240 NE

1

Jackie et David avaient choisi un restaurant huppé de la capitale pour fêter leur anniversaire de mariage. D'ailleurs, David choisissait toujours ce qu'il y avait de plus chic. Avocat réputé sur la place de Paris, il avait de gros moyens et ne lésinait sur rien.

– Deux ans déjà, fit Jackie, en fixant sur lui des yeux humides. Deux ans de grand bonheur, n'est-ce-pas, mon amour ?

– C'est vrai, fit son mari, sans trop se compromettre.

Il avait été convenu que l'échange des cadeaux se ferait au moment du dessert. Lorsque le serveur apporta le *café gourmand* – café, mirliton aux framboises, macaron passion et verrine de tiramisu –, Jackie sortit une enveloppe de son sac à main et la tendit à David.

– Des séances de massages et de remise en forme… s'exclama celui-ci, en extrayant quelques coupons. Tu sais toujours deviner ce dont j'ai besoin. À moi, maintenant.

Il s'agissait d'un petit paquet tout enrubanné. Jackie, le défaisant, y découvrit d'abord un carré de soie ravissant. En l'extirpant, ses doigts rencontrèrent une feuille de carton. Sa physionomie changea, son visage se colora, et c'est avec fébrilité que Jackie tira sur le carton. C'était une invitation pour un voyage au Qatar.

David remarqua aussitôt sa déception et en fut chagriné.

– Le Qatar ne te dit rien ? Pourtant, c'est tout à fait tendance. Imagine une villa d'un luxe inouï, rien que pour toi et moi, qui ouvre sur une marina et une plage privées, à deux pas des casinos les mieux fréquentés du monde et de centres commerciaux époustouflants... Mais si tu préfères, on peut faire plus classique. Croisière en Égypte, par exemple, les pyramides, le Sphinx...

– Je me fous du Qatar et du Sphinx ! interrompit Jackie, brutalement.

Puis se radoucissant :

– Cela fait si longtemps que j'attends ce moment, David... Deux ans, tu sais ce que ça signifie ?

David prit un air gêné. Jackie, plus tendre, lui prit les mains et continua :

– Tu sais ce que j'attends, chéri. Tu veux me l'entendre dire une nouvelle fois ? Je voudrais tellement... un enfant...

David répondit :

– Moi, tu sais, la vie de famille... Ce qui m'intéresse, c'est toi ; toi et notre amour, et ces moments de folie que nous partageons. Et puis, un enfant, ça coûte une fortune...

– C'est toi, toi qui jettes l'argent par les fenêtres, qui me dis ça ? Tiens, le montant de cette croisière stupide en paiera la moitié ! Et pour le reste, j'y mets toutes mes économies personnelles. Comme ça, ce sera vraiment un enfant de nous deux, à parts égales !

David semblait de plus en plus mal à l'aise.

– Tu me l'avais promis à notre mariage, rappelle-toi, continua Jackie, acide. Et j'ai patienté le temps réglementaire.

Deux ans de mariage, c'était le délai légal pour pouvoir accéder à la GPA (gestation pour autrui). Ce délai, copié sur la procédure d'adoption, permettait de faire la preuve que le couple était dans l'impossibilité de procréer par lui-même. Ce qui était tout prouvé dans ce cas précis, puisque Jackie et David étaient deux hommes.

2

En cette année 240 de la Nouvelle Ère[1], la GPA était devenue une pratique courante pour les couples homosexuels. Tout un marché s'était développé autour, d'abord juteux, puis stationnaire. Les nombreuses agences et cliniques qui s'étaient lancées dans le créneau de la *reproductique* devaient donc faire preuve d'originalité et d'agressivité commerciale pour émerger du lot et jouer la concurrence.

Dans sa simplicité, Jackie ne se posait pas de questions particulières par rapport à la GPA. À la suite du repas d'anniversaire de mariage, il avait réussi à convaincre David d'engager une procédure de *reproductique*. C'était une belle victoire, mais, pour autant, il n'était pas au bout de ses peines. Ce n'était même que le début de leur parcours du combattant. Les deux tourtereaux prirent rapidement conscience que la GPA était une procédure complexe, composée de nombreux paramètres qui nécessitaient chacun des choix et un suivi. Comment s'y retrouver ? Ils menèrent une enquête auprès de couples d'amis qui étaient déjà passés par là. Mais chacun avait son avis, qui différait de celui des autres. Ils finirent par acheter le magazine *Comment choisir ?*, qui s'était fait un nom dans la défense du consommateur et avait justement publié un numéro spécial sur le sujet. À la suite d'une étude comparative vaste et exhaustive réalisée auprès d'un large échantillon de consommateurs, il publiait le palmarès des différentes cliniques et agences de *reproductique*. À chacune était décernée une note qui tenait compte de divers critères : durée d'attente, qualité

1. Année 240 de la Nouvelle Ère, ce qui correspond à 2032 après Jésus-Christ. Comme toutes les références, tant sociales qu'éthiques, avaient été modifiées, on avait décidé de remettre les pendules à l'heure, c'est-à-dire de prendre une nouvelle base de comptage du temps.
Certains politiques influents faisaient remonter l'origine de cette réforme à la Révolution française, aussi avait-on repris le calendrier républicain, dont l'origine était la chute de la royauté en l'an 1792 de l'Ancienne Ère.

de l'accueil, clarté du contrat et des explications préliminaires, transparence, suivi, tarification, qualité de la prestation et du produit fini… C'est ainsi que David et Jackie se retrouvèrent devant l'agence de *reproductique* Dunoix-Beurville.

La porte s'ouvrit sur un homme entre deux âges, souriant et aimable, qui les invita à entrer. Il se présenta comme étant Joachim Dunoix, un des deux associés de l'agence. L'intérieur de l'agence était cossu, quoique d'une neutralité rassurante, et rien ne laissait supposer qu'on s'y livrât à des activités aussi particulières. L'homme fit asseoir le couple et, en guise d'introduction, leur servit un panégyrique de la GPA.

– Quelle heureuse époque que la nôtre, s'exclama-t-il avec emphase. Aujourd'hui, l'égalité est devenue le maître-mot ! Tous les couples ont les mêmes droits. Vous reconnaîtrez avec moi qu'en matière de reproduction la nature n'est pas égalitaire ; on peut même dire qu'elle est discriminatoire envers les différents types de familles. Ce que la nature vous interdit, les nouvelles technologies peuvent vous l'offrir. Et c'est ici que nous intervenons, pour remédier à cette injustice.

– Noble tâche… et très lucrative, remarqua David, goguenard.

– David ! souffla Jackie, contrarié.

– Tout travail mérite salaire, rétorqua Dunoix, sans perdre son sourire. Comme nombre d'agences, nous faisons appel à la *reproductique*, cet ensemble de techniques récentes et sophistiquées qui permettent à un couple non fertile d'avoir un enfant. Mais nous allons beaucoup plus loin que les autres. Vous êtes entrés en quelque sorte dans le temple de l'excellence, la Rolls-Royce de la *reproductique*.

– Venons-en au fait, s'il vous plaît, coupa David, agacé par les vantardises de l'homme.

– Comme vous voulez.

Et Dunoix entreprit de leur exposer ce vaste ensemble de techniques qu'était la *reproductique*. La GPA nécessitait cinq types de partenaires : les commanditaires, c'est-à-dire ceux qui donnaient leur nom à l'enfant et deviendraient ses parents sociaux. Venaient ensuite les prestataires médicaux qui se chargeaient de l'initiation de la procédure : fécondation, développement précoce de l'embryon, puis implantation et suivi médical. À ceux-là s'ajoutaient encore – Dunoix comptait sur ses doigts –, les fournisseurs de gamètes (donneur de sperme, donneuse d'ovule) et la travailleuse gestationnelle (autrement dit : la porteuse).

– Les fournisseurs de gamètes peuvent être l'un des parents, je suppose ? intervint David.

– Mettons-nous d'accord sur ce que vous entendez par « parent », sourit Dunoix. Le terme est bien flou et n'a pas encore été redéfini par la loi.

– Je parlais de mon conjoint, précisa David.

– Le parent social, alors. Oui, ce sont des choses qui se font, répondit Dunoix. Les commanditaires peuvent fournir les gamètes, ainsi que la porteuse. C'est pourquoi nous proposons différents contrats.

L'homme se mit en devoir de les détailler. Le contrat M, qu'il appelait contrat sec, ne fournissait que les prestations médicales. Les contrats TG, DO et DS, en plus des prestations médicales et du suivi, ne dispensaient chacun qu'un seul type de service : sélectionner et proposer respectivement une travailleuse gestationnelle (TG), une donneuse d'ovule (DO) ou un donneur de sperme (DS). Il existait aussi des contrats panachés, qui combinaient deux de ces prestations. Et enfin, le contrat global, aussi nommé « clé en main » : les commanditaires n'avaient à s'occuper de rien, l'agence gérait tout, du début à la fin, et il leur suffisait de venir réceptionner l'enfant dans les heures qui suivaient sa naissance, ou, mieux, de couper le cordon lors de l'accouchement.

Dunoix s'arrêta, visiblement satisfait de lui et espérant avoir impressionné ses interlocuteurs. Mais comme ceux-ci ne réagissaient pas, il reprit :

– Bien. Quel type de contrat vous intéresserait, messieurs ?

– Je serai le… le père, dit Jackie, qui ne souhaitait pas rentrer dans les détails biologiques.

– Si je comprends bien, vous fournirez le sperme, précisa Dunoix, qui, ayant sorti un imprimé d'un tiroir, commençait à cocher des cases. Il vous faut donc, si je ne m'abuse, un contrat DO-TG ; donneuse d'ovule et porteuse.

Jackie et David s'entreregardèrent, et David acquiesça.

En réalité, la décision avait été précédée de débats douloureux entre les deux partenaires. David se proposait de trouver parmi ses connaissances des femmes volontaires pour ces deux types de prestations. Très à l'aise avec la gente féminine, il connaissait nombre de femmes qui militaient pour l'égalité des couples et auraient volontiers rendu ces services. Mais cette solution ne donnait aucune garantie de qualité. Difficile en effet de demander à une copine un dossier sur ses antécédents médicaux et génétiques… Difficile aussi d'exiger qu'elle se ménage et évite tout excès pendant le temps du portage. Mais ce n'était pas la raison qui avait arrêté Jackie. Suite à une blessure intérieure très ancienne, il avait une sorte de répulsion pour les femmes. Imaginer qu'une de ses cellules aille fusionner avec un ovule, puis que le fruit de ses entrailles passe neuf mois cloîtré dans un utérus, lui était déjà pénible. Mais être redevable à une femme de quoi que ce soit, cela, il ne pouvait y consentir. Tout resterait donc sur le plan strictement commercial, et par agence interposée. Il ne transigerait pas là-dessus, même si cela devait lui coûter beaucoup plus cher.

Dunoix se saisit d'un boîtier de télécommande et l'actionna. Un vidéoprojecteur, fixé au plafond, s'alluma et projeta sur le mur blanc la photographie d'un bâtiment.

– Habituellement, nous travaillons avec la clinique Clairs-Matins, dit-il. Après de nombreux tests, ils ont reçu notre agrément.

– Va pour les Clairs-Matins, lâcha David.

– Passons maintenant au choix plus délicat de la donneuse. C'est d'elle que dépendra le phénotype du bébé, du moins en partie.

L'image d'une jeune femme blonde et souriante apparut sur le mur, accompagnée d'un numéro et d'un certain nombre de données.

– Vous voyez maintenant comment nous travaillons. Pour chaque donneuse, nous disposons de sa taille, sa masse pondérale, la couleur de ses cheveux et de ses yeux, son QI – important, le QI… –, du nombre d'enfants nés de ses gamètes et de leur qualité. Pour celle-ci, ils étaient tous parfaits physiquement ; pour ce qui est de leur intellect, il est trop tôt pour le spécifier, les enfants étant encore très jeunes.

– Et s'ils n'avaient pas été tous parfaits ? s'enquit David.

– Nous lui aurions retiré son agrément, et elle ne figurerait plus dans nos fichiers, naturellement.

– Vous me rassurez…

– Nous allons même plus loin dans l'analyse de nos fournisseurs. Nous possédons la carte génétique de chaque donneuse. Si vous nous fournissez la vôtre, nous pouvons, grâce à un logiciel de calculs statistiques, vous donner des pronostics sur le phénotype de votre futur enfant.

– Je ne comprends pas bien, fit Jackie.

– Tenez, voilà une simulation.

Il pianota sur son ordinateur. La photo de la fille fut remplacée par un fond bleu, puis apparut le nom du logiciel. Dunoix cliqua sur plusieurs icônes.

– Je choisis la fille de tout à l'heure comme donneuse et, comme fournisseur de sperme, n'importe lequel des donneurs de notre fichier. Voilà. Les calculs sont très complexes, il faut attendre le résultat quelques secondes. Et admirez le travail !

Sur l'écran apparurent dix têtes d'enfants aux caractéristiques différentes, et sous chacune d'elle un nombre.

– Ces pourcentages correspondent à la probabilité d'obtenir un tel enfant, expliqua Dunoix. Le logiciel ne conserve que les solutions où la probabilité est supérieure à dix pour cent. C'est très pratique, voyez-vous. Supposons que vous souhaitiez un enfant blond et grand. Ce petit bijou de la technologie peut vous dire avec quelle donneuse vous avez les plus grandes chances.

– Ceci moyennant un supplément, je suppose ? fit David.

– Naturellement.

– Et si ça échoue, si l'enfant n'est pas conforme, vous nous le reprenez ? Satisfait ou remboursé ?

– Non, monsieur, n'exagérons pas. Nos prestations comportent un certain nombre de garanties, mais pas celle-ci. La nature se montre encore capricieuse, voyez-vous... Mais si votre choix est très pointu – par exemple vous ne voulez que d'un enfant blond et grand –, nous partons alors dans un autre contrat, que nous appelons contrat Sélect.

– En quoi consiste-t-il ? s'informa David.

– Il consiste à effectuer une sélection, comme son nom l'indique. Sur tout un échantillon d'embryons obtenus à partir des gamètes choisis, on ne garde que ceux qui répondent au mieux au cahier des charges. Mais vous comprenez que, pour être sûr d'obtenir le produit souhaité, il faut au départ féconder un grand nombre d'ovules et les élever durant quelques semaines. Ce qui engendre des surcoûts.

– Je veux avoir un enfant dont je serai le père, coupa Jackie, sur les nerfs. Enfin, je veux dire le père biologique. Le reste m'est égal. Enfin, non... Je voudrais que l'enfant soit un garçon.

La remarque de Jackie jeta un froid et Dunoix fronça légèrement les sourcils. Joignant le bout de ses doigts, il commença :

– Monsieur, selon la loi actuelle, nous ne pouvons faire aucune discrimination de sexe.

– Ridicule ! lâcha David. Vous faites bien de la discrimination par rapport à la couleur des cheveux et la taille.

– Je ne comprends pas bien.

– Vous m'avez donné tout à l'heure l'exemple d'un couple qui tiendrait à avoir un enfant blond et grand. Qu'advient-il alors des embryons potentiellement bruns ou roux ? Ou blonds, mais petits ? On les élimine, n'est-ce-pas ? À moins qu'on s'en serve pour la recherche médicale, ce qui revient finalement au même, du moins de leur point de vue. Tout cela sur le seul motif de leur aspect physique. Ce n'est pas de la discrimination, ça ? Alors, pourquoi tolérer cette discrimination et pas celle liée au sexe ?

– Mais cela n'a rien à voir ! On n'est plus sur le même registre. Moi, je vous parle de la loi...

– La loi, c'est mon métier, trancha David. Le vôtre, c'est de satisfaire vos clients en matière de *reproductique*. Et il se trouve que mon conjoint ici présent tient absolument à ce que son enfant… notre enfant soit de sexe masculin. Il me semble que c'est un cahier des charges moins contraignant que votre enfant blond et grand.

– Moins contraignant techniquement parlant, mais plus dangereux pour moi. Maintenant, si vous pouvez me garantir que je n'aurai pas d'ennuis…

– Ça marche, fit David.

Puis, se tournant vers Jackie :

– Tu ne pourras pas dire que je n'ai pas tout fait pour te satisfaire.

En guise de réponse, Jackie lui caressa la main avec une tendresse mêlée d'angoisse.

– J'ai encore un service à te demander.

– Oui, lequel ?

– Choisis toi-même la donneuse. Moi, je ne pourrai pas.

Et il se détourna du mur pendant que les photos recommençaient à défiler.

– Non, pas celle-là. Trop grosse et vulgaire. Suivante… Je n'aime pas les rousses, et ça me gênerait que le bébé soit roux. Suivante… Non plus… Vous n'en avez pas une du type brune pulpeuse ? Oui, celle-là n'est pas mal. Très jolie, même. Je pourrais avoir son adresse ?

– Selon la loi, nous sommes tenus de garder secrète l'identité des donneuses, précisa Dunoix.

– Je sais, je plaisantais, bien sûr.

– Notre enfant, questionna Jackie, ne connaîtra jamais le nom de sa…

Il faillit dire « sa mère », mais se retint juste à temps.

– … de sa génitrice ?

– Jamais.

Jackie parut rassuré.

– Mais l'identité des différents acteurs de la reproduction figurera dans un fichier confidentiel qui suivra votre enfant sa vie durant.

– Pour quelle raison ? s'inquiéta Jackie.

– C'est une question de traçabilité, voyez-vous. Supposons que l'une de ces personnes ait une maladie grave, il est important alors que l'enfant soit surveillé sur ce plan. De toute façon, c'est la loi qui l'exige. Passons à la dernière étape : le choix de la travailleuse gestationnelle. La porteuse, si vous préférez.

David s'était documenté sur le sujet.

– Il nous en faut une qui ait un bassin large, une santé robuste, et qui soit à jour de ses vaccins. Elle ne doit pas fumer ni boire. Et ne pas être végétarienne ; j'ai lu que ça fragilisait le bébé. Elle ne doit pas en être à son premier portage ; ça permet de vérifier sur pièce la qualité de ses précédentes prestations et son savoir-faire. Mais elle ne doit pas en être à plus de trois ; parce que ça les use, expliqua-t-il à Jackie.

– Monsieur est connaisseur, apprécia Joachim Dunoix. Je crois que j'ai ce qu'il vous faut dans mon fichier. J'entre vos critères de choix dans l'ordinateur. Et voilà.

La séance de projection reprit. Cette fois, la photo de la jeune femme était accompagnée d'un prénom et de diverses caractéristiques. On pouvait y lire :

Ursula – âge : 28 ans
Yeux : Bleus
Peau : Blanche
Cheveux : Blonds
Type : Européen
Taille : 1,76 m
Masse pondérale : 68 kg
Quotient intellectuel : 125 (doué)
Largeur du bassin : supérieure de 8,5 % à la moyenne
Ascendants : Européens. Pas de tares identifiées après enquête auprès des services spécialisés
Santé : Excellente. Pas de maladie notable. Aucune anomalie génétique détectée. Vaccins à jour

Antécédents médicaux : Appendicite à 13 ans – Jambe cassée à 16 ans (ski)
Addiction : Aucune
Prestations précédentes :
N° 1 : à 24 ans ; enfant né à terme, 3,8 kg, aucune anomalie
N° 2 : à 26 ans ; enfant né à terme, 3,5 kg, aucune anomalie
Fausse-couche : Néant
IVG : Une IVG à 17 ans
Situation : Célibataire. Vit seule
Disponibilité : Immédiate

D'autres fiches défilèrent ainsi sur le mur. Une des candidates vivait en couple avec un homme, et cela incommoda Jackie. Il estimait que, puisqu'il louait le ventre de cette femme - ventre qui deviendrait le sanctuaire qui abriterait son enfant –, il devait en avoir l'exclusivité.

– Je ne peux tout de même pas cloîtrer mes travailleuses pendant neuf mois, remarqua Dunoix. Mais tenez, en voici une autre, poursuivit-il, sans trahir son impatience grandissante. De belles prestations antérieures. D'ailleurs, vous pouvez en voir ici un exemplaire.

Apparut sur l'écran l'image d'un petit ange joufflu et souriant.

– Vous mentionnez qu'elle vit avec un enfant...

– Oui, précisément celui que vous voyez là.

– Mais d'où sort-il ?

– Elle en est la mère, à la fois biologique et sociale.

– Est-ce le fruit d'une prestation qui a été refusée par les commanditaires ?

– Pas du tout, fit Dunoix, rassurant. Il n'y a pas eu de commanditaires cette fois-là. Elle a porté ce bébé pour son propre compte. Certes, cela peut surprendre. Mais, personnellement, il me semble qu'on peut considérer cela comme un gage de qualité. Je peux même faire venir l'enfant, comme produit-témoin, pour que vous puissiez vous rendre compte par vous-mêmes.

Jackie rejeta la proposition.

– À moi, cet enfant me semble constituer un danger supplémentaire. Il peut rapporter de l'école la varicelle, la rubéole ou toute autre maladie, et la transmettre à la porteuse. Ou bien, en chahutant, bousculer la porteuse, lui donner un coup dans le ventre, que sais-je encore…

Dunoix cliqua une fois de plus sur la télécommande pour passer à la fiche suivante.

Au bout d'un long moment, le couple avait mis trois noms de côté.

– Nous hésitons, fit David. Il faut dire que, même si vos photos sont bonnes et vos renseignements assez complets, il est difficile de se prononcer uniquement là-dessus. Est-ce que ce ne serait pas possible de les faire venir toutes les trois ici pour que nous tranchions ?

– C'est effectivement possible. Moyennant un supplément. Le déplacement, vous comprenez…

– Très bien. Autre chose, aussi. Je suppose que, une fois notre choix fait, nous pourrons disposer des coordonnées de la porteuse sélectionnée.

– La prestation est anonyme, en principe, rappela Dunoix.

– Oui, renchérit Jackie. Notre enfant ne devra pas connaître non plus sa porteuse.

– Attendez ! protesta David. Nous mettons en jeu des milliers d'euros, nous avons droit à quelques garanties !

– La surveillance médicale du portage est très serrée, affirma Dunoix, et nous effectuons nous-mêmes des contrôles réguliers.

– Je n'en doute pas, mais je veux pouvoir moi aussi m'assurer que la porteuse fait correctement son boulot. Qu'elle s'alimente en conséquence, qu'elle se ménage, qu'elle ne prend pas de risques… bref, que les conditions de la prestation sont saines et sûres.

– Nous ne travaillons pas ainsi habituellement, fit Joachim Dunoix, pincé.

– Eh bien, c'est à prendre ou à laisser, trancha David.

L'homme réfléchit un moment, visiblement embarrassé, puis son sourire commercial reparut.

– Ça devrait pouvoir se faire, répondit-il avec un geste conciliant. Le client est roi. Je vous arrange un rendez-vous pour demain avec les trois travailleuses en question. Cela vous convient-il ?

– C'est parfait, conclut David.

3

En ressortant de l'agence, Jackie était très pâle, et David lui donna le bras de crainte qu'il ne chancelle. Puis il le conduisit dans un café voisin et commanda pour lui un remontant.

– J'espère que ça marchera du premier coup, soupira Jackie, lorsqu'il eut avalé quelques gorgées et retrouvé des couleurs. Parce que je trouve tout cela très éprouvant. Humiliant, même.

Il avait beau n'avoir aucune sympathie particulière pour les femmes en général, et celles qu'on venait de lui proposer en particulier, il ne pouvait s'empêcher d'éprouver à leur égard un mélange de compassion et d'indignation. Et aussi un peu de culpabilité.

– Ça ressemble à un marché aux esclaves, lâcha-t-il.

– Quelle drôle d'idée ! Toutes ces filles sont libres !

– Peut-être. Ou peut-être pas. Mais moi, j'ai l'impression de faire mon marché, dans la peau d'un trafiquant de chair humaine. Je crois que j'aurais préféré que nous adoptions.

– Tu voulais un enfant de toi, remarqua David. Et puis, en adoptant, tu ne peux juger l'enfant qu'on te présente que sur son aspect extérieur, éventuellement sur son dossier médical – s'il en a un… Mais qu'en est-il de la face immergée de l'iceberg ? De ses antécédents génétiques ? Contrairement à la GPA, il n'y a aucune traçabilité. Enfin, tu sais bien que l'adoption est devenue très difficile, voire quasiment impossible. Les demandes ont augmenté dans des proportions énormes depuis que les couples homosexuels y ont accès, et l'offre a considérablement chuté depuis que les pays autrefois fournisseurs ont fermé leurs frontières.

– Pourtant Léo et Justin ont adopté récemment. Ils ont trouvé une filière…

– Une filière totalement illégale, coupa David. La marchandise passe la frontière en contrebande...!

– Je n'aime pas quand tu parles ainsi, s'attrista Jackie.

– Les enfants sont volés à leurs familles d'origine. Là, pour le coup, on est en plein « trafic de chair humaine », comme tu dis. Imagine qu'on apprenne que nous avons marché dans cette combine... Je vois d'ici les titres des journaux : « Maître David d'Oliveira, avocat du barreau de Paris, mouillé dans une affaire de trafic d'enfants ». Excuse-moi, mais je m'y refuse totalement.

Jackie se rembrunit et resta silencieux.

– Tu veux renoncer ? demanda David, plus calme. C'est possible, tu sais, même si nous y laissons un bon paquet.

En effet, ils avaient dû verser des arrhes conséquentes en signant le contrat de *reproductique* à l'agence.

– Certainement pas, répartit Jackie. Je voulais seulement dire... que ça me gêne. Il me semble qu'il y a quelque part une anomalie... une atteinte aux droits de l'homme.

– Tout de suite les grands mots ! C'est une procédure *légale*, tu comprends ? coupa David avec force. Cela signifie qu'elle a été votée par l'Assemblée nationale et par le Sénat. Tu crois que les députés et les sénateurs voteraient quelque chose de socialement incorrect ? Tu crois que, dans la patrie des droits de l'homme, on laisserait passer une loi qui va à l'encontre des droits de l'homme ?

– Non, bien sûr, reconnut Jackie. Tu as raison. Excuse-moi, je ne sais pas ce que j'ai...

– Moi, je sais, fit David, plus doucement. En quatre ans de vie commune, je n'ai pas encore réussi à extirper de ta petite tête toutes les bondieuseries que les « curés » y ont fourrées pendant tes années passées dans une école catholique.

Et, dans un tendre reproche, il tapota le crâne de son compagnon.

– Un peu, tout de même, tempéra Jackie, en relevant la tête avec un pâle sourire. Sinon, nous ne serions pas mariés.

– Je vois que tu retrouves le sourire, constata David. À la bonne heure ! Tu n'as aucune raison de te tracasser, crois-moi. Nous suivons la loi, et la loi est bonne. Tu veux un enfant, tu auras un enfant. C'est aussi simple que ça.

– J'ai encore une question qui me turlupine, hésita Jackie.

David soupira, mais l'encouragea à poursuivre.

– Est-ce que ce sera aussi ton enfant ?

L'homme eut un mouvement de surprise.

– Tu as bien vu que j'ai signé tout à l'heure le « projet parental », à l'agence. À partir du moment où mon nom figure sur ce document officiel, je suis le père de l'enfant à naître. Enfin, le père 2, puisque tu as demandé à être désigné comme père 1.

– Ce n'est pas ce que je voulais dire.

– Si tu parles de biologie, non, je ne suis pas le père. Les recherches visant à remplacer le matériel génétique de l'ovule par celui d'un homme ne sont pas encore au point.

– Cela, je le sais aussi bien que toi. Je ne parlais ni du père légal ni du père génétique.

– De quoi donc, alors ?

– Mais du père… affectif. Est-ce que tu l'aimeras comme ton propre enfant ? Comme s'il était de nous deux ?

David prit un moment pour réfléchir.

– Sincèrement, je n'en sais fichtre rien. J'attends de voir. C'est en forgeant qu'on devient forgeron ; c'est peut-être en pouponnant qu'on devient papa…

4

Journal d'une vie naissante

1er mars 240 NE

Aujourd'hui, Maman et Papa se sont aimés très fort. Deux de leurs petites graines se sont rencontrées. Et je suis venu à la vie.

Journal d'une autre vie naissante

1er mars 240 NE

Aujourd'hui, Papa s'est massé, dans une petite cabine de la clinique et il a déversé ses petites graines dans un flacon. Deux étages plus haut, Maman s'est couchée et, pendant qu'elle dormait, on lui a pris des petites graines. Une dame toute en blanc avec des gants en caoutchouc aseptisés a rassemblé les petites graines de Papa et celles de Maman. Et je suis venu à la vie. En même temps que mes vingt frères et sœurs.

2 mars
Je flotte dans mon flacon, entre deux eaux, et on s'informe avec beaucoup d'anxiété et de régularité sur mon développement.
De temps en temps, un monsieur tout en blanc avec une grosse loupe vient vérifier que je pousse bien.

3 mars
Premier conseil de révision. On nous a reluqués sous toutes les coutures, mes frères et sœurs et moi. Certains sont passés à la trappe : déclarés inaptes. Ou, plutôt, non conformes au cahier des charges.

4 mars
J'ai réussi le concours d'entrée. À vrai dire, ça ne me fait ni chaud ni froid. Les autres, les candidats malheureux à la loterie de la vie, ils sont partis jouer les belles au bois dormant sur une étagère du congélateur. Peut-être qu'un jour on viendra les réveiller. Ou pas. On m'a sorti de mon flacon et on m'a installé dans un endroit inconnu. C'est sombre, chaud et humide…

6 mars
J'ai réussi à m'agripper de toutes mes petites forces et à m'installer confortablement dans le ventre de Maman. Pour le moment, je suis encore un passager clandestin, je voyage *incognito*.

12 mars
Tout va bien pour moi, mais je sens que Maman s'inquiète et se pose tout un tas de questions, je ne sais pas bien pourquoi.

15 mars
Aujourd'hui, grand bouleversement. Maman a appris que j'étais là, caché au fond d'elle. Elle en est toute retournée. Et moi aussi, du même coup…

2 mai
Je n'aime pas le goût des épinards dans mon liquide amniotique. Je ne sais pas comment le faire comprendre à Maman. Ni comment la pousser à manger plus souvent de ces fraises dont je raffole.

10 juin
Maman ne doit pas se rendre compte qu'à passer ainsi du grand bonheur au trente-sixième dessous, elle m'en fait voir de toutes les couleurs… C'est que, moi, je ressens toutes ses émotions, à la fois par les hormones qu'elle m'envoie, mais aussi par l'intonation de sa voix, qui m'est maintenant si familière… Alors, mon petit cœur se met à battre la chamade.
Cette autre voix, beaucoup plus grave, je la reconnais bien aussi : c'est celle de Papa.

10 juin
Je commence à entendre ce qui se passe à l'extérieur de mon nid. Il y a une voix qui revient souvent. Et de temps en temps, toujours les deux mêmes voix plus graves.

20 juin
Aujourd'hui, elle m'a parlé ! Oui, à moi tout particulièrement ! Je n'ai pas compris ce qu'elle disait, mais ça ne doit pas être très important. En tout cas, je suis drôlement content !

3 octobre
L'autre jour, j'ai eu très peur. J'ai deviné que Maman m'aimait moins, qu'elle m'était moins attachée. Peut-être qu'elle m'en voulait de prendre tant de place dans sa vie.

3 octobre
J'ai envie de l'appeler Maman, mais je ne sais pas si je peux. Je ne crois pas qu'elle m'aime beaucoup, et je ressens cela comme un manque. En tout cas, je suis en sécurité ici, pro-

Mais maintenant, tout est rentré dans l'ordre.

15 octobre

Aujourd'hui, j'ai compris que j'avais beaucoup de prix. Maman est tombée dans l'escalier. Ça m'a secoué dans tous les sens, et puis, comme si cela ne suffisait pas, j'ai été submergé par une vague d'angoisse. Son angoisse à elle, véhiculée par ses hormones. Elle s'est fait beaucoup de mauvais sang pour moi. Mais le docteur l'a rassurée. Papa a collé sa bouche contre mon oreille et a murmuré des mots doux – quoique incompréhensibles pour moi –, et nous retrouvons notre tranquillité tous les trois.

10 novembre

Maman et moi, nous commençons à trouver le temps long. Même si elle me fait toujours plus de place dans son ventre, je me sens bien à l'étroit ici. Et puis, j'aimerais connaître d'elle autre chose que sa voix, la chaleur de sa main et son odeur.

tégé de ce monde plein de bruits que je devine à l'extérieur.

15 octobre

Aujourd'hui, j'ai compris que je valais très cher. Maman est tombée dans l'escalier. Ça m'a secoué dans tous les sens, et puis, comme si cela ne suffisait pas, j'ai été submergé par une vague d'angoisse. Son angoisse à elle, véhiculée par ses hormones. Elle s'est fait beaucoup de mauvais sang pour elle. Les deux voix graves sont venues, elles étaient très en colère contre elle, ce qui n'a pas arrangé les choses, ni pour elle ni pour moi.

5

Bernadette Mancelle et Édith Martin comptabilisaient à elles deux plus de cent cinquante ans. Retraitées, elles occupaient leurs longs loisirs à papoter sur un banc du jardin public, se confiant les petits secrets de leurs voisins. C'est alors qu'elles aperçurent une jeune femme blonde et d'allure agréable, qui venait dans leur direction.

– C'est la petite Carlet, chuchota Édith, en poussant sa voisine du coude. Mais si, vous savez bien, la fille du charcutier !

– Ah oui ! Justine Carlet ! Cela fait si longtemps que je ne l'ai pas aperçue... Mais dites-moi, on dirait bien qu'elle attend un heureux événement...

Édith rajusta ses lunettes sur son nez.

– Vous avez pourtant raison, fit-elle en constatant l'embonpoint de la jeune femme.

Comme celle-ci passait à leur niveau, les deux femmes ne purent résister à la tentation d'en savoir plus. Après l'avoir interpellée, elles la saluèrent aimablement.

– Vous devez être bien contente, minauda Bernadette en désignant le ventre de la jeune femme.

– Je pense bien, par les temps qui courent... répondit la jeune femme. J'avais perdu mon emploi, j'étais au chômage depuis six mois. On allait me couper l'électricité quand j'ai reçu cette proposition d'une des meilleures agences de *reproductique* de Paris pour devenir travailleuse gestationnelle. Vous pensez si j'ai sauté sur l'occasion !

– Félicitations ! Et c'est une bonne situation, ça, travailleuse *geste à sionel* ? fit Bernadette, civilement.

Elle buta sur le terme, qui lui écorchait la bouche et les oreilles. Il avait remplacé officiellement l'appellation de « mère porteuse ». D'ailleurs, le terme de « mère » était malvenu, puisqu'on n'est mère qu'en ayant souscrit un projet parental, ce qui n'était pas le cas de ces travailleuses. Toutefois, dans le langage courant, le terme de « porteuse » subsistait. Mais Bernadette se refusait à l'employer. Cela sonnait comme « pondeuse », « couveuse » et, à elle qui avait vécu à la campagne, cela lui évoquait la poule.

– Une bonne situation ? reprit Justine. Bah, c'est comme tout, vous savez... Il y a des avantages et des inconvénients. Ce n'est pas très prenant, mais c'est vingt-quatre heures sur vingt-quatre. Le hic, c'est qu'on n'est pas son propre patron.

– Ah non ?

– Des patrons, j'en ai même plusieurs. Et ils sont souvent sur mon dos. D'abord, il y a les types de l'agence...

– L'agence ?

– Eh bien, oui, l'agence de *reproductique*. Et puis le médecin. Et aussi les commanditaires.

– Les quoi ?

– Le couple qui a souscrit la gestation pour autrui. Ces deux-là, ils passent chez moi à l'improviste pour tout vérifier. Ils voudraient même se mêler de ce que je mange et de ce que je bois.

– De quoi vous plaignez-vous ? Ils sont aux petits soins pour vous…

– Oh, je ne suis pas naïve. C'est moins la bonne femme qui les intéresse que ce qu'il y a à l'intérieur. Vu le prix qu'ils paient, mon ventre est pour eux un véritable coffre-fort. C'est pour cela qu'ils me pistent. D'ailleurs, je dois me dépêcher de rentrer chez moi, ils risquent de contrôler que je ne reste pas trop longtemps dehors.

Justine prit rapidement congé et s'éloigna d'un pas alerte.

« Quelles vieilles biques ! », se dit-elle en haussant les épaules.

Elle avait senti, à un certain raidissement, que les deux vieilles dames étaient réprobatrices. Cela faisait pourtant plus de dix ans que le portage était devenu une pratique courante.

« Bah, elles finiront par s'y faire, conclut-elle intérieurement. Sitôt qu'on sort de ce qui se faisait dans leur jeunesse, les anciens crient à la décadence et vous prédisent la fin du monde. Ça a toujours été comme ça… »

6

Lorsque, quelques années plus tôt, la loi autorisant la GPA avait été votée, les esprits n'y étaient pas encore préparés. Il y avait eu à l'époque une forte opposition. Mais le Régime ne s'y était pas arrêté. Il avait superbement ignoré les contestataires. Et finalement, en quelques années, l'opinion publique avait admis l'idée que louer son ventre à un couple était équivalent à louer ses bras à un patron. Les médias avaient joué un rôle important dans cette acceptation, par le biais d'une campagne au sujet des travailleuses gestationnelles.

Cette campagne portait sur deux axes. On avait montré, dans de touchants reportages, tous les avantages sociaux qu'apportait cette nouvelle pratique. De pauvres femmes pouvaient enfin procurer à leurs enfants une éducation digne et un logement décent, extrayant ainsi leur famille d'un déterminisme, d'un cercle vicieux de la misère, pour se hisser dans la société.

Puisque les conséquences étaient bonnes, l'acte était nécessairement bon. Aussi en exhibait-on les fruits les plus appétissants et les plus précoces. Des autres fruits, plus tardifs ou plus cachés dans les feuillages, on ne pouvait rien dire encore – à supposer qu'on eût souhaité en parler.

Le deuxième axe de cette campagne d'opinion portait sur la légitimation éthique de cette pratique. On avait réussi à faire admettre que le corps humain était un bien qui appartenait en propre à l'individu. En tant que tel, son propriétaire pouvait l'utiliser à sa guise : se le garder pour son usage personnel, le donner, le vendre, le prêter gracieusement. Ou encore le louer, tout ou partie, pour une durée et un tarif à convenir. On était parvenu à débarrasser le corps de toute signification particulière, et la sensiblerie, la mièvrerie, la pudibonderie, en usage aux siècles précédents, avaient été reléguées au rang des idées mortes du passé. Un corps n'a pas plus de sens – philosophiquement parlant – qu'un vêtement. C'était entendu, on se devait d'avoir du respect pour son corps ; de la même façon qu'on respectait sa voiture en l'astiquant, en la faisant réviser régulièrement, en la réparant en cas de pépin, en évitant de l'engager sur des chemins boueux ou des routes aventureuses, et en ne la prêtant qu'à des gens de confiance. Voilà comment on devait respecter son corps. Pour le reste, c'était du vent.

Le plus vieux métier du monde s'était engouffré dans la brèche. Après des millénaires d'une semi-clandestinité, il s'était lui aussi organisé en puissant lobby, avait infiltré les hautes sphères du pouvoir et réussi à imposer cette idée, somme toute logique :

louer son vagin ou son pénis n'était pas moins légitime que de louer son utérus, ses bras ou son cerveau. Dès lors, la profession y avait gagné une reconnaissance officielle, débarrassée de tout opprobre. Elle avait même pignon sur rue. C'est ainsi qu'on avait vu fleurir des agences spécialisées dans ce genre de prestation de service, jouxtant parfois des agences d'intérim, de conseil et de *reproductique*.

7

Journal d'une vie naissante (suite)

20 novembre 240 NE – 4 h 05

Quelle aventure ! Voici que mon tranquille repaire s'est transformé en une sorte de machine à broyer. J'ai été pressé, malaxé, presque écrabouillé, puis propulsé sans ménagement dans ce monde beaucoup trop vaste pour moi. Du coup, les hormones de stress, c'est moi qui les fabrique, maintenant ! Mais cette bonne odeur, et cette voix, et cette chaleur, oh oui ! je les reconnaîtrais entre mille. Neuf mois de cohabitation, vingt-quatre heures sur vingt-quatre, ça crée des liens, forcément…

4 h 10

On m'a remis à Maman. Elle me dévore des yeux, me serre contre elle, et ses bras sont une sorte d'annexe à son ventre si rassurant. Je sens que je vais en faire le centre de ma vie, au moins pour quelques mois.

Journal d'une autre vie naissante (suite)

20 novembre 240 NE – 4 h 05

Après plusieurs heures de remue-ménage, j'ai été expulsé à la vie. Puis, alors que je commençais à me rassurer, après ces moments bien éprouvants, on m'arrache à cette femme que j'ai fini par appeler Maman, à ce havre si rassurant. Bonjour, les hormones d'angoisse… J'ai hurlé, et je crois qu'elle aussi a crié.

4 h 10

On m'a remis à Papa, mais je ne l'ai pas reconnu. Quelques chromosomes en commun, ça ne crée pas forcément de lien.

4h20
Papa aussi a voulu me prendre dans ses bras, et il avait tellement peur de me casser que c'en était attendrissant. Lui, je le connais moins bien, et de plus loin. Mais nous essayons de nous apprivoiser mutuellement, et il va falloir que je lui apprenne à être Papa.

4h20
Le compagnon de Papa a voulu me prendre dans ses bras, et il avait tellement peur de me casser que c'en était attendrissant. Tout en lui m'est étranger. Il semble que tous les deux veuillent me protéger et m'aider à grandir. C'est une nouvelle vie qui commence pour moi. Il paraît que je dois tourner la page et repartir à zéro.

8

Ce matin-là, David était en train de se raser lorsque Jackie entra dans la salle de bain, le bébé endormi dans les bras.

– Tiens, j'ai oublié de te transmettre un message, fit David, sans s'interrompre. De la part de l'agence de *reproductique*.

– Un problème ? demanda Jackie, en se raidissant.

Il craignait toujours quelque malheur.

– Aucun problème, le rassura David. Ils relaient la demande de la travailleuse gestationnelle, qui voudrait revoir le bébé.

Jackie changea de couleur et sa réponse claqua.

– Jamais de la vie. Elle a terminé sa prestation, elle a touché son dû. Alors, *basta* !

– Allons, ne t'emballe pas comme ça ! C'est juste une demande !

– C'est une travailleuse gestationnelle, pas une mère ! Elle n'avait pas à s'attacher à mon bébé ! Elle savait à quoi s'attendre depuis le début.

– Peut-être pas. En tout cas, les types de l'agence prétendent que son équilibre psychologique est en jeu.

– Équilibre psychologique ! ricana Jackie. Qu'est-ce qu'ils y connaissent, d'abord ?

– Je suppose que c'est une demande qui vient du toubib qui la suit.

– Quelques injections d'hormones et elle l'aura vite retrouvé, son équilibre psychologique ! siffla Jackie. J'ignorais que l'agence se souciait du bien-être de ses travailleuses ! persifla-t-il.

– Ils tiennent à garder leur outil de production en état, je suppose. Question d'efficacité et de compétitivité. Bon, qu'est-ce que je leur réponds, en définitive ?

– Tu refuses ! éructa Jackie.

– Bien, bien, à tes ordres, fit David d'un ton léger.

Jackie respira profondément pour reprendre le contrôle sur lui-même.

– Je ne veux pas partager mon petit trésor, fit-il, plus calme, en contemplant le petit Louis qui, malgré les éclats de voix, dormait encore à poings fermés. Tu comprends cela ?

David se contenta d'un grognement qui déçut son compagnon. Celui-ci avait rêvé qu'ils partageraient le même amour pour leur bébé, or ce n'était pas vraiment le cas. Dès qu'ils avaient fait le projet de vivre ensemble, ils avaient également décidé de se partager toutes les tâches, en particulier celles relatives à l'enfant, mais cela non plus n'était pas acquis.

– Au fait, c'était ton tour de te lever cette nuit pour nourrir et changer Louis, lança-t-il aigrement.

– Excuse-moi, j'étais très fatigué. Je plaide ce matin au tribunal une cause très importante, déterminante pour ma carrière et…

– Ton sommeil est plus précieux que le mien, peut-être ?

– Bien sûr que non, mais…

– Alors, ce matin, c'est toi qui t'occupes de le changer, assena Jackie en déposant le bébé sur la table à langer.

David soupira, mais s'exécuta. Il enleva le petit pyjama, puis la couche.

– Si j'étais toi, je… commença Jackie.

– Mais tu n'es pas moi, et tu vas me laisser faire comme je veux. Je sais aussi bien que toi...

David s'interrompit dans un cri indigné. Le bébé, délivré de sa couche, venait de lui expédier une giclée d'urine.

– J'ai bien essayé de te prévenir, rappela Jackie, en riant.

Mais David était hermétique au côté comique de la situation. Furieux, il se précipita vers le lavabo pour s'y nettoyer.

– Petit... petit cochon ! lança-t-il à l'adresse du bébé qui gazouillait, inconscient du psychodrame qu'il venait de provoquer.

– Calme-toi ! C'est un petit homme vigoureux, voilà tout ! Comme toi et moi. Cela a bien dû t'arriver au même âge, ta mère te le dirait.

– Ça fait dix ans que je ne lui parle plus, à ma mère, cracha David, en se lavant le visage à grande eau. Depuis qu'elle a appris que j'étais homo.

C'était une grande blessure dans la vie de David et ce souvenir n'était pas de nature à lui rendre sa bonne humeur.

– Depuis des semaines, Joseph me harcèle pour que nous assistions au concert qu'il donne ce soir, rappela-t-il. Tu n'es toujours pas décidé ?

– J'aime beaucoup ce qu'il fait. Mais il y a Louis...

– Louis, Louis, toujours Louis ! Depuis qu'il est là, on ne sort plus, on ne voit quasiment plus nos amis, et tu t'intéresses bien plus à lui qu'à moi !

– Je t'aime toujours autant, David, cela n'a rien à voir. Mais réfléchis : nous ne pouvons le laisser tout seul à la maison...

– Et pourquoi pas ? Il dormira, à cette heure, de toute façon...

Devant la mine ulcérée de Jackie, il suggéra :

– La crèche fait bien les nocturnes, n'est-ce-pas ?

– Le laisser tout seul là-bas ? Et toute une nuit, et la journée d'après ? J'aurais l'impression de l'abandonner... Et lui, lui, comment vivra-t-il cela ?

– Il est dans son cadre, cela ne lui fera ni chaud ni froid. Franchement, j'en ai ma claque, moi, de devoir me terrer ici et vivre en ours ! Partager mes loisirs entre les couches et le bain de monsieur !

– Bon, d'accord, je te comprends. Je l'inscrirai à la crèche en nocturne. Mais pas pour ce soir, c'est trop tôt. Je dois me préparer psychologiquement, et lui aussi.

Devant la mauvaise humeur que manifesta David, Jackie le poussa à aller au concert sans lui. C'est ainsi que ce soir-là, alors que David assistait à ce fameux concert, Jackie s'endormit devant la télévision, dans le grand canapé du salon, Louis pelotonné dans ses bras. Bienheureux.

9

On était au mois de germinal[1], pourtant c'était le premier jour de beau temps depuis une éternité. Jackie décida que l'air printanier serait excellent pour Louis. Comme il ne faisait pas encore bien chaud, il enfila au bébé sa petite veste de tricot et son bonnet, l'installa confortablement dans son landau, le recouvrit d'un drap brodé de petits oiseaux bleus et d'une couverture duveteuse, puis il sortit de l'appartement. Tous les dix mètres, il s'arrêtait, se penchait sur le bébé, le cœur tressautant d'émerveillement, et lui gazouillait des mots sans suite d'un air béat. Arrivé au parc, il emprunta un long parcours pour montrer à Louis l'étang avec les canards et les cerisiers en fleurs. Mais l'enfant était bien trop jeune pour s'émouvoir de ces beautés printanières.

Jackie s'assit sur un banc, fatigué mais heureux, une main sur le landau. Les promeneurs passaient dans l'allée. Soudain, une silhouette jaillit d'un buisson, se précipita sur la voiture d'enfant et partit à toutes jambes en la poussant devant elle. Jackie bondit de son banc et s'élança à sa poursuite en criant. Toutefois, l'effet de surprise et la panique naissante lui avaient fait perdre de précieuses secondes. Le ravisseur avait disparu à sa vue, mais Jackie entendait crisser les roues sur le gravier, quelque part devant lui.

1. Mois du calendrier républicain, à cheval sur mars et avril.

Arrivé à un croisement d'allées, il hésita et le cœur faillit lui manquer.

– Une femme avec un landau ! hurla-t-il à l'adresse des passants. Et qui courait ! Par où est-elle partie ? Dites-le-moi, je vous en supplie, ou je vais devenir fou !

Une jeune fille lui indiqua l'allée de droite et il reprit aussitôt sa course. Il arriva au portillon qui donnait sur la chaussée. Là, à côté d'une poubelle, il retrouva le landau, renversé. Il fouilla fébrilement dans l'amoncellement de drap et de couverture qui gisait dans l'herbe humide. Mais l'enfant n'y était plus.

10

L'affaire fit grand bruit et tous les journaux s'en emparèrent pour en faire leurs gros titres. La première piste à laquelle on pensa fut celle de la porteuse. Quand on se rendit à son domicile, celle-ci avait décampé. Les voisins l'avaient aperçue, le jour de l'enlèvement, avec une lourde valise, et l'air pressé. Certains croyaient même se rappeler avoir entendu comme des pleurs de bébé. Le signalement de la femme fut largement diffusé et c'est ainsi qu'on put l'appréhender dans une gare, sur le point de monter dans un train qui l'aurait conduite hors de France. Elle avait effectivement à la main une valise volumineuse. On y retrouva le bébé. Le pays entier poussa un soupir de soulagement quand on le sut vivant et en parfaite santé. Lorsqu'on voulut l'extraire de la valise où il dormait paisiblement, la femme se jeta sur lui et le serra furieusement dans ses bras. Les policiers durent faire usage de leurs matraques en caoutchouc pour l'obliger à lâcher prise.

L'arrestation fut suivie d'un procès riche en rebondissements. La femme, par l'intermédiaire de son avocat, prétendait avoir des droits sur l'enfant, qui était le sien puisque, disait-elle, elle l'avait porté et mis au monde. Il était, selon la formule emphatique de son avocat, « la chair de sa chair », puisque c'est son propre sang qui avait nourri le bébé et avait construit son petit corps, jour après jour. La question était pertinente. Qui pouvait prétendre au titre de parent ? Celle qui l'avait nourri de sa substance ? Ceux qui avaient fourni les gamètes ? Ceux qui avaient été à son origine, c'est-à-dire le personnel médical qui avait réalisé sa conception et veillé sur ses premières semaines de croissance ? Ceux qui l'avaient, parmi plusieurs autres, sélectionné pour la grande épreuve de la vie ? Ceux qui avaient signé le contrat de *reproductique* et financé la procédure ? La loi, dans ce domaine, restait très vague. Les débats furent houleux et secouèrent l'opinion publique. On craignit même, en haut lieu, que cela remette en cause le principe de la GPA. Le procès fit jurisprudence, servant à combler le fameux vide juridique, de façon à protéger les couples des travailleuses gestationnelles. Il fut arrêté que celles-ci n'auraient aucun droit au titre de parent. On stipulait seulement qu'elles fournissaient du matériel biologique avec une contrepartie financière.

Le petit Louis fut donc rendu à sa famille sociale. On supputait que, vu son très jeune âge, il ne conserverait aucune séquelle ni aucun souvenir de ce pénible épisode. Justine, la porteuse, fut immédiatement licenciée de l'agence de *reproductique* pour faute grave, et elle dut purger une peine de deux ans de prison ferme. À sa libération, on la mit sous surveillance et on l'envoya dans une lointaine ville de province. Là, elle rencontra un jeune homme avec qui elle se mit en ménage, ce qui lui permit de retrouver un certain équilibre psychologique.

En attendant, sans se douter de toute l'agitation dont il était le centre et l'origine, Louis grandissait, heureux et insouciant, entre son papa et son papa.

DEUXIÈME PARTIE

Cinq ans plus tard : An 245 NE

1

Arthur et Ludivina avaient organisé une petite fête pour leurs amis à l'occasion de l'arrivée au foyer de la petite Lucie, leur bébé. Il n'était pas question de baptême ; toute allusion religieuse était jugée ringarde, et le couple attachait une grande importance à rester dans le vent. Pourtant, le baptême avait l'avantage de répondre à une certaine quête de sens, en marquant une étape symbolique dans la vie du bébé et dans son admission dans la société. Aussi Ludivina et Arthur avaient-ils improvisé leur propre cérémonial, assistés de Bertrand et de Clara, qu'ils avaient choisis pour être respectivement le parrain et la marraine de Lucie.

Il était tard maintenant, et la plupart des invités étaient repartis. Tandis qu'Arthur terminait de balayer et ranger le salon, Clara retrouva Ludivina à la cuisine. Depuis des années, elles étaient très proches. Les meilleures amies. En tant que telle, Clara devina que quelque chose troublait Ludivina.

– Tu as l'air fatiguée, remarqua-t-elle.

Et c'était vrai. La jeune femme avait les traits tirés, des cernes sous les yeux et la peau terne.

– Je suis épuisée, reconnut-elle. Et dire que je vais devoir me relever deux fois cette nuit pour donner le biberon à Lucie…

– C'est crevant, je te crois. Mais tu dois être ravie d'avoir ton bébé. Elle est adorable ! Craquante, avec sa peau si fine, ses doigts nacrés et ses grands yeux… On dirait un ange. Je suis si contente que tu m'aies choisie comme marraine…

La joie que montrait Clara n'était manifestement pas contagieuse, car Ludivina restait morose.

– Tu es peut-être malade, suggéra Clara. Après votre long séjour en Inde, tu as peut-être attrapé des microbes de là-bas. Il faut dire aussi que vous avez eu une drôle d'idée. Choisir de pratiquer le portage en Inde, je comprends, c'est financièrement beaucoup plus avantageux qu'en France. Il y a plein de couples qui le font. Mais aller s'installer là-bas pendant cinq mois pour superviser la prestation, c'est un peu exagéré. Je te l'avais dit, d'ailleurs, lorsque tu es partie. La surveillance, la démarche qualité ne sont pas les mêmes qu'en France, mais tout de même...

En cette année 245 NE, la GPA était devenue chose courante. Même les couples hétérosexuels fertiles y avaient recours. Le maître-mot de ce siècle était l'égalité. En son nom, les couples homosexuels avaient réclamé le droit de pouvoir avoir des enfants. C'est également en son nom que les femmes de couples hétérosexuels avaient revendiqué le droit d'être affranchies de la grossesse, qui est un asservissement de la femme, comme le serinaient depuis des années les féministes. Quelques personnalités médiatiques avaient ouvert la voie, et la mode avait pris rapidement ; du moins dans les milieux aisés.

Il n'y avait plus guère que les pauvres qui s'en passaient. Et aussi ceux que l'on appelait avec mépris les Émeraliens, les adeptes de la ligue Émeraude. Ce mouvement avait vu le jour quelques années plus tôt. Accrochés à des conceptions anciennes et périmées, ils rejetaient les nouvelles avancées technologiques en matière de *reproductique*. Ils parlaient d'écologie humaine, martelant que le respect de l'environnement allait de pair avec le respect de la nature humaine. Alors même qu'un enfant de l'école primaire savait que l'individu est le produit de sa seule volonté et qu'il se construit lui-même selon son désir, eux professaient qu'il existe une nature humaine, globalement universelle, à laquelle on doit se plier sous peine de graves conséquences pour l'individu lui-même et pour la société tout entière. Pour leur part, tous les mouvements écologiques classiques rejetaient cette thèse avec force. Ce n'est pas parce que l'homme est un animal qu'il fallait lui appliquer les mêmes règles de protection qu'aux autres espèces animales.

Pendant tout le petit discours de Clara, Ludivina n'avait rien dit et était devenue livide. Son amie lui approcha une chaise et l'y fit asseoir, quelque peu alarmée.

– Tu devrais consulter un médecin, ma chérie.

Mais Ludivina la fixait de ses grands yeux pleins d'angoisse, et elle lui agrippa la main.

– Clara, tu es ma meilleure amie, souffla-t-elle. On peut tout se dire, n'est-ce-pas ?

– Bien sûr, ma chérie. C'est ce qu'on a toujours fait.

– Non, pas toujours… Écoute… Je ne suis jamais allée en Inde.

– Mais alors… où étais-tu pendant ces cinq derniers mois ?

– J'étais en Bretagne, chez ma grand-mère, dans un village perdu loin de tout.

– Je ne comprends pas… C'est absurde, ce que tu dis là ! Tu m'envoyais des e-mails d'Inde, tu me décrivais le temps qu'il faisait, les endroits que tu visitais, les excursions… Et tu me parlais du ventre de la porteuse qui gonflait…

– Il n'y avait pas de porteuse.

Les yeux de Clara s'agrandirent et elle n'osait pas encore croire ce que son cerveau lui suggérait.

– Ne me dis pas que la petite Lucie…

Elle n'osa pas terminer sa phrase. Ludivina hocha la tête, honteuse, mais soulagée de s'être déchargée de son secret trop lourd pour elle.

– Alors, tu t'es cachée pendant cinq mois pour que personne ne sache…

Ludivina acquiesça de nouveau.

– Tu sais, nous avions fait les choses dans les règles ; quelques semaines plus tôt, nous avions justement contacté une agence de *reproductique*, une des meilleures de la région. Nous avions sélectionné la porteuse qu'Étienne et Mélissa avaient utilisée et dont ils étaient très contents… Et puis je me suis rendu compte que j'étais enceinte de trois mois… Si tu savais… C'était sûrement le pire jour de ma vie… J'étais morte de honte, je n'osais plus regarder personne, je m'imaginais ce qu'on penserait de moi si on apprenait… Heureusement que, toi, tu es là et que tu peux comprendre…

Clara dégagea sans douceur sa main que Ludivina tenait serrée.

– Mais c'est… complètement inconvenant, ce que vous avez fait là ! lâcha Clara.

– Clara… gémit Ludivina, cruellement touchée. Ne m'accable pas davantage, je t'en supplie.

– Vous êtes passés dans le camp des Émeraliens, ces fous qui prônent l'autarcie reproductive ?

– Mais non, jamais de la vie ! Nous n'avons pas fait exprès, je te jure !

– Pourquoi ne pas vous être débarrassés de ça avant que cela ne se voie ?

– Je n'ai pas pu, répondit la jeune femme en baissant la tête. Parce qu'il bougeait.

– Quoi donc ?

– Le bébé. Je le sentais bouger dans mon ventre.

– Et alors ? Je n'y vois aucune raison de s'attendrir ! Ton cœur aussi bouge dans ta poitrine ! Et quand on attrape des poux, on les sent aussi bouger, et ça n'empêche pas de s'en débarrasser !

– Mais, Clara… Cela n'a rien à voir ! C'était un petit être vivant. Mon enfant. J'étais sa mère, et je ne pouvais pas…

– Qu'est-ce que tu racontes ? Tu sais bien que la filiation est fondée sur la volonté d'adoption. Ce n'est ton enfant que si tu décides qu'il l'est, point barre. Puisque vous n'aviez pas de projet parental, vous étiez en droit de considérer que cet embryon n'était que du matériel biologique. Mais tu ne l'as pas fait ; tu as décidé de devenir sa mère. Donc tu es en fin de compte consentante à tout ce qui t'arrive là… Ça me dégoûte plus que je ne saurais le dire…

– Clara… gémit Ludivina. Tu m'avais promis qu'on pouvait tout se dire…

– Tout, mais pas des insanités pareilles !

– Promets-moi au moins de garder le secret.

Clara reprit son calme.

– Je me tairai, par égard pour notre amitié passée. Mais je ne souhaite pas qu'on se revoie.

– Mais, Lucie…

– Désolée, mais maintenant que je connais sa provenance, je ne pourrai jamais m'y attacher. Trouve-lui une autre marraine… si tu peux…

Dès que Clara eut refermé la porte sur elle, Ludivina éclata en sanglots, écrasée de honte.

2

Depuis une éternité, Damien avait fini de feuilleter les magazines qui se trouvaient dans la salle d'attente, et il n'aurait su dire de quoi ils parlaient. Il avait cédé à la tentation de faire les cent pas et de se ronger les ongles, déplorable habitude qu'il avait pourtant perdue à la fin de son adolescence. La porte s'ouvrit enfin.

– C'est un garçon, monsieur, annonça la jeune infirmière, toute souriante.

Damien la considéra, interloqué.

– Ça fait longtemps que vous êtes à ce poste ? demanda-t-il durement.

– Non, monsieur. Je viens juste d'avoir mon diplôme.

– Je m'en doutais ! Mais que vous apprend-on donc dans les écoles ? explosa-t-il.

– Je… je ne comprends pas… fit la jeune fille, intimidée.

– Qui êtes-vous donc pour vous octroyer le pouvoir de décider si mon enfant est fille ou garçon ? lança Damien.

– Mais, monsieur, c'était très clair qu'il…

– Suffit ! Taisez-vous !

Damien était maintenant furieux et, en même temps, il étouffait sa voix, comme s'il craignait que leur conversation soit entendue de l'autre côté du mur.

– Vous savez très bien, depuis le temps qu'on l'enseigne dans les écoles, que l'anatomie d'un individu ne détermine en rien son genre ! C'est la société, c'est l'entourage qui, de façon autoritaire, va faire pencher l'enfant d'un côté ou de l'autre. C'est vous, par votre façon de me le présenter ! Et alors, il ne sera plus libre de sa vie ! C'est une violation de liberté ! Je me fiche que vous lui ayez vu un zizi ou non. La seule chose qui m'intéresse, c'est si mon enfant se porte bien, est en bonne santé et est normalement constitué.

– Il se porte bien, monsieur, fit l'infirmière, penaude.

– Tant mieux. Rien que par votre façon de vous exprimer, vous avez imposé un genre à mon enfant, et c'est intolérable. Comprenez-vous ?

– Oui, monsieur, répondit piteusement la jeune femme.

– De quelle école sortez-vous ?

Elle le lui indiqua.

– J'écrirai à votre directeur pour lui exposer ma pensée, et lui mettre sous le nez les insuffisances de la formation qu'on vous y dispense, fit-il, la main sur la poignée de la porte, sur le point d'entrer dans la salle d'accouchement.

– Non, ne faites pas cela, je vous en prie, supplia la jeune femme.

Sans répondre, Damien pénétra dans la salle d'accouchement où Lilla reposait, encore brisée par l'effort, mais heureuse.

– Tout s'est bien passé ? demanda Damien.

Lilla commença à répondre, mais s'aperçut que la question était adressée à la sage-femme.

– Très bien, monsieur.

– Puis-je consulter le compte rendu de l'intervention ?

Elle lui indiqua un registre posé sur le bureau.

– La femme a perdu les eaux trois heures avant l'accouchement. Est-ce que cela n'aura pas de répercussion sur l'enfant ? s'inquiéta Damien.

– Non, monsieur, ne craignez rien, fit la sage-femme, un peu agacée.

– Vous trouvez peut-être que je suis tatillon. Mais l'expérience m'a montré qu'on n'était jamais trop prudent, dit Damien.

Et il se replongea dans le compte rendu.

– Monsieur, on vous attend pour la prise de possession, intervint la sage-femme.

– J'arrive, j'arrive…

Il saisit le bistouri qu'on lui tendait, et il coupa lui-même le cordon ombilical qui reliait encore l'accouchée au bébé. Sans un regard pour la jeune femme, il se pencha sur l'enfant qui pleurait, mais n'osa le prendre dans ses bras, car il était encore enduit d'une substance visqueuse qui ressemblait à de la moutarde.

– L'enfant est à vous maintenant, fit la sage-femme, avec un sourire de circonstance. Vous pouvez être content, c'est un beau bébé.

Damien acquiesça, puis sortit son téléphone de sa poche.

– Sophie ? Oui, c'est moi. C'est fait. Tout s'est bien passé, apparemment. Non, je n'ai pas pu être là à temps, mais j'ai coupé le cordon. J'attends qu'on nous prépare notre enfant, et puis je le ramène à la maison. À tout à l'heure…

3

Depuis le début de leur projet parental, Sophie et Damien avaient résolu de donner à leur enfant une éducation neutre, de façon à ne pas l'influencer dans le choix de son genre. Mais les crèches neutres étaient peu nombreuses. La plus proche de chez eux affichait complet, et même s'ils y avaient inscrit Alex dès le début de la procédure de GPA, ils n'étaient pas sûrs d'y avoir une place, étant sur liste d'attente. Ils se trouvaient donc dans une situation bien embarrassante : refusant que l'avenir de leur enfant soit compromis dans une crèche ordinaire, ils avaient alternativement pris des congés sans solde pour l'élever eux-mêmes. Or, non seulement cela représentait pour leurs finances un manque à gagner important, mais encore l'État les pressait de rentrer dans le rang en menaçant de leur supprimer les allocations familiales. En effet, pour assurer l'émergence du Nouvel Être, le Régime avait en quelque sorte mandaté le système éducatif. Aussi les enfants devaient-ils être confiés aux bons soins de l'État dès l'âge de 4 mois.

Alex allait fêter son quatrième mois lorsque Damien et Sophie furent avertis qu'une place venait de se libérer à la crèche neutre de Montsouris. On imagine facilement leur soulagement... Certes, ce n'était pas tout près de chez eux, puisqu'il leur faudrait chaque matin et chaque soir faire une heure de trajet en voiture. Mais ils mettaient ainsi le pied dans un groupe éducatif et scolaire entièrement neutre, qui amènerait Alex de la crèche jusqu'au lycée, en passant par l'école parentelle[1], l'école primaire et le collège, tout en respectant sa liberté de genre.

C'est le cœur battant que les jeunes parents franchirent le seuil de la crèche, conscients de vivre une étape déterminante pour la vie de leur enfant. Ils furent reçus par la directrice elle-même, une femme imposante à la mâchoire anguleuse et aux cheveux ras, qui les entraîna dans son bureau. Elle se présenta : mo Olwen. Elle en profita pour leur rappeler les règles d'usage visant à préserver la liberté de genre de chacun. On ne disait plus *il* ou *elle* – du moins en parlant d'une personne ou d'un animal –, mais *ol* ; et les « *madame, mademoiselle, monsieur* » avaient disparu au profit de la civilité neutre « *mo* ».

Mo Olwen considéra Damien et Sophie d'un air sévère.

– L'éducation neutre que nous donnons ici aux enfants ne portera pleinement ses fruits que si les familles vont dans le même sens que nous, en respectant au minimum ces règles de base. En êtes-vous bien conscients ?

Ils hochèrent la tête tous les deux.

– Nous sommes pleinement convaincus de la nécessité de donner à chaque enfant une éducation non genrée, fit Damien, en guise de profession de foi. Nous croyons que c'est la condition pour l'avènement d'un Nouvel Être, pleinement libre et heureux puisqu'il aura choisi lui-même ce qu'il veut être.

1. Dans le cadre de la lutte contre les discriminations, le terme d'« école maternelle » a été définitivement supprimé et remplacé par celui d'« école parentelle ».

La directrice le regarda avec un léger sourire et dit :
– J'aime les parents enthousiastes.

Elle les emmena ensuite visiter l'établissement. Ils passèrent devant une série de petits porte-manteaux réservés aux enfants. Au-dessus de chacun figurait une étiquette. Ils purent y lire : « Mart, Bert, Chris, Ben, Domi... ». Tous les enfants qui fréquentaient la crèche portaient des prénoms neutres, tout comme Alex. Dans une vaste pièce claire, Damien et Sophie purent voir au travail un certain nombre d'adultes, hommes et femmes. Leur uniforme se déclinait en deux versions : ensemble veste-pantalon, ou ensemble veste-jupe. Sophie ne put réprimer un sourire à la vue d'un homme en jupe, se déplaçant avec beaucoup d'aisance sur ses hauts talons et exhibant, sans complexe, des jambes abondamment poilues. La directrice nota la réaction de la jeune femme et intervint :
– Je vous le dis tout de suite : ol n'est pas homosexuel. Ou du moins, pas obligatoirement. Son habillement fait partie de notre programme éducationnel. L'enfant doit comprendre que le vêtement n'est pas important. Nous voulons dégenrer la façon de s'habiller. C'est pourquoi, qu'ils soient hommes ou femmes, nos employés doivent s'habiller alternativement en jupe et en pantalon. Nous y tenons absolument. J'ai même dû me séparer d'un employé qui refusait de se plier à cette règle.
– Pourtant, remarqua Sophie, vous venez de dire que l'habit n'est pas important...
La directrice lui jeta un regard noir et répliqua sèchement :
– Nous sommes des éducateurs. Nous avons une mission, qui réclame sacrifice et abnégation. Celui qui n'accepte pas que les règles soient plus exigeantes pour nous que pour le commun des mortels n'a pas sa place parmi nous.

Autour d'eux, des enfants de un à deux ans vaquaient calmement à leurs occupations. Certains étaient vêtus de façon franchement masculine – pantalon à bretelles et chemise à carreaux –, d'autres de façon manifestement féminine – jupettes fleuries et sandales à boucles –, mais on n'aurait su dire pour autant s'il s'agissait de filles ou de garçons. Certains même portaient un pantalon par-dessous leur robe.

La directrice baissa la voix pour n'être entendue que de Sophie et Damien.

– Notre personnel est naturellement trié sur le volet. Il est sélectionné non seulement en fonction de ses compétences, mais aussi en fonction de son adhésion à la Cause. Mais il peut arriver que, chez certains, la déconstruction ne soit pas totale.

Elle évoquait la Cause du genre, et la déconstruction des stéréotypes sexués.

– Le fardeau des siècles passés est si lourd et si handicapant... soupira-t-elle. C'est pourquoi nous veillons soigneusement à ce qu'aucun des éducateurs n'ait connaissance du sexe biologique des enfants.

– Pourtant, il y a bien un moment où... commença d'objecter Sophie.

– Je sais ce que vous allez dire, coupa la directrice. C'est pourquoi le change des couches ainsi que la conduite aux toilettes sont affectés à un personnel différent, qui n'intervient pas en tant qu'éducateur.

Lorsque la visite fut terminée, mo Olwen conclut :

– Vous connaissez maintenant notre établissement, notre façon de procéder et les règles qui s'appliquent ici. À vous de décider si vous souhaitez y inscrire votre enfant.

– C'est pour nous une grande fierté, déclara Damien, que d'être admis dans ce temple de la Nouvelle Ère, et vous pourrez nous compter parmi les plus ardents défenseurs de la Cause du genre.

4

David commençait plus tard sa journée au tribunal, aussi ce matin pouvait-il se permettre d'emmener Louis à l'école. C'était si rare que le petit garçon de cinq ans s'en faisait une fête, babillant et tourbillonnant dans la maison à la recherche de son cartable, de son manteau et de ses chaussures. David l'observait avec un sourire amusé d'où la tendresse n'était pas absente. Pendant les premières années de l'enfant, il s'y était peu intéressé ; à vrai dire, Louis ne représentait pour lui qu'une suite de corvées et un empêcheur de s'amuser en rond. Mais, progressivement, presque à son insu, il avait été conquis par la confiance inconditionnelle et naïve de ce petit bonhomme et s'était passionné pour l'éveil de cette jeune intelligence. Contrairement à Jackie, il avait du mal à se mettre à sa hauteur et à voir la vie à travers ses yeux d'enfant. Il ambitionnait plutôt de l'élever jusqu'à son niveau à lui, et leurs proches trouvaient étrange que l'homme et l'enfant conversent presque d'égal à égal.

Pour tout dire, David était très fier de Louis. Il se demandait parfois d'où il tenait sa vive intelligence. Probablement pas de Jackie. Peut-être de la donneuse, qu'ils avaient choisie en fonction de son QI, entre autres critères. Elle ou ses ascendants, qui le saurait jamais ? Il voulait croire qu'il y était pour quelque chose. Après tout, il avait lui aussi sa part en s'étant fait le jardinier de cette jeune âme.

Émergeant de ses réflexions, David consulta sa montre et sursauta.

– Vite, bonhomme ! Nous allons être en retard à l'école !

– Je ne trouve plus ma chaussure gauche ! geignit l'enfant.

Pendant que David se mettait à quatre pattes sous les meubles, Louis se rappela qu'il n'avait pas fait signer le mot de l'institutrice et défit son cartable, en éparpilla le contenu par terre avant de trouver le cahier de correspondance.

– On n'y arrivera jamais ! ronchonna David.

Enfin, le cartable remballé et l'enfant chaussé, ils quittèrent la maison et, main dans la main, prirent le chemin de l'école. Louis, stimulé par David, avait sauté une classe et faisait partie des meilleurs élèves du cours préparatoire. Il embrassa David, poussa la grille, trottina quelques pas, s'arrêta pour lancer un dernier baiser à son père et continua son chemin. Un de ses camarades avait assisté à la scène. C'était un garçon qui avait quelque chose de différent, sans que Louis ait pu dire de quoi il s'agissait. Il se nommait Justin et était souvent isolé. Il s'avança vers Louis et lui adressa la parole.

– Qui c'est ? demanda-t-il en indiquant de la tête l'homme qui s'en allait.

– Ben, c'est David.

– Et qui c'est, ce David ?

– C'est mon père.

– Et le maigre qui vient d'habitude, c'est qui, alors ?

– C'est Jackie. C'est mon père.

– Tu as deux pères, alors ?

– Ben oui. Et toi ?

– Moi, j'ai un papa et une maman. Mon père, il dit que c'est mieux.

– Ah…

5

Autour de la table du repas, Jackie et David échangeaient tranquillement sur les nouvelles de la journée ; les Émeraliens, ces membres de la ligue Émeraude, avaient encore manifesté illégalement contre la GPA. Soudain, Louis interrompit ses deux pères et demanda à brûle-pourpoint :

– Est-ce que vous savez, vous, comment on fait les enfants ?

Il y eut un grand blanc, un ange passa, puis David demanda :

– Pourquoi poses-tu cette question ?

– C'est Justin qui a parlé de ça.

– Et voilà ! tempêta son père. Encore lui ! Ce fils d'Émeralien a vraiment une mauvaise influence. Dès demain, je vais rencontrer le directeur de ton école pour qu'il prenne des mesures. Et en attendant, je te demande de ne plus adresser la parole à ce gamin. Tu m'as bien compris, Louis ?

– Oui… Mais comment on fait les enfants ?

6

Depuis des mois, les deux hommes avaient essayé d'anticiper, s'interrogeant longuement à ce sujet. Il fallait que l'explication soit à la portée du jeune enfant. Ne pas entrer dans des considérations techniques, ne pas le choquer non plus... La thèse des bébés trouvés dans des choux était tentante ; elle pouvait être mise au goût du jour et déclinée en plusieurs versions : bébé trouvé dans un magasin, bébé livré dans une éprouvette... Ou encore, on pouvait aussi adapter l'histoire de la cigogne, en remplaçant l'oiseau par un gentil docteur... Mais cela ne les satisfaisait pas entièrement. Ils avaient fini par se mettre d'accord sur une sorte de parabole végétale, mais David n'avait aucune envie de s'y coller lui-même.

– Jackie va t'expliquer, fit-il en s'éclipsant. Moi, j'ai beaucoup de travail aujourd'hui.

– Eh bien, voilà, commença Jackie lorsqu'il eut disparu. Pour que tu puisses exister, j'ai pris une petite graine...

– Une petite graine ? fit Louis. Et tu l'as achetée où ?

– Je ne l'ai pas achetée. Je l'avais déjà.

– Et il t'en reste d'autres ? Tu pourras me les montrer, dis ? Ça ressemble à quoi, une graine de bébé ?

– Écoute, si tu m'interromps tout le temps, on n'y arrivera jamais.

Louis promit de se taire, mais c'était pour lui mission impossible...

– Donc, j'ai pris une de mes petites graines, reprit Jackie, et je l'ai plantée.

– Et c'est pour ça que je suis ton fils ? Parce que tu as planté ta graine pour m'avoir ?

– Exactement, fit Jackie.

Il était soulagé. Finalement, ça n'avait pas été si difficile...

– Et David aussi, il a donné sa petite graine ?

L'homme hésita. Il était sans conséquence de masquer la réalité, ou du moins de la simplifier... Pourtant, par goût de la vérité, il répondit finalement :

– Non.

– Pourtant, Justin m'a dit, une fois, qu'il fallait deux petites graines pour faire un bébé…

– Pas toujours.

– Alors, pourquoi David est mon père ?

– Il… il a aidé à planter ma graine.

– Ah bon ? Ça compte aussi pour être père ?

– Oui, ça compte.

– Ça compte autant que d'apporter sa graine ?

– Euh… oui, autant…

– Et où est-ce que vous l'avez plantée, la graine qui allait devenir moi ?

– Dans un endroit chaud et humide.

– Une serre ? demanda Louis, qui se souvenait d'une sortie scolaire au jardin des Plantes.

– Oui, c'est ça, une sorte de serre.

– J'aimerais bien visiter une serre à bébés. Parce que la serre du jardin des Plantes, elle était chouette, mais, celle-là, elle doit être encore mieux. Dis, est-ce qu'un bébé, quand ça pousse, ça fait aussi des petites tiges et des bourgeons ?

Jackie répondit, sans rentrer dans les détails, que c'était assez différent des plantes ordinaires.

– Et elle a mis longtemps, la graine, à pousser et à devenir moi ?

– Assez, oui. Neuf mois.

– Oh là là ! Alors, vous êtes venus m'arroser tous les jours pendant neuf mois pour que je grandisse ?

– Euh… non.

– Mais on a vu au jardin des Plantes que les graines, elles ont besoin d'être arrosées pour pousser !

– En fait, nous avons demandé à quelqu'un de le faire pour nous.

– C'est un père, alors.

– Mais qu'est-ce que tu racontes ?

– Ben si David est mon père parce qu'il s'est occupé de la graine, alors celui qui arrose, il est aussi mon père !

– Non, ça n'a rien à voir ! Elle était payée pour ça…

– Tu as dis « elle »… C'était une dame, alors ?

Jackie se sentait mal à l'aise. La conversation lui échappait complètement. Il s'était promis de ne pas évoquer la porteuse, mais ce diable de petit bonhomme qui voulait tout comprendre lui faisait perdre la tête. Comme il aurait voulu que David soit présent… Lui, avec sa brillante intelligence, il aurait su comment réagir…

– Une dame payée pour m'arroser ? continua Louis, sans s'apercevoir qu'il mettait son père à la torture. Une jardinière, quoi ? proposa-t-il, en se souvenant des femmes en combinaison verte aperçues dans les serres du jardin des Plantes.

– En quelque sorte.

– Et après ?

– Après, quoi ?

– La jardinière, quand elle a fini de m'arroser, qu'est-ce qui s'est passé ?

– Tu as grandi, grossi et, quand tu as été mûr, nous sommes venus te cueillir dans la serre et nous t'avons ramené chez nous.

Le feu de questions semblait terminé, mais Louis restait songeur.

– Ce matin, reprit-il, Justin a dit que tout le monde devait avoir une mère.

– Eh bien, il s'est trompé, assena Jackie. Maintenant, on peut faire des bébés sans mère.

– Ah ! Je lui dirai, à Justin, qu'il dit n'importe quoi. Et puis, je lui dirai que, moi, j'ai pas besoin de mère puisque j'ai eu une jardinière !

– Non, tu ne lui diras rien du tout parce que David t'a déjà interdit de lui parler !

TROISIÈME PARTIE

Cinq ans plus tard : An 250 NE

1

Dès que Jackie eut mis le pied dehors, il poussa une exclamation indignée :

– Il fait froid !

Il hésita un moment, puis fit demi-tour et rentra à l'appartement.

– Déjà de retour ? plaisanta le jeune Louis, qui venait de fêter ses dix ans.

– Je reviens juste pour chercher un manteau.

– Encore ? C'est la troisième fois cette semaine ! remarqua l'enfant.

– Oui, c'est pénible, ces dérèglements climatiques, soupira Jackie. Encore heureux qu'il ne pleuve pas…

Louis le regarda sans répondre, éberlué. Jackie se reprit piteusement :

– Tu as raison, c'est idiot… J'oublie toujours…

Quelques années plus tôt, « dérèglement climatique » aurait signifié que le temps n'était pas celui attendu à cette époque de l'année. On en imputait la faute à la pollution, aux satellites et aux expériences nucléaires pratiquées très loin de là, sur un atoll désert. Et on terminait ces récriminations par la petite phrase traditionnelle :

– Y'a plus de saison, ma bonn'dame !

En cette année 250 NE, chacun aurait pu dire de la même façon :

– Y'a plus de saison, mon bon mo !

Mais c'était une constatation satisfaite, puisque le fait même traduisait une nouvelle victoire de l'homme sur la nature. La volonté de chaque individu étant souveraine, il n'était plus acceptable que la nature imposât son diktat sur leurs vies. Quand on tient un chien en laisse, ce n'est pas pour se laisser entraîner au gré de l'animal. Il en était de même pour la nature. C'est elle qui devait se plier au bon vouloir de l'humain, et pas le contraire. On avait déjà remporté une première victoire en ce qui concernait le corps et la reproduction humaine. De même, on ne devrait subir froidure, canicule, sécheresse ou pluie, qu'à la condition d'en avoir exprimé clairement le désir. Les autorités avaient fini par se rallier à ce raisonnement somme toute logique, mettant en place un système entièrement automatisé et imposant appelé *climatogénèse*, qui gérait seul la composition de l'air, sa température, son humidité, ainsi que la vitesse du vent. De plus, au terme de travaux pharaoniques qui avaient duré des années, la capitale avait été recouverte d'un dôme gigantesque en matière transparente. Ainsi, Paris-sur-Seine était devenu Paris-sous-Globe. Le Globe régulait aussi la luminosité ambiante : la matière constituant le Globe filtrait les rayons solaires, ne laissant entrer que les radiations bénéfiques. Par temps couvert, les milliards de diodes tapissant la voûte prenaient le relais. Le crépuscule n'était qu'un affaiblissement de l'intensité lumineuse jusqu'à une nuit suffisamment claire pour rendre caducs les lampadaires et autres éclairages urbains traditionnels. Le Globe protégeait la ville de la pluie. C'était un confort pour les habitants et un avantage pour les installations – plus de problème de corrosion des métaux ni d'attaque acide des bâtiments. Pour pallier la monotonie du climat, on avait instauré certaines variations : la température de l'air passait de quinze degrés en décembre à vingt-cinq degrés au mois d'août, ce qui permettait d'endosser une garde-robe différente. En outre, les nostalgiques des petites ondées, du crachin et des averses pouvaient se rendre le mardi au bois de Boulogne et le jeudi au bois de Vincennes. Des tuyauteries cachées dans la frondaison des arbres y dispensaient une ondée rafraîchissante. Programmée chaque année, début février, la « semaine de la neige » se déroulait en deux lieux : le Parc des Princes et le Stade de France. Installés en haut des gradins, d'énormes canons à neige vomissaient des flots de flocons, parmi les cris de joie.

Lors de l'élaboration du projet, les discussions avaient été âpres pour déterminer ce qu'inclurait le Globe. Pour éviter une surcharge de pollution que la *climatogénèse* n'aurait su résorber, les usines avaient été rejetées à l'extérieur. Aussi, chaque matin, des métros souterrains à grande vitesse (MGV) acheminaient en périphérie du Globe des cargaisons de travailleurs. On avait conservé quelques grands espaces verts, même si partout ailleurs les arbres avaient été abattus ; les feuilles mortes qu'ils répandaient à terre nuisaient à l'harmonie des vastes avenues et occasionnaient des dépenses de voirie supplémentaires.

Moyennant quoi l'intérieur du Globe constituait un milieu varié et homogène, et les conditions climatiques, parfaitement maîtrisées, étaient clémentes pour l'homme. Du moins, en théorie. Parce qu'il arrivait que le système de *climatogénèse* fasse des siennes. Et, dans ces moments-là, la colère grondait, d'autant plus forte que les humains n'étaient plus habitués à l'imprévu…

2

Ludivina, parent naturel de Lucie, et Sophie, parent d'Alex, avaient été très proches à une certaine époque de leur vie, mais elles s'étaient perdues de vue. Depuis leurs retrouvailles à l'occasion d'un cocktail, elles se voyaient régulièrement. Ludivina avait particulièrement besoin de ces moments amicaux, car elle traversait une mauvaise passe : Arthur, son mari, venait de la quitter pour une autre femme. Ou plutôt pour une gamine de dix-sept ans. Et qui était la propre fille de Ludivina, qu'elle avait eu avec un premier mari.

– Quand je pense que c'est par mon entremise qu'ils se sont rencontrés… soupira Ludivina. Edna était en garde alternée entre mon ex-mari – son parent 1 –, moi – qui suis son parent 2 – et son parent 3 – l'ex-conjoint de mon ex-mari, qui avait reconnu Edna avant qu'ils ne se séparent. D'ailleurs, Arthur l'avait également reconnue lorsque nous nous sommes mariés. Alors, forcément, elle venait passer certains week-ends à la maison. Si j'avais pu me douter…

– Arthur est le parent 4 d'Edna, alors ? demanda Sophie.

Ludivina acquiesça.

– Et c'est légal, ça, d'épouser un de ses parents ?

– Je ne sais pas. Mais de toute façon, rien ne dit qu'ils veuillent se marier.

– Comment réagit ta petite Lucie à tout cela ?

Les deux femmes avaient toutes deux un enfant de cinq ans, et c'était un point qui les rapprochait encore.

– C'est difficile à dire, répondit Ludivina. Elle est assez secrète, assez renfermée. Et pas très affectueuse, tu sais… Et comment pousse ton Alex ?

– Ol se porte bien, l'informa Sophie.

– Ol ? s'étonna Ludivina. Oh, excuse-moi, j'oublie à chaque fois. Alex est toujours neutre ?

– Toujours.

– Et ça ne t'inquiète pas ?

– Nous avons décidé qu'ol choisirait son genre, et nous ne voulons pas lui imposer non plus le moment de sa décision.

– Pourtant, ça fait longtemps que Lucie…

– Tu l'as toujours élevée dans l'idée qu'elle était une fille, qu'elle devait adopter une attitude, un comportement et des goûts prédéfinis. Je suis désolée de te le dire, mais vous l'avez formatée dès sa plus tendre enfance.

– Tu as sans doute raison, soupira Ludivina, un peu honteuse. Nous avons cru bien faire… Mais tu sais, sa naissance nous avait tant perturbés… Alors, pour son éducation, nous avons fait les choses à l'instinct, sans trop réfléchir…

Sa voix tremblait, et Sophie s'en voulut de sa dureté envers son amie qui, dans son épreuve présente, n'avait pas besoin de se remémorer les circonstances si déshonorantes de la naissance de sa fille. Sophie lui posa gentiment la main sur le bras.

– Allez, ne t'en fais pas... Ta petite Lucie s'en sortira peut-être quand même...

Ludivina se raidit.

– En tout cas, elle au moins, elle ne sera pas neutre, fit-elle, plus amère qu'elle ne l'aurait voulu.

En effet, il était admis de pouvoir librement choisir son genre, mais le fait de rester neutre n'était pas bien vu. Le Régime n'était pas encore parvenu à éradiquer cette discrimination.

– Rien ne dit qu'Alex sera neutre, riposta Sophie. Ol n'a pas encore choisi, c'est tout !

– Ses camarades d'école parentelle sont encore tous neutres, à cinq ans ?

– Non, reconnut Sophie de mauvais gré. La plupart ont choisi un genre ou l'autre.

– Et ce genre correspond à leur sexe biologique ?

– C'est impossible à savoir. Je t'ai déjà expliqué qu'ils ont tous des prénoms neutres et qu'aucun de leurs éducateurs n'a jamais connu leur sexe biologique. Les parents sont les seuls à être au courant, et ils gardent le secret.

– Comme vous deux.

– Oui, comme nous. Les gens sont tellement ringards et bornés ! Pourquoi diable s'obstiner à voir un lien entre le sexe biologique, imposé par la nature, et le sexe comportemental, choisi par la personne ?

– J'avoue que j'avais moi-même un peu de mal au début, reconnut Ludivina, et je commence seulement à m'y faire, petit à petit... Mais, pour en revenir à Alex, ol ne manifeste vraiment aucune préférence ? Dans le choix de ses vêtements, par exemple ?

– Je note les jours où ol se met en jupe, ceux où ol se met en pantalon, et ceux encore où ol s'habille en neutre. Il y en a globalement autant. Et, de toute façon, cela ne serait pas vraiment significatif. Pour Alex et les enfants élevés comme ol, il s'agit seulement d'un choix esthétique, puisque tous leurs éducateurs sont tenus de s'habiller alternativement des trois façons.

– Pour brouiller les pistes ?

– Pour déconstruire les stéréotypes sexués, rectifia Sophie.

– Alors, est-ce qu'ol joue plus à la poupée, ou aux petites voitures ?

– Au début, à la crèche, on ne leur donnait que des jouets neutres : des animaux, des balles, des cubes. Et puis, ils ont introduit les jouets réputés genrés, tels que les poupées et les camions, les déguisements de Zorro et de fée, les fers à repasser et les outils, mais en les contraignant à les utiliser à tour de rôle.

– Si on les contraint, alors ils ne sont plus libres. Cela me paraît bien contradictoire…

– Il faut bien les leur faire découvrir, riposta Sophie. C'est comme pour la nourriture : tant que tu n'as pas goûté, tu ne peux pas dire si tu aimes ou non !

– Bon, mais si je t'ai bien comprise, au bout d'un moment, on les laisse libres de choisir leurs jouets ? Alors, cela permet de déterminer l'orientation genrée de l'enfant.

– Eh bien, non, tu n'as rien compris. Parce qu'avec cette façon de faire on a vraiment débarrassé chacun des jouets de toute connotation genrée.

– Alors, comment Alex se projette-t-il dans l'avenir ? Est-ce qu'ol s'imagine plutôt en pompier, en institutrice ou en conducteur de tractopelle ?

– Trouve autre chose ! Depuis sa naissance, Damien et moi avons veillé à nous répartir équitablement toutes les tâches ; et puis, de nos jours, on trouve des femmes parmi les pompiers et sur les chantiers, et des hommes dans la cuisine et dans la couture…

– Alors essaie de lui tirer les vers du nez sur ses attirances sexuelles.

– Mais ol n'a que cinq ans ! fit remarquer Sophie.

– Quand même ! Lucie a déjà des petits amoureux. Enfin, moi, ce que j'en dis… Allez, il est temps que je me sauve. Merci pour le thé !

– Reviens quand tu veux…

La conversation avait quelque peu troublé Sophie. Qu'Alex devienne garçon ou fille, peu lui importait ; enfin, c'est ce qu'elle voulait croire. Au fond de son cœur, elle aurait bien voulu avoir une petite fille… Mais il ne lui plairait pas qu'ol reste neutre, elle devait bien le reconnaître. Par quel critère saurait-elle que son enfant manifestait un penchant vers un genre ou l'autre ?

Alex venait de rentrer de l'école parentelle, accompagné de son père. Sophie appela l'enfant dans le salon où elle achevait de boire sa tasse de thé refroidi. Elle lui fit parler de sa journée, puis de ses petits camarades. Ol évoqua un certain Mart, qui avait annoncé à la classe que, désormais, ol voulait qu'on l'appelle Martine et qu'on dise *elle* en parlant d'ol. La maîtresse avait fêté cela en organisant un petit goûter.

– Tu la trouves gentille, Martine ?

– Oui, ça va.

– Tu l'embrasses quelquefois ?

– Ah ça, non !

– Pourquoi pas ?

– Ben, si je l'embrassais, fit l'enfant, elle m'embrasserait aussi, et moi je trouve ça dégoûtant.

Sophie crut avoir trouvé un indice, mais Alex expliqua :

– Ol… elle a toujours la bouche collante parce qu'elle suce tout le temps des bonbons.

– Et… est-ce qu'il y a un autre enfant qui est ton ami, et que tu aimerais prendre dans tes bras pour lui faire un câlin ?

– Pourquoi je ferais ça ?

– Je ne sais pas, moi… Parce que tu en serais un petit peu amoureux, par exemple…

Alex réfléchit, un peu gêné.

– Une fois, c'était Ben.

D'après le prénom, Sophie sut que c'était un neutre. L'information était donc inexploitable…

– Et il y a eu d'autres fois ?

Comme Alex hochait la tête, Sophie le poussa à en dire plus.

– C'était Angélique.

– C'est une fille ?

– Ol s'appelait Ange, et puis ol a dit que, maintenant, il fallait l'appeler Angélique, parce que c'était une fille. Elle est marrante. Mais quand elle s'est battue avec Domi, qu'est-ce qu'elle lui a mis…

– Pourquoi se sont-ils battus ?

– Domi avait dit qu'Angélique n'était pas une vraie fille, parce qu'elle avait un zizi (ol avait vu ça dans les toilettes). Alors ils se sont battus, et mo Bensoussan a puni Domi. Parce que c'est quand même une fille, hein, maman, puisqu'elle l'a décidé ? On peut bien être une fille même si on a un zizi, dis, maman ?

– Bien sûr, chéri.

Sophie était à nouveau troublée. Cette question « genre *versus* sexe » ne lui posait pas problème, elle était franchement convaincue de ce qu'elle était en train de certifier à son enfant. Mais la confidence d'Alex la laissait perplexe. Ol avait été embrassé par cette Angélique. Était-ol un garçon, puisqu'ol était attiré par un enfant de genre féminin ? Oui, mais cet enfant était de sexe masculin ; l'attirance d'Alex pour ce camarade prouvait-elle qu'ol était une fille ? Soudain, Sophie se prit en flagrant délit de discrimination. Car c'était bien une discrimination que de postuler qu'ol devait être attiré par le genre opposé – ou par le sexe opposé. On pouvait alors aussi bien considérer qu'Alex était un garçon homosexuel attiré par un enfant du même sexe que lui, ou bien qu'ol était une fille homosexuelle attirée par un enfant de même genre que lui. Ou bien, on pouvait encore ne rien considérer du tout, vu qu'un baiser volé dans une cour de récréation ne prouvait rien.

– Bon, et… comment imagines-tu ton avenir ? demanda Sophie, se remémorant sa conversation avec Ludivina.

À l'air égaré d'Alex, elle réalisa qu'ol n'avait pas compris la question.

– Qu'est-ce que tu veux être plus tard, quand tu seras grand ?

À cinq ans, l'enfant n'avait encore aucun projet d'avenir.

– Est-ce que tu veux être comme maman ou comme papa ? fit Sophie, pour simplifier encore le problème.

Une lueur s'alluma dans le regard de l'enfant, ol vint se blottir tendrement contre sa mère et roucoula :

– Quand je serai grand, je veux être comme toi. Et je me marierai avec papa.

3

Faire-part de genre d'Alex :

Sophie et Damien
laissent à Alex
le plaisir de vous annoncer la nouvelle :

« Je suis une fille !
Désormais, je m'appelle
Alexia. »

4

– Non, j'irai pas ! s'exclama Louis.

À dix ans, il entrait déjà dans l'adolescence et, de plus en plus fréquemment, s'opposait à Jackie. La séparation entre ses deux pères n'avait évidemment pas amélioré la situation. En effet, David, après plus de douze ans de vie commune, avait quitté Jackie pour une femme. Cette dernière circonstance avait aggravé le chagrin de Jackie. Pour se venger, il s'était inscrit à plusieurs sites de rencontre et passait son temps à surfer de l'un à l'autre, se lançant à corps perdu dans la recherche de nouveaux compagnons. Depuis plusieurs semaines, des inconnus passaient à la maison ; ils restaient plusieurs jours, puis disparaissaient dans la nature. Jackie devait se résoudre à reconnaître qu'il était du genre fidèle. Fidèle et inconsolable.

Louis avait détesté ces inconnus qui avaient envahi son espace vital sans lui prêter la moindre attention, comme s'il n'était qu'un meuble. Ils lui volaient l'attention de Jackie et se livraient à leurs parades de séduction, même en sa présence.

– J'irai pas ! répéta le garçon d'une voix rauque et, sous l'effet de la colère, ses taches de rousseur se dessinaient nettement sur ses joues.

– Tu n'as pas le choix, répliqua doucement Jackie, comme à regret. David a fait valoir son droit de garde alternée. Tu vas devoir maintenant passer une semaine sur deux chez lui.

– Je le déteste ! Je le déteste de t'avoir fait tant de mal ! Et de nous avoir abandonnés, toi et moi ! Et je déteste encore plus cette femme qui lui a mis le grappin dessus.

Sans l'avoir jamais vue, il pouvait bien l'imaginer : une séductrice, une femme égoïste, dure et méprisante. Il n'avait vraiment aucune envie de faire sa connaissance, ni même de revoir David.

– Allons, il t'attend, fit Jackie. Et si tu n'y vas pas, la faute retombera sur moi.

– Monte avec moi, alors !

– C'est au-dessus de mes forces.

Soupirant avec agacement, le jeune garçon appela l'ascenseur. Arrivé sur le palier, il actionna la sonnette. Des pas retentirent aussitôt dans l'appartement et la porte s'ouvrit sur David. Derrière l'épaule de celui-ci se tenait une femme. *La* femme. Elle observait Louis des pieds à la tête, mais avec une curiosité non dénuée de bienveillance.

– Alors, c'est toi, Louis ? fit-elle en s'approchant. David m'a souvent parlé de toi. Je suis si heureuse de faire ta connaissance. Tu permets que je t'embrasse ?

Avant qu'il ait eu le temps de réagir, elle lui avait plaqué un baiser sur la joue. Il se dégagea, furieux. Furieux contre lui-même, car il sentait que la carapace de rancœur à laquelle il s'était résolu était en train de se fissurer. Cette femme, la responsable du désespoir de Jackie et de la ruine du couple de ses parents, il n'arrivait pas à la trouver aussi laide et repoussante qu'il l'aurait souhaité. Elle n'avait rien d'une beauté fatale, mais son visage était agréable et avenant. Le contact physique, lorsqu'elle l'avait embrassé, ne l'avait pas répugné. Il s'était laissé aller à trouver qu'elle sentait bon et que sa peau était fraîche et douce.

La femme parut blessée lorsque Louis lui échappa en reculant d'un pas. David intervint.

– Louis, je te présente Amélie, ma nouvelle femme, et donc ton parent 3.

– Je n'aime pas beaucoup ce terme de parent 3, intervint-elle. Ça fait trop protocolaire, ou trop administratif. Si tu veux, on pourrait dire que je suis... ta mère...

– Amélie ! s'exclama David.

– Excuse-moi, fit précipitamment la jeune femme. J'avais même pensé que tu pourrais m'appeler maman, reprit-elle à l'adresse de Louis, mais ça ne plaît pas à David. Alors, appelle-moi par mon prénom, ou bien comme tu voudras.

– C'est ça ! conclut David. Et maintenant que les présentations sont faites, on pourrait passer à table, non ?

Un délicieux fumet de gâteau au chocolat acheva de convaincre Louis et il franchit le seuil de l'appartement.

5

Pendant presque dix ans, l'affection filiale de Louis avait été simple et limpide. En comparant avec ce que vivaient la plupart de ses camarades, il savait gré à David et Jackie d'avoir limité à deux le nombre de ses parents. Il les aimait tous les deux également, quoique de façon différente. De plus, dans son amour pour David, il était conforté par Jackie, et réciproquement. La situation s'était compliquée lors de leur rupture. Il aurait pu choisir d'aimer l'un et détester l'autre ; comme ça, au moins, cela aurait été clair et net. Mais il ne s'y était pas résolu. Il y avait plus grave : Amélie avait su gagner son cœur. Or elle était pour Jackie la grande rivale, celle qui lui avait volé peut-être l'affection, mais plus sûrement la moitié du temps de présence de Louis, puisque celui-ci était en garde partagée. Jackie la détestait de tout son cœur, il la jugeait dangereuse et ne cessait de mettre Louis en garde contre elle. Toute la tendresse qu'elle lui montrait, disait-il, n'était que feinte et stratégie. De son côté, Amélie voyait d'un mauvais œil cet homme aux prérogatives de mère et le critiquait ouvertement devant le garçon. Celui-ci en était très perturbé. Par une sorte de loyauté, il aurait dû faire siennes les haines de l'un et de l'autre. Mais comment être loyal à l'un des parents sans trahir l'autre ? Il n'était pas près de trouver la solution à ce dilemme…

6

Éléonore Beurville, de la célèbre agence de *reproductique* Dunoix-Beurville, s'était installé un petit bureau pour y travailler plus confortablement. De temps à autre, elle levait les yeux de l'écran de son ordinateur portable pour observer la jeune femme qui geignait et haletait. En vraie professionnelle, elle tenait à suivre chaque procédure GPA d'un bout à l'autre. Et c'était aussi une façon de décider si la porteuse était suffisamment compétente pour continuer à figurer dans les fichiers de l'agence. Éléonore ne ménageait pas son temps : depuis six heures que la porteuse se trouvait en salle d'accouchement, elle s'était seulement autorisé une pause de cinq minutes pour avaler un café et un sandwich à la cafétéria de la clinique.

Lorsque la sage-femme estima que le moment de l'expulsion était venu, Éléonore se leva de sa chaise et vint se poster à côté de la table d'accouchement. La praticienne objecta qu'elle risquait de gêner. Éléonore la remit vertement à sa place, mais s'écarta toutefois, ne voulant pas mettre en danger la procédure.

La porteuse criait et se contorsionnait. Moyennant un supplément, les commanditaires avaient refusé la péridurale, qu'ils jugeaient risquée. Le visage de la femme ruisselait de sueur et elle adressa à Éléonore un regard implorant et plein d'angoisse.

– Je ne vais pas y arriver, murmura-t-elle. C'est trop dur…

– Allons, ne dites pas de bêtise ! la rabroua Éléonore. Vous n'êtes ni la première ni la dernière !

Pour sa part, elle avait fait porter ses deux enfants ; elle bénéficiait naturellement de tarifs intéressants. Elle ignorait donc tout des souffrances de l'accouchement. Mais, après tout, il s'agissait d'une prestation de service, et la signature du contrat de porteuse impliquait l'acceptation des inconvénients qui en résultaient.

Enfin, l'enfant émergea, d'abord la tête, puis le reste du corps. Éléonore fut soulagée : il était bien vivant et, à en juger par ses cris, en pleine forme. Toutefois, elle fit aussitôt appeler le pédiatre pour le contrôle qualité usuel, et celui-ci la rassura.

– Est-ce qu'on pourrait penser à me libérer ? intervint la porteuse, épuisée.

En effet, le cordon ombilical la reliait encore au bébé qu'elle venait de mettre au monde.

– Non, ce n'est pas possible pour le moment, rétorqua Éléonore. Préparez-le-moi, poursuivit-elle à l'adresse de la puéricultrice qui venait d'entrer, pour que je puisse le présenter, tout beau tout chaud, aux commanditaires.

Lorsque ce fut fait, elle passa dans la pièce voisine et revint avec un couple de femmes. La première, une grande femme blonde et carrée à l'allure volontaire, était la donneuse. La seconde femme, une brune aux cheveux coupés court et à l'air doux, semblait à la fois impressionnée et émue.

La blonde se saisit de l'enfant et l'examina sous toutes les coutures. Soudain, elle fronça les sourcils.

– Quelque chose ne va pas ? s'inquiéta Éléonore.

– Elle a les cheveux crépus, affirma la blonde.

– Vous croyez ?

– J'en suis sûre !

– C'est tellement léger que cela se remarque à peine, objecta Éléonore.

– Je n'avais pas demandé d'enfant crépu, rétorqua sèchement la blonde. Je voulais – et je vous l'ai clairement stipulé – un enfant qui me ressemble. Or, regardez-moi et dites-moi si j'ai les cheveux crépus ?

Elle les avait raides comme des baguettes.

– Il a dû y avoir un échange de gamètes à l'origine, affirma-t-elle.

– Impossible ! Peut-être y a-t-il un peu de sang africain dans vos veines… avança Éléonore.

– Il n'y a jamais eu d'Africains dans ma famille, s'insurgea la femme.

– Tu ne sais pas, fit doucement la brune. Après tout, tu n'as pas connu ton père ni ses ascendants. Mais ça n'a aucune importance, ajouta-t-elle précipitamment en voyant les sourcils de sa compagne se froncer de nouveau. Nous aimons bien les Africains, n'est-ce-pas ? Et aussi les cheveux crépus…

La blonde ignora l'intervention de sa compagne et assena à l'adresse d'Éléonore :

– S'il n'y a pas eu échange de gamètes, alors c'est que le donneur n'était pas conforme.

– Vous avez vu sa photo et ses caractéristiques, lors de l'établissement du contrat, rappela Éléonore. Il n'était pas africain et n'en avait pas les caractéristiques. Maintenant, vu la nouveauté de la *reproductique*, la traçabilité des donneurs est courte… Or, il arrive que les caractères génétiques sautent une ou deux générations, et cela explique que l'enfant ne ressemble pas toujours à ses parents.

– Écoutez, je n'ai pas payé une fortune pour essuyer vos cours de génétique, mais pour obtenir un enfant qui me ressemble. Quand je voudrai un enfant au type africain, alors je commanderai un enfant de type africain. Mais en attendant, j'avais demandé un enfant qui me ressemble et ce n'est pas le cas.

– Dites, je ne veux pas vous déranger, intervint la porteuse toujours sur la table d'accouchement, mais ce cordon, vous le coupez, oui ou non ?

– Non ! trancha la blonde.

En effet, le fait de couper le cordon était une prise de possession de l'enfant, et donc une acceptation du produit tel qu'il était.

– Tu es sûre ? insista la brune. Pourtant, il a l'air mignon, ce bébé…

– Oui, je suis sûre ! J'ai toujours maîtrisé chacun des événements de ma vie, je n'ai rien laissé au hasard. Ce n'est pas aujourd'hui que je vais me laisser refiler n'importe quelle marchandise !

– Mais, Vanessa… C'est ton bébé, tout de même… Enfin, en partie…

– Je t'arrête tout de suite. D'abord, je doute fort qu'il s'agisse réellement de mes gamètes. Et puis, je te rappelle que ce n'est mon enfant que si je le décide. Que si je l'adopte. Et là, termina-t-elle en regardant une nouvelle fois le nouveau-né avec une moue, franchement… non.

Puis, voyant le visage de sa conjointe s'attrister :

– Allons, nous en referons faire un autre, voilà tout. Et tiens ! Cette fois, ce sera toi, la donneuse, si tu veux. J'aimerais bien avoir un enfant qui te ressemble, pas toi ? Ou bien de type africain, si ça te plaît. Ou de type asiatique, nous déciderons toutes les deux ensemble…

Lorsqu'elles furent reparties, Éléonore se prit la tête entre les mains, découragée et laissa passer un long moment. Mettre de l'ordre dans ses idées… Trouver une solution, et vite… C'était d'autant moins facile avec tout ce bruit : le bébé, nu et oublié de tous, braillait de toute la force de ses petits poumons.

– Là, je trouve que ça commence à bien faire !

La porteuse se rebellait. Éléonore l'avait oubliée, celle-là…

– Coupez-lui le cordon, ordonna-t-elle d'un air las à la sage-femme.

– Ah non ! Certainement pas ! En cas de désistement des commanditaires, je vous rappelle que c'est l'agence de *reproductique* qui hérite du bébé, pas la clinique. À vous l'honneur ! termina-t-elle, en lui tendant les ciseaux avec un petit sourire sardonique.

7

Joachim Dunoix referma le dossier sur lequel il venait de travailler une bonne partie de l'après-midi. C'était bouclé. Il méritait bien une petite pause avant de s'attaquer à un autre dossier. Il passa dans le bureau voisin pour proposer à sa collègue de partager un café. Éléonore Beurville et lui étaient les deux seuls travailleurs de l'agence. Associés n'était pas le bon mot. Ils avaient choisi, en ouvrant cette agence de *reproductique*, d'être indépendants l'un de l'autre. En effet, la législation était encore très floue sur ce domaine de la *reproductique*, et mieux valait qu'ils ne soient pas légalement solidaires.

– Oh là là ! Quelle mine tu as ! s'exclama-t-il à la vue de sa collègue.

Elle avait les traits tendus, et les cernes sous ses yeux étaient soulignés par son mascara qui avait coulé.

– C'est vrai, tu n'as pas dû beaucoup dormir, avec l'accouchement de la nuit dernière... Ça s'est bien passé, au moins ?

Comme Éléonore tardait à répondre, il s'inquiéta :

– Il y a eu un souci ? Le produit était en mauvais état ?

– Oh non, fit Éléonore avec lassitude. Lui, il était en pleine forme.

– Qu'est-ce qui n'a pas marché, alors ?

– Il n'était pas conforme, d'après l'une des commanditaires. Elle a trouvé qu'il ne lui ressemblait pas.

– C'est ridicule. On sait bien que les caractères génétiques...

– C'est ce que je lui ai dit, coupa Éléonore. Mais elle est convaincue qu'il y a eu échange de gamètes en début de procédure.

– C'est strictement impossible.

– Je le lui ai dit aussi, mais elle ne voulait rien savoir.

– Enfin, ne te frappe pas pour ça. Des râleurs, on en a de temps en temps. Mais ils ne peuvent rien contre nous. Du moment qu'ils ont versé l'argent...

Éléonore fit une moue ennuyée.

– Quoi ? Ne me dis pas que tu ne fais pas payer par mensualités ?

– Si, elles avaient versé les neuf mois de portage et tout le reste. Mais je leur avais proposé une assurance annulation.

Joachim la fixa avec des yeux écarquillés.

– Tu as fait cela ?

– Essaie de comprendre. C'est une assurance coûteuse, et personne ne la fait jamais marcher. Quand ils se retrouvent avec dans les bras le bébé qu'ils ont si longtemps attendu et fantasmé, ils ne pensent pas à annuler le contrat...

– C'est la première fois que je vois ça en fin de procédure, admit Joachim. Mais j'ai eu le cas récemment, pour un produit qui en était à trois mois de développement. Le couple de commanditaires s'était séparé, et ils avaient décidé de renoncer à leur projet d'enfant, donc de rompre le contrat.

– Oui, mais dans le cas de rupture précoce de contrat, l'assurance annulation reste rentable pour nous. Regarde ! Supposons que la procédure en soit à trois mois.

Elle attrapa une feuille de papier sur son bureau et y traça deux colonnes. Dans l'une, elle y inscrivit les « entrées » : le montant de l'assurance annulation ; dans l'autre, les « sorties » : remboursement des frais médicaux et les trois mois de salaire de la porteuse.

– C'est largement excédentaire, conclut-elle.

Joachim réfléchit.

– Tiens, ce serait intéressant de déterminer jusqu'à quel stade de développement l'assurance est rentable…

Il tendit la main vers son ordinateur, s'apprêtant à y entrer un algorithme savant pour résoudre ce problème mathématique. Mais il se ravisa lorsqu'Éléonore reprit :

– Mais, lorsque la procédure arrive à son terme, le montant de l'assurance ne compense plus du tout les frais que j'ai engagés ! Si bien que je me trouve dans un affreux pétrin, avec le désistement de mes commanditaires.

– Que comptes-tu faire ?

– Les rembourser ! Je n'ai pas le choix…

Joachim, dans son for intérieur, se félicita de n'être pas lié financièrement à sa collègue.

– Ça va te mettre sur la paille, remarqua-t-il. À moins que…

– À moins que quoi ?

– À moins que tu ne réussisses à revendre le produit.

– Ce que veulent les gens qui ont recours à notre agence, c'est un enfant d'eux. Pas l'enfant de n'importe qui.

– Ça dépend. Autrefois, les couples stériles étaient prêts à aller très loin et payer très cher pour avoir un enfant qui n'avait rien de commun avec eux.

– Les temps ont changé, je te rappelle.

– C'est vrai. L'adoption s'est faite rare, par force, et a été remplacée par la *reproductique*, qui s'est développée de façon phénoménale depuis quelques années. Mais suppose un couple qui n'ait pas les moyens financiers nécessaires. Ou bien qui soit pressé – parce que les techniques de *reproductique* n'ont pas réussi à accélérer le processus, et il faut toujours neuf mois de développement si on veut un produit de qualité. Tandis que, là, tu leur offres un produit déjà fini, qu'ils peuvent juger sur pièce, et immédiatement disponible. Enfin, quand je dis « offrir »...

Éléonore, initialement effondrée, commençait à reprendre espoir. Finalement, elle n'aurait peut-être pas à regretter l'élan stupide qui l'avait poussée à ne pas détruire le produit refusé. Avec un peu de chance, elle pourrait non seulement rentrer dans ses frais, mais faire en sus un petit bénéfice. Pourtant, ce n'était pas encore gagné.

– En attendant de trouver le couple idéal, dit-elle, le produit me coûte cher. J'ai dû le placer dans une crèche, et chaque journée qui passe augmente son prix de revient.

Elle réfléchit encore.

– Par Internet, je devrais pouvoir trouver un acheteur rapidement. Cela me donne une idée. Je pourrais créer un site spécialisé dans l'occasion.

– C'est-à-dire ?

– Un site spécialisé dans la revente des produits refusés. De la seconde main, si tu veux. Une sorte de braderie des invendus.

– Tu dis toi-même que les refus des produits finis sont très rares, remarqua Dunoix.

– Je sens que la tendance est à l'augmentation... Surtout lorsque les gens sauront qu'ils peuvent les revendre.

– Pas idiot, fit Joachim. À condition de travailler à flux tendu.

– Qu'est-ce que c'est ?

– C'est un terme issu de l'industrie. On a calculé que le fait de stocker une marchandise coûte cher, donc augmente son prix de revient. C'est particulièrement vrai pour toi si tu dois payer la crèche. Aussi, il faut faire en sorte de minimiser le délai entre la production et la vente.

– Tu as raison. Je rendrai mon site le plus attractif possible, pour avoir un maximum de visiteurs qui seront autant de clients potentiels.

Éléonore prit encore quelques instants de réflexion, puis claqua des doigts. Elle venait d'avoir une autre idée, qu'elle exposa à son collègue et ami :

– Au lieu de me cantonner aux rebuts et invendus de notre agence, je pourrais même ouvrir le site Internet aux particuliers, par le biais de petites annonces. Par exemple, un couple qui s'apercevrait au bout de quelques jours que le bébé ne lui convient plus pourrait le remettre en vente. À condition toutefois que je puisse juger sur pièce au préalable. Je ne veux proposer sur mon site que des produits de qualité.

Joachim considéra sa collègue avec admiration. C'était une femme forte, qui ne se laissait pas démonter par les épreuves, mais savait les mettre à profit pour rebondir. Travailleuse consciencieuse et infatigable, elle savait concilier son intérêt propre, celui de l'agence et la satisfaction des clients. Bref, une fille bien ; et réglo, avec ça, qui respectait scrupuleusement la loi. Sur ce point, Dunoix ne la suivait pas. Dans son idée, la loi n'allait pas assez loin et avait parfois des effarouchements de jeune vierge pudibonde.

8

– Tu peux te rhabiller.

Le médecin tourna le dos à Louis et à son parent 1 pour retirer ses gants de latex et se laver les mains. Quelques semaines plus tôt, le garçon avait été convoqué à l'hôpital pour un premier rendez-vous, suivi d'une batterie de tests et d'examens médicaux. Cette fois, le praticien l'avait ausculté des pieds à la tête, n'oubliant aucune partie de son anatomie ; toutefois, on sentait qu'il recherchait quelque chose en particulier.

– Votre enfant se porte bien, conclut-il en s'adressant à Jackie.

Celui-ci soupira de soulagement.

– Est-ce que je pourrais savoir ce que vous recherchiez ? demanda-t-il toutefois.

Le praticien hésita un instant.

– Procédure de suivi post-*reproductique*, finit-il par lâcher. On a diagnostiqué récemment chez la donneuse une maladie génétiquement transmissible. C'est ce que je contrôlais chez votre enfant. Il est sain. Enfin, pour le moment. Il devra être suivi régulièrement.

– De quelle maladie s'agit-il ? s'inquiéta Jackie.

– Je ne suis pas autorisé à vous répondre.

– Est-ce que je peux au moins savoir quels en sont les symptômes ?

Le médecin fit un signe négatif de la tête.

– Mais enfin, vous ne vous rendez pas compte ! se rebella Jackie. Je vais vivre désormais avec une épée de Damoclès au-dessus de la tête, et m'imaginer, au moindre bobo, que Louis est en danger de mort !

– Je vous comprends, fit doucement le médecin. Mais j'ai des consignes. Je regrette de vous en avoir trop dit et d'avoir répondu à votre première question, qui était pourtant légitime.

– C'est inhumain !

Le praticien haussa les épaules en signe d'impuissance.

– Il y a eu des abus, expliqua-t-il. Mis au courant que la donneuse n'était pas saine, certains parents ont voulu se retourner contre l'agence de *reproductique*, lui intenter un procès et réclamer des dommages et intérêts en arguant un vice caché…

– C'est infâme, s'insurgea Jackie, de vouloir gagner de l'argent là-dessus ! Quand quelqu'un me démolit ma voiture, je lui réclame de l'argent pour la faire réparer. Mais en quoi est-ce que l'argent peut compenser les hypothétiques problèmes de santé de mon enfant ?

– Je suis malade ?

Louis venait de faire irruption dans la conversation des deux adultes.

– Mais non, mon chéri, le docteur vient de dire que tu te portais bien.

– Je sais, j'ai entendu, mais après, vous avez parlé entre vous comme si j'étais pas là. J'ai bien le droit de savoir !

– Tu as raison, tempéra le médecin. Que veux-tu donc savoir ?

– Qu'est-ce que c'est qu'une maladie génétique ?

– C'est une maladie qui se transmet par les gènes.

– Et qu'est-ce que c'est qu'un gène ?

– Eh bien, c'est ce que donne chacun des parents au moment où l'enfant est conçu.

Cette réponse éveilla en Louis des souvenirs.

– C'est l'histoire de la petite graine ? demanda-t-il.

– Si tu veux.

– Jackie a une maladie dans sa graine ? s'inquiéta l'enfant.

– Non, pas lui.

– David, alors ?

– Non, fit le médecin. Je parlais des parents biologiques.

– Mais David est mon parent 2, objecta le garçon.

– Oui, mais il n'est pas ton parent biologique, rétorqua le praticien après avoir consulté la fiche de Louis.

– Parce que j'ai un autre parent que je ne connais pas ? Vous parlez peut-être de la jardinière ? fit l'enfant dont le regard s'éclaira.

– Au diable tout cela ! s'exclama le médecin, visiblement agacé. Au diable les jardinières, les petites graines qui poussent toutes seules, les parents 2, 3 et 4... Voilà à quoi ça mène ! Ça donne des gamins qui, à dix ans, ont reçu des cours d'éducation sexuelle pour apprendre à se faire plaisir, mais ne savent même pas qu'ils ont une mère !

– Docteur ! Je vous en prie ! s'offusqua Jackie.

– Une mère, parfaitement ! Dont ils possèdent la moitié du matériel génétique ! Ce n'est pas rien, tout de même !

– Moi, j'ai une mère ? s'étonna Louis, en plus de mes deux pères ?

– Docteur ! Ce n'est pas socialement correct, vous le savez ! Vous pouvez parler de génitrice, à la rigueur...

– Ce n'est pas à vous de me dire quel terme je peux ou non employer ! Je suis un scientifique, moi, pas un rêveur ou un théoricien ! À force de rester dans le socialement correct, on en arrive à des aberrations ! À des mensonges ! Et je ne supporte pas le mensonge.

– Alors, c'est ma mère qui est malade ?

– Et moi, je ne supporte pas que vous profériez de telles grossièretés devant mon enfant !

– Pourquoi on ne me l'a jamais dit, que j'avais une mère et qu'elle était malade ? fit Louis, en essayant de faire entendre sa voix entre les deux adultes en colère.

– Je me plaindrai aux autorités compétentes ! menaça Jackie.

– Eh bien, plaignez-vous à qui vous voulez, mais, en attendant, sortez de mon cabinet ! Dehors !

– Et vous, docteur, vous savez comment elle s'appelle, ma mère ? fit Louis en se retournant, alors que son père l'entraînait vers la porte.

– Dehors ! répéta le médecin.

Mais sa voix avait perdu de sa véhémence, il semblait las et avait fixé sur Louis un regard de compassion.

QUATRIÈME PARTIE
Cinq ans plus tard : An 255 NE

1

L'année 255 NE, Paris commençait à montrer son nouveau visage, le visage que lui avaient façonné architectes, sociologues et politiciens. Les excavatrices quittaient la ville une à une, les grues disparaissaient du paysage urbain, les échafaudages étaient démontés. On avait conservé quelques immeubles anciens, au titre de témoins du passé, mais il fallait bien reconnaître qu'ils n'étaient ni pratiques ni écologiques. Tout le reste avait été rasé pour faire place à des bâtiments neufs, nets, carrés.

La conception de l'habitat avait été dictée par les besoins en énergie. Au lieu d'aller chercher l'énergie dans quelque pays désertique et lointain pour l'acheminer à grands frais sur les lieux de consommation, on avait choisi de la capter et la transformer sur le lieu même de son utilisation. Les toits plats des nouveaux bâtiments étaient des champs de panneaux photovoltaïques, s'orientant automatiquement en direction du soleil. La matière organique était une autre source d'énergie. On le savait depuis toujours, mais on réalisait maintenant que celle-ci, loin de se limiter au bois et à une matière huileuse et noirâtre aujourd'hui disparue, était omniprésente dans notre environnement proche. Cela déboucha sur une véritable traque à la matière organique, à laquelle on faisait cracher jusqu'à sa dernière calorie. De ce fait, on avait conçu les immeubles de façon à récupérer toutes les ordures ménagères et aussi tous les excréments. Les cadavres même devenaient intéressants ; au lieu d'occuper inutilement de la place dans les cimetières, les corps non réclamés sous huit jours étaient recyclés, et valorisés. Chaque bloc d'immeubles possédait donc sa propre unité énergétique de récupération-valorisation, assurant ainsi le chauffage et la production électrique des logements, et permettant même aux nombreuses voitures qui remplissaient les parkings souterrains de recharger leurs batteries.

Parmi tous les cabinets d'architectes qui avaient répondu à l'appel d'offre de l'État pour rebâtir à neuf Paris, un seul avait été sélectionné. Sa proposition s'appuyait sur les nouvelles donnes sociologiques. En effet, la cellule de base – la néofamille – changeait de taille d'une semaine à l'autre, voire d'un jour à l'autre, accueillant à tour de rôle les enfants des différents conjoints. C'était le cas par exemple du couple de Sophie et Ursula. Depuis que Sophie avait quitté Damien, Alexia, l'enfant qu'elle avait eu avec lui, passait une semaine sur deux chez elle. Du côté d'Ursula, la nouvelle conjointe de Sophie, sa fille Chloë, partageant sa vie entre trois parents, n'était là qu'une semaine sur trois. Selon les semaines donc, la famille comptait deux, trois ou quatre membres.

Le concept choisi par cet architecte était très novateur : puisque la taille des familles était variable, il leur fallait un « appartement élastique ». « À famille élastique, habitat élastique » était le slogan qu'il s'était choisi. Tous les deux étages, on avait intercalé un entresol, aussi appelé improprement étage élastique. Il était constitué de compartiments indépendants. Inutilisés, ils ne mesuraient pas plus d'un mètre de hauteur et étaient isolés des étages mitoyens. Mais, en cas de besoin, ils pouvaient augmenter de hauteur, devenant alors une pièce d'appoint, utilisable soit par les locataires du dessus, soit par ceux du dessous. Le système était ainsi conçu : plafond et plancher de l'entresol étaient amovibles, mus par des vérins hydrauliques. Une trappe de communication s'ouvrait alors et l'escalier en colimaçon du compartiment se déployait, soit vers le haut, soit vers le bas. Ainsi, lorsqu'Alexia était présente, Sophie et Ursula déployaient le compartiment situé en dessous de leur chambre. Le plancher de celle-ci se surélevait d'environ soixante-dix centimètres, ce qui laissait toutefois suffisamment de hauteur pour s'y tenir debout. Lorsque les deux enfants étaient présents en même temps, on déployait aussi le compartiment situé sous la salle de séjour. Pour éviter que les voisins du dessous n'utilisent en même temps l'étage élastique, il suffisait de réserver à l'avance, auprès de la Conciergerie – c'est ainsi qu'on nommait le formidable système informatique qui pilotait tout le groupe d'immeubles en ce qui concernait la gestion de l'espace, l'entretien et aussi l'unité énergétique. Le montant des loyers était calculé par la Conciergerie en fonction de la surface qui avait réellement été occupée par chaque famille.

2

Louis, qui était maintenant un bel adolescent de quinze ans, se retrouva soudain submergé par une mêlée joyeuse qui l'étreignait en l'appelant « petit *frœur* ». Depuis trois ans, dans le cadre de la lutte contre les discriminations, on avait remplacé les termes *frère* et *sœur* par celui, non genré, de *frœur*. Louis avait toujours rêvé d'avoir des *frœurs ;* pour le coup, il était exaucé. Peut-être même un peu trop à son goût.

Quelques minutes plus tôt, le maire avait procédé à l'émouvante cérémonie du mariage. Les mariés étaient très chics dans leurs smokings noirs identiques : David, élégant mais sans affectation, Serge, à l'embonpoint sympathique, et enfin Ludivina – Luda, pour les proches –, qui avait atténué la rigueur de sa tenue par un petit bouquet de fleurs blanches à la pochette. L'assemblée avait sorti les mouchoirs lors de l'échange des consentements, qui avait été un peu long :

– David, acceptez-vous de prendre pour conjoints Ludivina et Serge ?

– Oui, je le veux.

– Ludivina, acceptez-vous de prendre pour conjoints David et Serge ?

– Oui, je le veux.

– Serge, acceptez-vous de prendre pour conjoints Ludivina et David ?

– Oui, je le veux.

– Serge, Ludivina et David, de par l'autorité que m'a conférée la République française, je vous déclare conjoints. Tous nos vœux de bonheur à ce nouveau *trouple* !

Une ovation avait salué les nouveaux mariés et, aussitôt, leurs jeunes rejetons respectifs s'étaient jetés dans les bras les uns des autres. Ils trouvaient plaisante l'idée que l'échange des consentements implique l'adoption plénière des enfants de tous les conjoints. Ce qui signifiait, en d'autres termes, que chacun d'eux se retrouvait avec un nombre impressionnant de *frœurs*.

Depuis longtemps, on ne remettait plus aux mariés de livret de famille, ce petit livret qui comportait des pages vierges réservées aux enfants à venir et libellées « enfant n° 1 », « enfant n° 2 »… Dans la Nouvelle Ère, la notion de famille ayant évolué, il avait été remplacé par le livret de filiation, avec des pages vierges libellées « parent n° 1 », « parent n° 2 »… Aujourd'hui, David, Serge et Luda avaient apposé leur signature sur les livrets de leurs enfants, qui pouvaient ainsi se considérer comme *frœurs*.

– J'en suis à neuf ! fit une jeune fille en agitant son livret de filiation. Neuf parents ! Qui dit mieux ? cria-t-elle.

Elle était effectivement la grande gagnante de ce drôle de concours.

Toutefois, le parent – si on peut l'appeler ainsi – qui avait le plus d'influence sur chacun des jeunes présents ne figurait pas dans les pages du livret de filiation. En revanche, son nom s'étalait en grosses lettres dorées sur sa couverture : « République française ».

3

Au sortir de la mairie, toute la noce se dirigea vers le restaurant. Louis, assis à la table des jeunes, se sentait un peu isolé. Mais une jeune fille qui lui faisait face, et qui semblait fort délurée, entreprit de le mettre à l'aise.

– Je suis Chloë. Pour te situer, je suis la fille que Serge a eue avec sa première femme, Ursula. Serge s'est remarié ensuite et a eu un autre enfant avec son deuxième conjoint : et c'est Kévin, que tu vois là.

Le dénommé Kévin lui fit un petit signe de la main et poursuivit :

– Comme le deuxième conjoint, avant de connaître Serge, avait eu de son côté un enfant, cela a donné Céline, que voici.

– C'est moi ! Salut ! fit une brunette agréable.

– Et comme sa première femme avait eu aussi deux enfants, ce sont aussi nos *frœurs* ; n'est-ce-pas, Sandy et Roman ?

– Sûr ! acquiescèrent deux grands jeunes.

Pour aider Louis, Chloë avait entrepris de tracer sur la nappe de papier un arbre généalogique, mais elle y renonça vite, tant c'était complexe. Le schéma commencé n'évoquait en rien l'arbre, avec son tronc dressé bien droit et ses branches, mais plutôt une exubérance tropicale avec des rameaux poussés dans tous les sens et s'entrelaçant dans le plus grand désordre.

– Et moi, est-ce que je suis aussi votre *frœur* ? demanda un garçon d'une dizaine d'années.

– Ça dépend. Qui es-tu ? fit Kévin.

– Je suis le fils de Sophie. Ma mère s'est remariée avec Ursula, la première femme de Serge.

Il y eut un court conciliabule, mais, comme la nourriture était excellente et les convives euphoriques, on décida d'étendre la *frœurité* jusque-là. On distinguait les *frœurs* au premier degré – ceux qui avaient deux parents en commun –, les *frœurs* au second degré – ceux qui n'avaient qu'un seul parent en commun –, aussi pouvait-on bien aller jusqu'au troisième degré... De toute façon, le fait d'être *frœurs* ne présumait en rien de la ressemblance physique, ni d'un quelconque patrimoine génétique commun. Par exemple, Louis avait dans son entourage un couple de *frœurs* au premier degré dont l'un était de type nordique et l'autre de type africain ; si les deux parents – c'est-à-dire les commanditaires – étaient les mêmes, ce ne devait pas être le cas des donneurs...

– C'est dit, tu es notre *frœur* ! annonça Kévin. Comment t'appelles-tu ?

– Alex ! C'est-à-dire Alexia… Pardon, Alexandre ! J'ai du mal à m'y faire. J'ai changé de genre il y a deux semaines.

Il y eut un murmure autour de lui.

Flatté par l'attention de ces jeunes plus âgés que lui, il poursuivit :

– À ma naissance, Sophie et Damien, mes parents, avaient décidé que je serais neutre, au moins au début, pour me laisser le choix de mon genre. Par la suite, ils ont cru voir que j'étais une fille, alors ils m'ont rebaptisé Alexia. Mais j'ai comme l'impression que c'est ma mère qui préférait avoir une fille. C'est quand elle est partie avec Ursula que je m'en suis aperçu. Alors, avec Damien, nous sommes allés à la mairie et nous avons rempli le formulaire de *regenration*. Pour changer officiellement de genre, quoi, précisa-t-il en constatant l'ignorance de ses auditeurs.

– Tu es donc de la branche de Serge, toi aussi, fit Kévin. Je suppose que Ludivina apporte aussi quelques enfants dans sa corbeille de mariage…

– Elle a eu en première noce Edna, la jeune femme qui tient un bébé dans ses bras là-bas, fit Chloë, qui était très au courant.

Puis, se penchant vers ses auditeurs et baissant la voix, elle poursuivit.

– La fille que vous voyez là-bas… Oui, en bout de table, toute seule… Elle s'appelle Lucie. C'est l'enfant naturel de Ludivina.

Les yeux des voisins s'arrondirent.

– Vraiment ?

– Vraiment.

Par enfant naturel, on entendait qu'elle avait été procréée par les voies naturelles.

– Ludivina fait donc partie des Émeraliens ? demanda quelqu'un.

– Ne parle pas de malheur ! Pas de ça dans la famille ! Non, c'était un accident, et elle a essayé de le cacher, en faisant croire qu'elle était partie en Inde faire appel à une porteuse. Mais ça s'est su quand même…

– Quelle horreur ! fit quelqu'un.

– Les nouvelles techniques de *reproductique* n'étaient pas encore très au point, à l'époque, tempéra Céline.

– C'est vrai. Mais je comprends la pauvre petite ; à sa place, je serais morte de honte...

– On peut la faire venir avec nous ? proposa Louis, que l'isolement de Lucie avait touché.

Il décala sa chaise et accueillit à côté de lui cette petite fille d'une dizaine d'années.

– Nous sommes très famille, chez nous, dit Chloë avec une certaine fierté. La preuve : Serge a invité tous ses ex-conjoints et les conjoints de ses ex-conjoints ; et même les ex-conjoints de ses ex-conjoints et ceux de ses nouveaux conjoints. Et tous leurs enfants. Chouette, non ?

– Comme à chaque occasion de faire la fête, d'ailleurs, ajouta Kévin. C'est pourquoi nous nous connaissons si bien entre nous.

– C'est étrange, remarqua Louis. Il n'y a pas de... brouille entre eux ?

– Brouille ? Pourquoi donc ? Quand un conjoint éprouve le besoin ou l'envie de partir, c'est qu'il pense être plus heureux ailleurs. Au nom de quoi l'autre conjoint l'empêcherait-il d'être heureux ?

– Ça ne se passe pas aussi facilement chez moi, regretta Louis.

Il pensait naturellement à Jackie, qui avait refusé de participer au mariage de David. Et aussi à Amélie, qui, déjà meurtrie par leur séparation après seulement trois ans de vie commune, s'était scandalisée de ce mariage à trois.

– Chez nous aussi, c'est un peu douloureux, ajouta la petite Lucie. Ludivina n'a pas réussi à avaler le remariage d'Arthur. Arthur, c'est lui, que vous voyez là-bas, précisa-t-elle avec un geste de la main. Il a eu du mal à trouver une place qui lui convienne, sourit-elle tristement. Pas trop près de Luda et le plus loin possible d'Edna, ses deux ex-conjointes.

– Ils sont fâchés ?

– Luda en veut à Arthur de l'avoir quittée pour Edna, sa propre fille, et lui, il en veut à Edna de l'avoir plaqué pour un homme plus jeune. Et en plus, Luda en veut à Edna de lui avoir volé Arthur...

– Pourquoi est-il invité à la noce, alors ? s'étonna quelqu'un.

– Mais c'est une réunion de famille ! lança Chloë. Et ils font tous partie de la famille. Et puis, peut-être que Ludivina tenait à lui montrer qu'elle avait pu refaire sa vie. Une petite vengeance…

– En tout cas, fit Kévin, le regard fixé sur Arthur et son voisin de table, ses deux échecs conjugaux ont dû le pousser à se demander s'il ne s'était pas trompé d'orientation sexuelle jusqu'à maintenant. Et je me demande s'il n'est pas en train de poser des jalons pour répondre à son interrogation.

La tablée se mit à glousser, mais cela ne fit pas rire Lucie.

Quant à Louis, il avait aperçu, à quelques places de lui, une petite blondinette mignonne à croquer. Il ne se souvenait plus de sa place dans l'arbre généalogique, mais c'était une *frœur* aussi, et il se promettait d'éclaircir cela avec elle dès qu'on commencerait à danser. Ce serait une excellente entrée en matière…

4

– C'est à cette heure que tu rentres ? s'exclama Amélie lorsque Louis passa la porte de son appartement.

À en juger par ses traits tirés, elle avait dû passer une partie de la nuit à attendre qu'il revienne de ce mariage.

– C'était comment ? demanda-t-elle.

Bien qu'ayant aussi été invitée, elle s'était formellement refusé d'y mettre les pieds, « pour ne pas cautionner une telle pantalonnade », avait-elle annoncé. Mais elle ne pouvait s'empêcher d'éprouver une certaine curiosité.

– C'était très… très bien, hoqueta Louis, la voix pâteuse. Les trois mariés étaient très chics. Et les *frœurs* très sympas.

– Quels *frœurs* ?

– Mais les miens ! Tu ne savais pas que j'avais des *frœurs* ?

– Et depuis quand ?

– Mais depuis cet après-midi ! En se mariant, Luda, Serge et David ont reconnu les enfants les uns des autres. Si bien que je me retrouve dans une grrr… ande famille, fit Louis, avec un vaste geste du bras qui faillit le déséquilibrer. C'était… géant ! termina-t-il en s'affalant sur le canapé.

Toutes ces histoires de remariage, de couple à trois, de famille à tiroirs hérissaient Amélie. Mais Louis, sans rien remarquer, continua :

– Et pour répondre à ta question de tout à l'heure, il y avait une *frœur* mignonne et pas farouche qui m'a ensuite emmené dans son appartement, annonça-t-il d'un air égrillard. Blondinette aux yeux verts. J'en avais pas encore…

– Qu'est-ce que tu veux dire ?

– Dans ma collection, j'avais pas encore de blonde aux yeux verts.

– Louis ! s'offusqua Amélie. Comment peux-tu dire ça ? Tu parles comme si les filles étaient des objets à collectionner !

– Et alors ? rétorqua l'adolescent d'une voix éraillée. Elle était consentante. Et puis elle y a trouvé son profit elle aussi.

La tête de Louis retomba lourdement sur sa poitrine. Effondré dans le canapé, il dormait. Amélie le considéra, encore sous le choc. Quinze ans… il n'avait que quinze ans, et il raisonnait déjà comme un vieux cynique. Il n'y avait dans son attirance pour les filles aucun élan du cœur, aucune soif d'idéal. Mais l'instinct à l'état pur. L'égoïsme le plus trivial.

– Ce n'est plus acceptable ! fit-elle soudain. Il faut en finir.

D'un regard, elle s'assura que Louis dormait profondément, puis elle quitta l'appartement.

5

Il faisait à peine jour lorsque Louis fut secoué sans ménagement. Il grogna, se tourna dans le canapé où il avait dormi quelques heures et se trouva face à Amélie. Elle était plantée devant lui, raide comme une statue. Il remarqua qu'elle était déjà habillée.

– Lève-toi ! fit-elle sans douceur.

– Fatigué… marmonna-t-il.

– Prends ta valise ! Nous partons !

– On part ? Mais où ?

– Tu le sauras en temps voulu.

Bientôt, ils furent installés dans sa voiture. En franchissant les portes de Paris, Amélie montra une nervosité extrême. Il est vrai que les portes de la ville, seules issues pour quitter le Globe et ramenées au nombre de quatre, permettaient aux autorités de contrôler les entrées et les sorties, même si cela augmentait la fréquence des embouteillages. Que craignait donc Amélie ?

Elle conduisait à vive allure, dents serrées, renfrognée et nerveuse. Louis se demandait si elle avait quelque chose contre lui. Peut-être lui en voulait-elle pour leur conversation de la nuit, dont il n'avait qu'un souvenir confus. Mais, dans ce cas, pourquoi ne le lui disait-elle pas carrément ?

Il lui jeta un coup d'œil et son visage l'effraya. Il lui vint à l'esprit de s'enfuir. Mais, à une telle vitesse, il ne devait pas songer à se jeter par la portière…

– Maman, où allons-nous ?

Il avait volontairement utilisé ce terme qu'elle lui suggérait depuis longtemps. C'était la caresser dans le sens du poil, mais elle se contenta d'un sourire crispé et murmura :

– Ne t'inquiète pas. Tout ira bien.

Tout, dans son attitude, démentait cette affirmation. Ses mains étaient si fortement crispées sur le volant que les jointures en blanchissaient. Elle jetait de fréquents coups d'œil dans le rétroviseur comme si elle craignait d'être suivie.

– C'est de la folie, murmura-t-elle pour elle-même.

Et Louis se prit à espérer qu'elle renonce à son mystérieux projet et fasse demi-tour. Mais il n'en fut rien. La sueur perlait au front d'Amélie. Lâchant le volant d'une main, elle se mit à chercher un mouchoir dans son sac qu'elle tenait serré contre elle. Mais celui-ci lui échappa, tomba aux pieds de Louis et une partie de son contenu se répandit sur le plancher du véhicule.

– Ne touche à rien ! ordonna-t-elle sèchement, alors que le garçon se baissait pour le ramasser.

D'un geste vif, elle se pencha pour récupérer son bien. La voiture fit alors une embardée spectaculaire et emboutit la barrière de sécurité. Le crissement strident du métal contre le métal retentit pendant quelques secondes interminables, puis le véhicule zigzagua en travers de la route avant de se stabiliser.

– Tu es complètement folle ! hurla Louis.

Amélie avait repris le contrôle de la voiture, mais encore sous le choc, elle avait beaucoup ralenti l'allure. Louis décida que c'était le moment ou jamais de s'échapper. Il agrippa la poignée de la portière, mais celle-ci ne répondit pas.

– Tout est verrouillé, fit Amélie.

La peur gagna Louis. Non seulement cette femme risquait de l'envoyer dans le décor, mais il venait de découvrir une chose qui le glaçait. De son sac renversé s'était échappée une enveloppe de papier kraft décachetée. Une feuille en dépassait. Il ne put en lire que les premiers mots. Elle portait ces mentions : « Ultrasecret – À détruire absolument après en avoir pris connaissance », et puis, dans le coin droit figurait un logo qu'il reconnaîtrait entre mille, l'emblème de la ligue Émeraude. Par les médias, Louis connaissait l'existence de cette organisation, de ce mouvement terroriste qui ne reculait devant aucun attentat pour tenter d'imposer son idéologie... Ainsi donc, Amélie en faisait partie... Quel était donc le contenu de cette enveloppe ?

Ils roulèrent longtemps en silence et la nuit commença à tomber. Une enseigne lumineuse signala un motel à quelque distance. Amélie s'engagea sur la bretelle d'accès et gara la voiture devant le bâtiment d'accueil. Elle sortit en serrant son sac à main contre elle, claqua la portière et verrouilla, enfermant Louis à l'intérieur. Au bout de quelques minutes, elle revint, une clé à la main, conduisit le véhicule devant un bungalow et y entraîna Louis en l'agrippant par le bras. Après avoir refermé derrière elle, elle se tourna vers le garçon et, le fixant d'un regard indéchiffrable, lui dit :

– Tu n'as rien à craindre de moi.

– Ah oui ? Et cette enveloppe de la ligue Émeraude que j'ai vue dans ton sac tout à l'heure ?

Il regretta aussitôt d'avoir parlé. Elle le tenait à sa merci dans ce bungalow barricadé et isolé. Maintenant qu'elle savait qu'il savait, qu'allait-elle faire de lui ?

La femme se raidit, le fixa. Puis elle se passa une main tremblante sur le front.

– Je suis trop fatiguée. Je t'expliquerai quand nous serons arrivés.

Louis se trouvait dans la salle de bain lorsqu'il entendit des pneus crisser violemment juste devant le bungalow. L'instant d'après, une voix amplifiée par un haut-parleur hurla :

– Ne tentez rien ! Vous êtes cernés !

Ce devait être la vérité, puisque des pas précipités retentissaient tout autour du petit bâtiment. Dans un vacarme assourdissant, la porte vola en éclats et des policiers casqués firent irruption, arme au poing.

– C'est bien elle ! aboya une voix. Embarquez-la !

Amélie avait commencé à se déshabiller pour la nuit. Elle se débattait et son chemisier ouvert battait sur son soutien-gorge. Elle poussait des cris hystériques, ses cheveux volaient en tous sens et l'aveuglaient.

– Louis ! Louis ! hurla-t-elle lorsque les policiers la hissèrent dans le car. Je veux que tu saches que…

Mais on la fit taire d'une bourrade et la lourde porte se referma sur elle.

Le silence revenu, Louis jeta un regard sur la pièce dévastée, oscillant entre le soulagement et la pitié.

6

Une femme policière le prit en charge pour le ramener à Paris. Au bout d'un moment, elle lui adressa la parole, les yeux fixés sur la route.

– Sais-tu qui est cette femme qu'on vient d'arrêter ?

– C'est mon parent 3.

– Elle appartient à l'organisation terroriste de la ligue Émeraude, énonça la policière. Les Émeraliens sont responsables de nombreux attentats ces derniers mois. Leur but est de déstabiliser la société pour imposer leur théorie.

Elle ne lui apprenait rien de neuf, mais cela confirmait ses soupçons.

– Qu'est-ce qu'elle me voulait ?

– Cette femme était en train de t'enlever.

– Je m'en suis un peu douté, fit Louis. Mais dans quel but ?

La policière dut reconnaître qu'elle l'ignorait.

– Et où comptait-elle m'emmener ?

– Tu n'en as aucune idée ? Ne t'a-t-elle rien dit ? N'a-t-elle rien laissé échapper ?

À propos de « laissé échapper », Louis se souvint de l'enveloppe kraft, qui devait être si secrète qu'Amélie avait mis leurs deux vies en danger pour la récupérer. Dès qu'il en fit part à la conductrice, elle freina brutalement, puis, dans un grand crissement de pneus, exécuta un demi-tour en épingle à cheveux qui plaqua le garçon contre la portière.

– Tu n'aurais pas pu le dire avant ? marmonna-t-elle.

– Vous ne m'aviez rien demandé, remarqua-t-il.

Ils pénétrèrent dans le bungalow à travers la porte défoncée et la femme se mit à fouiller. Elle finit par trouver l'enveloppe kraft dans la corbeille à papier. Vide, naturellement. Sous le lit, elle ramassa quelques débris de papier calcinés. Ainsi, pendant que Louis était dans la salle de bain, Amélie avait eu le temps de détruire le document qui aurait permis à la police de découvrir les plans cachés de cette organisation illégale. Maintenant, les cendres qui en restaient avaient peu de chance de fournir le moindre renseignement…

7

Depuis qu'Éléonore Beurville s'était lancée dans le marché de la *reproductique* de seconde main, ses affaires avaient prospéré. Il faut avouer que ce concept novateur fonctionnait bien à tous points de vue : financier, puisque tout le monde y gagnait – commanditaires, clients et elle-même –, écologique, puisque le produit, au lieu d'être détruit, était valorisé ; et même éthique. Toute bonne idée restant rarement exclusive, d'autres s'étaient lancés dans la même direction, mais Éléonore avait plusieurs longueurs d'avance et une notoriété bien assise. Elle avait étendu son activité aux produits non finis. En effet, il arrivait – de plus en plus fréquemment, lui semblait-il – que des couples de commanditaires se séparent avant la fin de la procédure, décidant alors de rompre le contrat de *reproductique*. L'idée lui était venue de reprendre les contrats interrompus en les rachetant. Si les commanditaires ne rentraient pas totalement dans leurs frais, en tout cas l'affaire était plus avantageuse pour eux qu'une rupture pure et simple. La travailleuse gestationnelle y gagnait également : elle n'avait pas à interrompre le portage commencé – ce qui provoquait souvent de la grogne, du mécontentement, voire dans certains cas un moment de déprime, tout à fait improductif – et elle touchait la somme prévue. Éléonore avançait les fonds pour mener la procédure à son terme, mais elle rentrait largement dans ses frais, même si un produit tout fait ne se vendait que la moitié du prix d'un produit dont on avait choisi soi-même les caractéristiques.

Dès la reprise du contrat, Éléonore proposait à la vente le produit en cours de fabrication, en créant simplement sur son site Internet une nouvelle fiche. De la même façon qu'en achetant un appartement sur plan on payait moins cher, les conditions étaient plus avantageuses que si on attendait la naissance du bébé.

Éléonore avait vraiment la fibre commerçante. Cette nouvelle idée s'avéra très enrichissante. Jusqu'au jour où…

L'homme et la femme assis devant elle se regardaient à peine, sauf pour se lancer de temps à autre des regards hostiles.

– Nous demandons la rupture de la procédure de *reproductique*, jeta l'homme.

– Êtes-vous tous les deux d'accord sur ce point ?

La femme hocha la tête.

– Hors de question que je me retrouve avec un enfant de cet individu ! éructa-t-elle.

Dans leur cas, le produit avait été conçu à partir des gamètes de l'un et de l'autre, se souvint Éléonore.

– J'ai relu le contrat que nous avions initialement signé auprès de vous, fit l'homme, et j'ai vu que nous bénéficions d'une assurance annulation.

– En effet, répondit Éléonore en consultant leur dossier.

La procédure en était à quatre mois, les frais occasionnés étaient largement en-deçà du montant de l'assurance annulation que le couple avait souscrite. Toutefois, les bénéfices pouvaient s'envoler si le couple acceptait de revendre le contrat.

– Grâce à l'assurance annulation, vous serez entièrement remboursés de tout ce que vous avez versé ; moins la pénalité de rupture mentionnée dans le contrat. Mais je peux vous proposer une autre solution, bien plus avantageuse.

– Dites toujours…

– Je peux vous reprendre le contrat.

– C'est-à-dire ?

– Je vous rachète le produit non fini.

– Qu'est-ce que vous pouvez faire d'un embryon ? s'étonna l'homme.

– Pour les laboratoires, pour faire des expériences dessus, évidemment ! lança la femme en haussant les épaules, excédée de l'ignorance de son ex-conjoint.

– Ce pourrait être une possibilité, concéda Éléonore, mais ce n'est pas le cas.

– Qu'en faites-vous, alors ? insista l'homme.

En bonne commerciale, Éléonore rechignait à révéler ses filières, mais l'homme la poussa dans ses retranchements.

– Le fœtus sur lequel vous abandonnez vos droits reste dans la porteuse jusqu'au terme de la procédure, et il est ensuite revendu.

– Ingénieux, fit la femme.

– Je suis contre ! jeta l'homme.

– Pourtant, réfléchissez une seconde… tenta Éléonore.

– C'est tout réfléchi ! Je m'oppose absolument à ce que mes gènes se baladent dans la nature, je ne sais où ; et associés à ceux de cette furie, de surcroît…

– Toi, toi, toi ! Il n'y en a toujours que pour toi ! Nous sommes tous les deux partie prenante dans cette histoire ! Je te rappelle que j'ai participé à cinquante pour cent aux frais, alors j'ai mon mot à dire aussi bien que toi. Et moi, j'opte pour le rachat du produit par l'agence.

– Ah, celle-là, je l'attendais ! Plus pingre que toi, ça n'existe pas ! Toujours à vouloir gratter quatre sous…

– Ce n'est pas seulement une question d'argent, objecta la femme. Parce que moi, j'ai des principes éthiques, figure-toi ! Imaginer que ce fœtus, mon fœtus, soit détruit, ça me brise le cœur.

– De l'éthique, toi ? railla l'homme. Du cœur ? Laisse-moi rire ! C'est un porte-monnaie que tu as à la place du cœur !

Le ton monta, les insultes fusèrent entre les deux ex-conjoints, de plus en plus blessantes, et, finalement, chacun des deux quitta le bureau, furieux.

Éléonore respira, mais elle se doutait que les choses n'en resteraient pas là et se compliqueraient inévitablement. Si l'homme persistait dans son projet de détruire le produit et la femme dans celui de le revendre, qui aurait le dessus ? Aux yeux de la loi, ils étaient égaux, et leur décision avait donc le même poids. Or, on ne pouvait évidemment pas satisfaire l'un et l'autre…

L'affaire se résolut plus facilement qu'Éléonore ne l'avait craint. Les scrupules éthiques de la femme fondirent lorsque son ex-conjoint lui proposa une somme d'argent équivalente au prix de rachat. Ils revinrent tous deux, presque réconciliés, pour signer la rupture de contrat. Par contre, les difficultés surgirent là où Éléonore ne les attendait pas. Lorsque la travailleuse gestationnelle, convoquée à l'agence, fut mise au courant de la décision, elle en fit une véritable montagne. Pleurs, sanglots frénétiques, supplications, crise de nerfs… Elle argua que ce bébé était aussi un peu le sien, puisqu'elle le portait depuis cinq longs mois. Éléonore eut beau lui rappeler qu'elle n'était qu'une prestataire de service, elle n'en démordait pas.

– De toute façon, il vous aurait été pris au terme de la procédure.

– Ce n'est pas pareil ! Laissez-moi le porter gratuitement jusqu'à la fin, je vous en supplie !

– Vous imaginez me faire de la concurrence, en revendant le produit à son terme ? fit Éléonore, soupçonneuse.

– Vous ne comprenez rien ! hoqueta la porteuse.

– Vous voulez le garder pour vous, alors ?

– Je ne peux pas, c'est hors de question.

– Effectivement, je ne saisis pas votre stratégie.

– Mais il n'y a pas de stratégie, s'offusqua-t-elle. Ce fœtus... ce bébé, rectifia-t-elle, je veux lui donner la vie. Donner, vous comprenez ? Savez-vous seulement ce que ça veut dire ? Un don gratuit... Par amour... Même si je n'en entends plus jamais parler, je saurai que j'ai donné quelque chose qui me dépasse... Et que ce petit être est heureux entre deux parents...

On ne parlait plus le même langage. Éléonore parlait procédure et produit, la porteuse parlait vie, don, bonheur... Éléonore en eut le souffle coupé. Elle fut d'abord tentée de croire que cette femme était dérangée. Elle était dérangeante, en tout cas...

– Les commanditaires veulent qu'il soit détruit, rappela-t-elle.

– Ils n'en sauront rien ! Et s'ils l'apprenaient quand même, vous leur diriez que je me suis enfuie et que vous ne savez pas où je suis !

– Je n'ai pas l'habitude de mentir à mes clients. Et puis, vous nous mettez toutes les deux hors la loi...

– Quand la loi est inique, on a le droit de l'ignorer, rétorqua la femme.

Éléonore finit par se rendre aux arguments de la porteuse. Financièrement, elle y gagnait, même si c'était risqué. Mais il y avait une autre raison plus obscure. Peut-être que le plaidoyer de la jeune femme avait touché un recoin obscur et ignoré de son cœur...

Il fut convenu que la travailleuse gestationnelle, qui se nommait Cora, quitterait Paris pour aller s'établir dans une ville de province afin d'y terminer son portage. Ainsi, elle ne risquait pas de tomber sur le commanditaire qui avait ordonné la destruction du produit. Le temps venu, Éléonore la ferait revenir à Paris pour qu'elle accouche à la clinique Clairs-Matins, en toute sécurité, anonymement et aux frais de l'agence.

Cora accepta le marché. Elle partit et ne revint que pour accoucher. Éléonore, prévoyante, avait déjà trouvé des acquéreurs pour le bébé.

Malheureusement, il se trouva que la relation entre les deux commanditaires, de mauvaise, devint exécrable. L'homme se convainquit que son ex-conjointe, après avoir empoché l'argent qu'il lui avait offert, avait tenté de revendre le produit à Éléonore Beurville. Le beurre et l'argent du beurre, c'était dans ses habitudes... Il fut conforté dans cette idée lorsque, en consultant le site de l'agence, il y trouva une fiche dans laquelle les caractéristiques des deux donneurs de gamètes ressemblaient étrangement aux siennes et à celles de son ex-conjointe. Il engagea alors un détective. Celui-ci parvint, on ne sait comment, à consulter les archives de l'agence et découvrit le pot aux roses. Son client, apprenant qu'il ne s'était pas fait berner par son ex-conjointe, mais bien par Beurville, intenta un procès à l'agence.

Éléonore et Cora comparurent sur le banc des accusés. La jeune femme avait été cueillie à sa sortie de la maternité tandis que le produit de la procédure de *reproductique* avait été mis sous séquestre en attendant le jugement.

L'avocat de la défense, convaincu que l'affaire était très délicate, prit un parti osé : il décida de prétendre que les accusées avaient tenté de sauver une vie humaine.

– Un enfant, mo le président, mos les jurés, doit-il être le jouet des désirs contradictoires des adultes ?

Un sourire mauvais apparut sur le visage de l'avocate de la partie adverse.

– Mon cher confrère doit se tromper de procès, grinça-t-elle, doucereuse. Qui nous parle d'enfant, ici ? Il n'est en effet question aujourd'hui que du produit d'une procédure de *reproductique*. Ou bien mon aimable collègue assimilerait-il les deux ? Se serait-il laissé gagner par les thèses pour le moins contestables de la ligue Émeraude ?

Le mot, jeté en pâture à la foule, provoqua un grand émoi, qui se manifesta par des cris et des sifflets. L'avocat de la défense blêmit, entrevoyant déjà que le procès était perdu d'avance et sa carrière gravement compromise, tandis que sa collègue faisait mine d'apaiser l'assistance d'un geste de la main.

– Mon client, poursuivit-elle lorsque le calme fut revenu, avait commandité la procédure. Il était donc propriétaire du produit. Pour des raisons personnelles et légitimes, il en a ordonné la destruction et a signé la rupture de contrat, en bonne et due forme. Or, son souhait n'a pas été exaucé. Il y a eu malversation, et ceci à des fins frauduleuses.

– C'est faux, intervint Cora en se levant. Moi, je l'ai porté gratuitement ces quatre derniers mois !

– Gratuitement, vraiment ? À qui voudriez-vous faire croire cela ? Vous aviez forcément un motif !

– Je l'ai fait… par amour !

Après un silence stupéfait, ce fut le tollé dans la salle d'audience, tandis que l'avocate de l'accusation, dominant le tumulte, tonna :

– C'est insensé ! Voyez, mo le président, mos les jurés, comment ce procès est en train de dériver ! Il est clair maintenant que la partie adverse est entièrement contaminée par l'idéologie des Émeraliens, qu'elle essaie de répandre ici même ! Cette femme que vous voyez là – fit-elle en désignant Cora – a commis une faute professionnelle grave, a contrevenu à l'éthique de son corps de métier, aveuglée qu'elle était par cette idéologie. Quant à cette autre, continua-t-elle en pointant Éléonore Beurville, c'est l'appât du gain qui l'a poussée, puisque, d'après l'enquête, le produit était déjà vendu avant même son terme. C'est sur toute la profession de la *reproductique* qu'elle a jeté l'opprobre. Je demande donc pour ces deux femmes une peine exemplaire. Je demande également l'application de l'ordre de mon client : c'est-à-dire la destruction de son produit.

– Vous n'avez pas le droit ! cria Cora.

Le président de séance fronça les sourcils.

– Veuillez vous contenir, fit-il d'une voix sévère à l'adresse de la travailleuse gestationnelle.

– Pourquoi n'a-t-il pas droit à un avocat ? lança Cora.

– De qui parlez-vous donc ?

– Mais de mon bébé ! C'est sa vie qui est en jeu, alors il a bien le droit d'être défendu !

– Seules les personnes humaines ont droit à un avocat, rappela le président.

– Mais c'*est* une personne !

– La loi stipule que tout embryon ou tout nouveau-né de moins de trois mois n'est reconnu comme personne que s'il y a sur lui un projet parental. Dans le cas contraire, il n'est considéré que comme matériel biologique.

– C'est ridicule, cria la porteuse, qui ne se dominait plus malgré les signes de son avocat. Pendant cinq mois, il a été une personne parce que ses commanditaires le voulaient et, à partir du moment où ils ont renoncé à leur projet, il est devenu du matériel biologique ?

– Vous êtes en train de contester la loi et ses exécuteurs ! fit sèchement le président. Vous aggravez votre cas, et nous saurons en tenir compte lors de la délibération. Maintenant, si l'avocat de la défense n'a plus rien à ajouter, je demande aux jurés de se retirer pour délibérer.

La décision du jury fut accablante ; les peines les plus lourdes furent appliquées et le produit devait être détruit le jour même. Par piqûre létale. La porteuse s'effondra, secouée de sanglots hystériques.

Éléonore revint à l'agence. Il lui restait une dernière démarche à accomplir : prévenir ses clients que l'enfant qu'ils attendaient depuis plusieurs mois n'était plus.

– J'exige le remboursement immédiat des arrhes que j'ai versées, ainsi qu'une prime de dédommagement, cria l'ex-futur-parent 1.

Éléonore s'attendait à des pleurs, du chagrin, ou au moins des regrets. Mais pas à ça… Quelque chose venait de se briser en elle.

8

Depuis que sa collègue s'était enfermée dans son bureau, Joachim Dunoix percevait des bruits sourds et réguliers qui l'intriguaient. Il frappa, puis entra.

– Mais qu'est-ce que tu fais, Éléonore ? s'exclama-t-il.

– Tu vois ! Je mets de l'ordre…

L'expression était mal choisie, puisque le bureau semblait avoir été victime d'une tornade.

– Je mets de l'ordre dans ma vie, précisa-t-elle.

Joachim avisa la bouteille de whisky posée à portée de main, sur un coin du bureau, et devina pourquoi Éléonore avait la voix pâteuse. Entre deux doigts, elle se saisit d'un dossier et le laissa tomber dans la corbeille à papier métallique, qui résonna lugubrement.

– Poubelle ! articula-t-elle. Voilà comment je mets de l'ordre dans ma vie : en balançant tout à la poubelle !

Puis, la corbeille à papier étant pleine, elle entreprit de vider les boîtes d'archives directement sur le sol. Il y eut bientôt un tas conséquent de feuilles blanches et de chemises cartonnées roses. Joachim ne savait comment intervenir, espérant qu'elle se calmerait d'elle-même. Au lieu de cela, elle attrapa son ordinateur et le laissa tomber sur le tas.

– Le nettoyage par le vide, voilà ce qu'il faut… fit-elle, la bouche pâteuse. Et la touche finale…

Elle attrapa la bouteille par le goulot, en arrosa le tas, la reposa, puis, se ravisant, s'en octroya une large rasade. Enfin, elle sortit un briquet de sa poche et l'actionna.

– Le feu purificateur, ânonna-t-elle avec la grandiloquence des ivrognes.

Cette fois, Joachim ne tergiversa pas. Il se précipita et lui arracha le briquet des mains.

– Tu es complètement folle ! Tu allais mettre le feu à tout l'immeuble !

Éléonore s'affala sur son siège, hagarde, les yeux vides.

– Allons, ma grande, fit Dunoix, lénifiant, en lui posant une main sur l'épaule. Je comprends bien que ce procès ait été pénible pour toi. Mais tu es une femme solide ! Tu sais utiliser les difficultés pour rebondir ! Tu t'en es toujours sortie jusqu'à maintenant.

– Jus... jusqu'à maintenant, bafouilla Éléonore. Mais là, c'est fini. FINI. Parce que je viens de comprendre un truc. Alors, tu vois, je bois pour fêter ça. Et aussi pour oublier ce que je viens de comprendre. Et tu sais ce que c'est, Jojo ? C'est que, toi et moi, on est des pourris...

– Qu'est-ce que tu racontes là ? s'offusqua l'autre, qui de surcroît détestait se faire appeler Jojo.

– À cause de notre boulot...

– Mais pas du tout. C'est un travail comme un autre, nous y croyons. Nous croyons que la *reproductique* est un progrès pour l'humain moderne.

– Tu... tu as raison, opina Éléonore d'une voix avinée. On croyait qu'on allait rendre l'humain libre parce qu'il ne dépendrait plus de la nature. Eh ben, on s'est complètement gourés, mon Jojo, parce que, maintenant, il n'est pas libre, ton humain moderne, non, pas du tout libre, mais il est devenu le prisonnier de ses propres instincts, de ses propres désirs, et de ceux des autres. Et ça, c'est terrible.

Éléonore s'effondra, la tête entre les mains sur son bureau. Joachim se demanda si elle s'était endormie sous l'effet de l'alcool ou si elle pleurait.

– Tu sais quoi ? fit-elle en montrant un visage chiffonné. Eh ben, les ralili... raliens, là...

– Les Émeraliens ? suggéra Dunoix.

– C'est ça. Eh ben, les trucs, là, ils ont raison. C'est toute la société qui est pourrie. Alors, une petite bombe – boum ! fit-elle avec un grand geste maladroit qui manqua de la déséquilibrer – et on nettoie tout ça.

– Mais tais-toi donc, malheureuse ! fit Joachim, alarmé, en baissant la voix. Imagine qu'on t'entende, et tu vas directement en prison !

– M'en fous...

– Écoute, le mieux, c'est que tu ailles cuver ton alcool et ton chagrin chez toi. Demain, tu auras les idées plus claires et tu te rendras compte que tu dis des bêtises. Je t'appelle un taxi.

Dunoix saisit le téléphone, puis se ravisa. Si Éléonore venait à déblatérer dans le taxi, ils seraient tous les deux dans le pétrin. Il préféra la raccompagner lui-même.

9

La séquence filmée repassait en boucle sur toutes les chaînes de télévision du pays. Un peu partout dans Paris, sur les murs des immeubles, on avait installé des écrans géants qui ressassaient la scène devant des parterres d'individus hagards et écrasés d'horreur.

Joachim Dunoix, debout au milieu de la foule, avait d'abord refusé d'établir un lien entre ces images de corps mutilés et ensanglantés et le visage de sa collègue Éléonore Beurville, qui revenait sur l'écran toutes les trois minutes. Un témoin anonyme avait providentiellement filmé la scène qui se passait au Stade d'Europe, au cours de la grande célébration du Solstice d'été. L'image était floue et bougée, de mauvaise qualité, mais on pouvait y distinguer une femme penchée en avant, occupée à une quelconque besogne. Lorsqu'elle se redressait, elle tenait en main une grenade. Ses proches voisins s'écartaient en hurlant. Elle lançait son engin vers la foule. L'objectif suivait la trajectoire du projectile qui finissait sa course dans une gerbe de flammes et de débris, puis l'œil de la caméra revenait sur la femme qui explosait à son tour. La séquence filmée montrait ensuite à quel point l'attentat avait été meurtrier. Quelques témoins traumatisés sanglotaient devant la caméra. Des sauveteurs étaient montrés en train de dégager des corps des gravats, devant des témoins hystériques. Le commentateur concluait par ces mots :

« Le nombre de victimes s'élèverait à plus de douze morts et une trentaine de blessés. L'attentat du Solstice d'été n'a pas encore été revendiqué, mais les services de police ont identifié son auteur qui s'est ensuite fait exploser. Il s'agit d'une certaine Éléonore Beurville. Cet individu ferait partie du mouvement terroriste de la ligue Émeraude. »

Quelques jours plus tard, un fichier vidéo parvint à la principale chaîne de télévision étatique. Il montrait Éléonore Beurville prononçant un petit discours pour expliquer le geste qu'elle s'apprêtait à commettre. Elle affirmait faire partie de la ligue Émeraude et partager son point de vue extrémiste, qu'elle résumait à ceci : puisque la société était pourrie, il fallait la détruire. En intervenant lors du Solstice d'été, elle pourrait ainsi faire un maximum de victimes.

Cette vidéo, diffusée sur toutes les chaînes, finit de convaincre l'opinion publique que la ligue Émeraude était l'ennemi public numéro un et qu'il fallait l'abattre sans pitié.

10

Au volant de sa petite voiture électrique, Jeanne Maillard remâchait sa rancœur. Sous prétexte qu'elle était jeune dans le métier et nouvellement arrivée à *La Vérité*, le rédacteur en chef lui avait refusé de couvrir l'affaire du Stade d'Europe, lui préférant son collègue Degrave, journaliste plein d'expérience… et bouffi de suffisance. Toute à ses pensées, Jeanne ne s'aperçut pas que le feu de circulation était passé au vert. Elle se fit aussitôt rappeler à l'ordre par les autres conducteurs et s'empressa de redémarrer, engageant son véhicule dans la circulation dense. Comme ça n'avançait guère, elle décida de prendre un raccourci qu'elle connaissait, qui traversait les dernières zones de démolition de Paris-sous-Globe. La rue s'enfonçait dans un quartier autrefois populaire, mais maintenant déserté. On y voyait encore les traces d'une activité humaine intense : cafés, commerces, bouches de métro… Mais le quartier avait été évacué en vue d'être rasé et remplacé par des blocs modernes d'immeubles. Soudain, Jeanne pila net. La rue était obstruée de barrières métalliques et des policiers lui faisaient signe de déguerpir au plus vite. Elle s'exécuta, mais, dans l'intervalle, elle avait eu le temps d'apercevoir, au-delà des barrières et sur le chantier de démolition, une certaine agitation. Ce devait être une manifestation. Une bonne journaliste doit toujours être sur le qui-vive, se dit Jeanne, et ne jamais laisser passer une occasion. Elle gara sa voiture un peu plus loin et, connaissant le quartier, réussit à contourner à pied le barrage de police. Elle se retrouva sur une petite place bordée d'immeubles décrépits en partie démolis. C'était bien une manifestation. Ils étaient une petite centaine. Des Émeraliens, comme l'annonçaient leurs banderoles.

C'était la première fois que Jeanne en voyait en chair et en os. Et elle ne put réprimer un mouvement intérieur de répulsion. Les voilà donc, ces monstres à l'origine de l'attentat-suicide du Stade d'Europe... Non contents des morts et des blessés qu'ils avaient causés, ils osaient encore descendre crier dans la rue... Pourtant, ce qu'elle avait sous les yeux ne cadrait pas avec l'image qu'elle s'en était faite. Ils n'avaient rien de terroristes. Pour tout dire, ils avaient presque l'air pathétique, si peu nombreux, brandissant leurs pancartes artisanales. Par leurs cris, ils semblaient s'encourager mutuellement, mais dans certains yeux se lisait la crainte. Jeanne tira l'appareil photo de son sac et commença à prendre des clichés de la manifestation. Puis elle aborda un jeune homme.

– Je suis journaliste, annonça-t-elle. Voulez-vous me dire ce que vous faites là ?

L'autre la regarda d'un air étrange, mais finit par répondre :

– Nous appartenons à la ligue Émeraude. Nous manifestons pour protester contre les accusations ignominieuses portées contre nous à propos de l'attentat du Stade d'Europe. Nous sommes innocents ! Nous n'avons strictement rien à voir avec cela. Éléonore Beurville n'a jamais été l'une des nôtres. Notre mouvement est et sera toujours pacifique !

C'est d'ailleurs ce que martelaient les pancartes agitées par les manifestants. « Stade d'Europe = tromperie » ; « Nous sommes innocents ! ».

À cet instant, un vacarme fit sursauter Jeanne et elle se retourna brusquement. Les barrières métalliques qui bouchaient l'accès à la place venaient d'être brutalement déplacées, laissant le passage à trois cars de police. Ceux-ci se garèrent contre les barrières de manière à isoler cette portion de rue et à la soustraire à la vue d'éventuels curieux. Puis plusieurs dizaines d'hommes armés en jaillirent et formèrent un cordon humain qui se mit en marche vers les manifestants.

Les Émeraliens résistaient. Mais, pied à pied, les policiers les acculaient, usant à l'occasion de leurs matraques, et les repoussaient vers la bouche de métro.

– Que va-t-il leur arriver ? interrogea Jeanne, qui ne pouvait quitter ce spectacle des yeux.

– La police a auparavant vidé la station, pour éviter les témoins. Et elle va les cueillir en bas des marches, relever leur identité et les inscrire – si ce n'est déjà fait – dans le fichier des PPD – personnes politiquement déviantes. Pas besoin de nous éliminer pour nous empêcher d'être entendus. Il suffit de passer sous silence nos actions, nos manifestations et nos déclarations... Nous avons envoyé des dizaines de lettres aux différents médias du pays pour démentir notre participation à l'attentat. Aucun – vous entendez : aucun ! – n'a publié ce démenti. Or, aujourd'hui, nos contemporains ne perçoivent de la réalité que ce qui s'affiche sur leurs écrans. Mais je garde l'espoir qu'un jour peut-être nous finirons par tomber sur un journaliste honnête et courageux.

– Si vous voulez une certaine visibilité, vous auriez intérêt à manifester ailleurs que sur un chantier de démolition dans une zone quasi déserte.

– Croyez bien que ce n'est pas notre choix... riposta l'Émeralien.

Jeanne et l'Émeralien se trouvaient en retrait du groupe. Sous l'effet de la surprise, ils s'étaient rencognés sous le porche d'un immeuble en démolition qui bordait le terrain. Jeanne sentait se livrer un combat dans l'esprit de son voisin : devait-il rester caché ou bien faire preuve de courage en rejoignant ses camarades de lutte ?

– Vous serez plus utile en liberté qu'en prison, lui souffla-t-elle.

– Vous aussi, rétorqua l'autre.

– Que voulez-vous dire ?

– Ils ne vous laisseront pas l'occasion de raconter ce que vous aurez vu.

Elle fit mine d'ignorer son avertissement et continua le plus tranquillement qu'elle put son métier de journaliste, photographiant et griffonnant des notes dans un carnet.

– J'ai une question à propos du nom que vous vous êtes donné : ligue Émeraude. A-t-il une signification ?

– Bien sûr. L'émeraude est verte, sa couleur renvoie à l'écologie. Et elle est précieuse, comme la vie, qu'il faut protéger.

– Je ne vois pas bien ce que vous avez d'écologistes…

– Tout le monde sait que la nature est un équilibre délicat, une harmonie fragile. Un genre de château de cartes ; si on en déplace une seule, tout l'édifice peut s'effondrer. C'est pour cette raison que les écologistes demandent qu'on la protège. Ils ont raison et nous professons la même exigence. Mais cela ne va pas assez loin. L'homme est une merveille plus grande encore que les rivières, les forêts, les animaux… Pour lui non plus, on ne peut pas faire n'importe quoi sans risquer de perturber son équilibre. Voilà pourquoi nous militons pour l'écologie humaine.

– L'espèce humaine est en voie de disparition ? interrogea Jeanne. Comme les ours polaires ?

– Le problème n'est pas le même, reconnut le jeune homme. Le risque n'est pas la disparition de l'homme de la surface de la terre. Ce qui est en jeu, c'est son âme ; c'est qu'il perde ce qui fait qu'il est homme.

Tout en prenant des notes, Jeanne observait encore la foule apeurée qui continuait à reculer devant les forces de l'ordre.

– Dites-moi, fit-elle à l'Émeralien, pourquoi tous ces gens reviennent-ils d'une fois sur l'autre s'ils savent que ça se termine mal à chaque fois et qu'ils n'arriveront pas à se faire entendre ?

– Parce que nous sommes persuadés qu'un jour ou l'autre nous vaincrons.

Jeanne le considéra avec des yeux ronds. Était-il fou ?

– Vous imaginez vraiment venir à bout du Régime avec une poignée de vieilles dames et quelques jeunes hirsutes brandissant des pancartes ?

L'Émeralien la fixa un instant, puis reprit la parole.

– Connaissez-vous David et Goliath ?

Pour Jeanne, cela sonnait comme un nom de club gay, mais, avant qu'elle ait pu répondre, l'autre continua.

– Dans les temps anciens, Goliath était un formidable guerrier, de grande taille et bien armé. David était un tout jeune berger. Petit, inexpérimenté et sans autre arme qu'un lance-pierre. Mais lorsque les deux se sont affrontés en combat singulier, David a vaincu Goliath et l'a tué. Et savez-vous pourquoi ?

Jeanne n'en avait aucune idée.

– Parce qu'il combattait pour son peuple. Et avec l'aide de Dieu.

Voilà, elle en avait maintenant la confirmation : il était bien fou. À la Nouvelle Ère, ceux qui parlaient de Dieu, c'est dans les centres psychiatriques qu'on les rencontrait principalement...

Soudain, le jeune homme se recula précipitamment et se recroquevilla dans un coin d'ombre, faisant signe à Jeanne de l'imiter. Des policiers ressortaient de la bouche de métro, détendus, l'air satisfait du travail bien fait. L'un d'eux se détacha du groupe et, au lieu de remonter dans le car, il scruta les lieux. Les deux jeunes gens retinrent leur respiration. Finalement, le policier mit fin à son observation et rejoignit ses collègues.

– Vous avez toujours l'intention de publier cet article ? souffla l'Émeralien.

– Vous ne m'en croyez pas capable ?

– Bravo, fit-il, un brin admiratif. Vous êtes une fille courageuse.

Il lui serra la main sans qu'elle s'y attende.

– Je m'appelle Rémi. Écoutez, s'il vous arrivait un jour d'être dans l'obligation de vous cacher, je vais vous indiquer un endroit sûr que j'ai moi-même testé.

Il le lui révéla et, en la quittant, il lui recommanda la plus grande prudence. Jeanne retrouva sa voiture et démarra. Elle se surprit à jeter des coups d'œil furtifs dans ses rétroviseurs, puis elle finit par hausser les épaules. Cela sentait le mauvais roman d'espionnage. Pourquoi y aurait-il eu le moindre danger pour elle ? Elle n'était en rien hors de la légalité, après tout. Cet Émeralien avait affabulé. D'ailleurs, n'avait-il pas dit croire en Dieu ? En tout cas, elle n'avait pas perdu son après-midi puisque, avec les photos et les notes qu'elle avait en poche, elle avait de quoi écrire un article conséquent.

11

– ÇA N'A AUCUN INTÉRÊT ! martela le rédacteur en chef de *La Vérité*, en regardant Jeanne droit dans les yeux.

– Pourtant, rétorqua la jeune journaliste, mon article permet d'aborder les événements du Stade d'Europe sous un autre angle, beaucoup plus original que les autres journaux, et…

– ÇA N'A AUCUN INTÉRÊT, tu comprends ça ? coupa-t-il à voix forte.

Puis, poursuivant à mi-voix :

– Et si tu veux faire de vieux os à *La Vérité*, je te conseille d'oublier ce genre de sujets pourris.

Jeanne se retrouva dans le couloir, abasourdie. Ainsi, Rémi n'avait pas menti… Elle croisa son collègue Degrave qui la toisa avec un air supérieur. Il avait couvert l'attentat-suicide du Stade d'Europe, il avait craché à qui mieux mieux sur la ligue Émeraude, avait hurlé avec les loups sans se poser de questions… et c'était cela, son titre de gloire. Jeanne sentit la moutarde lui monter au nez. Avant de connaître Rémi, peut-être aurait-elle envié Degrave. Mais aujourd'hui, elle n'était plus prête à avaler les opinions prémâchées dispensées par le Régime. Elle avait envie de connaître la vérité. Elle en assumait d'avance les risques. Et si Rémi avait raison sur la liberté de la presse, peut-être était-il aussi dans le vrai lorsqu'il parlait des événements du Stade d'Europe…

Elle s'enferma dans son bureau jusqu'à la nuit tombée.

12

– N'insistez pas, mo. Vous n'entrerez pas, un point c'est tout.

– Je peux revenir demain.

– Ni demain ni après-demain. Combien de fois faut-il vous le répéter ?

Jeanne faisait le siège du gardien du Stade d'Europe depuis de longues minutes. Mais l'homme commençant à s'énerver et à devenir menaçant, elle jugea plus prudent de battre en retraite. C'était mal la connaître que d'imaginer qu'elle abandonnait pour autant. Rebroussant chemin, Jeanne contourna le bâtiment, essayant chacune des portes qui le desservaient. Enfin, elle en trouva une ouverte et s'y faufila. Après avoir erré dans un couloir obscur, elle déboucha dans cette grande arène composée d'une vaste pelouse centrale et d'innombrables gradins. Elle mitrailla les lieux à l'aide de son appareil photographique professionnel. Soudain, un coup de sifflet retentit. Sur la pelouse se trouvaient trois hommes, dont le gardien, et ils regardaient dans sa direction, la pointant du doigt. L'un dégaina une arme et la visa. Jeanne était à mille lieux d'imaginer un tel accueil. Elle fit un bond de côté, et c'est ce qui la sauva ; une fraction de seconde plus tard, une balle siffla à ses oreilles. De toute évidence, on ne cherchait plus à la freiner dans sa progression. On voulait tout bonnement l'éliminer. Elle rebroussa chemin à toutes jambes, s'enfonçant dans le souterrain. « Pourvu que je ne me perde pas ! », se dit-elle à bout de souffle. « Et pourvu que l'issue soit toujours ouverte... » Ses poursuivants enjambaient les gradins derrière elle, tout en lâchant de temps à autre un projectile dans sa direction. Elle entendait maintenant leurs pas lourds qui martelaient le sol du couloir obscur. Elle faillit rater l'issue, mais, apercevant au dernier moment le rai de lumière qui filtrait sur le côté, elle s'arrêta brusquement et sortit. Elle devinait que l'avance qu'elle avait sur ses poursuivants était ridiculement faible. Avisant une benne, elle en ouvrit le couvercle, bascula dedans et le referma sur elle. Le gardien et ses acolytes sortirent aussitôt du bâtiment et s'élancèrent le long du sentier qui rejoignait la rue.

– Je ne sais pas ce qu'elle a eu le temps de voir, fit-il à ses compagnons en passant devant la benne, mais nous ne devons pas lui laisser l'occasion de le raconter à qui que ce soit. Sinon, les ennuis seront pour nous…

– Chef, j'ai réussi à la choper sur mon *identifieur.*

Une sueur glacée coula dans le dos de Jeanne. Les forces de l'ordre étaient dorénavant équipées de ce petit appareil multifonctions. Il permettait d'identifier n'importe quel individu de plusieurs façons : grâce à ses empreintes digitales qu'il devait apposer sur l'écran tactile, ou bien en analysant son visage par le biais de l'appareil photographique intégré, le tout connecté en permanence à une gigantesque base de données.

– Elle s'appelle Jeanne Maillard, lut le vigile. Elle est journaliste, actuellement en poste à *La Vérité*. Elle n'est pas fichée ; aucun antécédent. Par contre, je peux vous donner ses mensurations…

– Imbécile ! C'est son adresse que je veux !

Le cœur de Jeanne battait la chamade. Jamais elle n'avait eu aussi peur. Elle attendit une heure avant de sortir de sa poubelle, malgré les odeurs pestilentielles qui lui piquaient les yeux et lui donnaient la nausée.

13

Jeanne se recroquevilla lorsqu'un inconnu s'approcha d'elle en silence. Tous ses sens étaient en alerte depuis qu'elle avait élu domicile dans la retraite indiquée par Rémi. L'intrus n'était autre que le jeune Émeralien.

– Je vous avais prévenue que ce n'était pas le grand luxe, sourit Rémi.

– C'est peu de le dire. Mais il m'a évité de me faire épingler, répondit-elle.

Il s'agissait de la cabane aux canards, construite au bord d'un étang du bois de Boulogne pour que les volatiles puissent s'y abriter durant la nuit. L'odeur en était puissante, et pour le moins exotique…

– J'avais raison, n'est-ce-pas ? reprit Rémi. On vous a refusé votre papier sur notre manifestation et on vous a menacée…

– Il y a bien pire. On me recherche pour m'éliminer.

– C'est à ce point ?

– Ce n'est pas lié à l'article. Du moins pas directement. Je suis allée au Stade d'Europe.

Rémi émit un petit sifflement incrédule.

– Vous m'aviez mis la puce à l'oreille et je voulais vérifier. En fait, j'avais la prémonition que j'étais sur un gros coup.

– Et alors ?

– Alors, ce n'est pas un gros coup. C'est un coup énorme. Mais jamais personne ne voudra publier ce que j'ai trouvé… Rappelez-vous cette séquence vidéo qui a été diffusée partout le jour de l'attentat. J'ai réussi à me la procurer et je l'ai longuement étudiée ; à l'aide d'un logiciel approprié, j'ai pu en visionner chacune des images. Il est facile, d'après le film, de repérer l'endroit où la terroriste se trouvait dans le stade.

Jeanne s'accroupit et, à l'aide d'un bâton, traça sur le sol un ovale. C'était le plan du stade ; une croix matérialisait Éléonore Beurville.

– Je ne suis évidemment pas experte en balistique, reprit la journaliste, mais voilà ce qu'aurait dû être la trajectoire du projectile.

Son doigt se déplaça sur le dessin.

– L'impact aurait dû se trouver quelque part dans les gradins au-dessous d'elle, ou au pire au centre de la pelouse. Or, les points où il y a eu explosion se situent ici, ici et là.

Rémi la regarda, interloquée.

– Comment ? Vous voulez dire qu'il y a trois impacts ?

– Exactement !

– Pourtant, elle n'a lancé qu'une seule grenade…

Jeanne hocha la tête d'un air entendu.

– Exactement. Curieux, n'est-ce-pas ?

– Peut-être avait-elle des complices, qui n'ont pas pu être interceptés.

– Peut-être, admit Jeanne, mais personne ne les a mentionnés, ni les témoins, ni la police, ni même Éléonore Beurville dans sa déclaration. De plus, regardez ceci.

Jeanne sortit de sa poche son *combiné* – l'appareil de télécommunication multifonctions qui avait remplacé le téléphone portable – et elle entreprit de montrer à l'Émeralien les photos qu'elle avait prises sur place, tout en les commentant.

– Aux trois points d'impact, expliqua-t-elle, les infrastructures du stade ont volé en éclats et il restait un peu partout des débris calcinés et des traces de sang. Que dites-vous de tous ces dégâts ?

– Même une grenade d'un nouveau type n'aurait pas pu être si destructrice.

Les deux jeunes gens se turent un instant, pensifs.

– Cela voudrait dire que Beurville ne serait pas à l'origine de l'attentat ? C'est un peu dur à avaler… Pourtant, dans la vidéo envoyée le lendemain aux médias, elle revendiquait son crime…

– C'est étrange, je le reconnais. Mais si vous ne me croyez pas, voilà encore autre chose : la fin d'Éléonore Beurville. J'ai agrandi les dernières images. Regardez son expression, dès qu'elle a lancé l'engin.

Sur l'écran du *combiné* de Jeanne apparut le visage d'une femme entre deux âges, décoiffée et sur le front de laquelle perlaient quelques gouttes de sueur. Elle n'arborait ni la mine triomphante de quelqu'un qui a atteint sa cible, ni celle, farouche et résolue, de celui qui aurait tiré sa vengeance d'une société qu'il exècre. Au contraire, elle ouvrait des yeux démesurés. On ne savait pas ce qu'elle regardait, mais on sentait qu'elle ne comprenait plus ce qui se passait autour d'elle. Ses traits trahissaient la surprise, voire l'incrédulité. Sur la dernière image, celle qui précédait l'explosion qu'elle était censée avoir déclenchée pour mettre fin à ses jours, on la voyait la bouche entrouverte, les yeux agrandis d'horreur, prête à s'enfuir.

– Tout indique qu'elle n'avait pas l'intention de se supprimer. Elle ne pensait pas non plus provoquer de tels dégâts.

– On la voit lancer une grenade, pourtant. Cela, c'est du concret…

– En tout cas, je crois que, sur cette dernière image, elle réalise qu'elle a été utilisée, manipulée, et qu'elle a perdu tout contrôle de la situation. Mais il est trop tard. Elle ne doit pas parler, ne jamais révéler ce qu'elle vient *in extremis* de découvrir. Elle doit rester l'unique coupable, le bouc émissaire ; et donc il faut qu'elle disparaisse. On s'est servi d'elle pour lui faire perpétrer ce carnage presque à son insu. Sur le DVD revendiquant l'attentat, on la reconnaît distinctement, alors que son complice reste masqué. Pourquoi cette différence ? Parce qu'Éléonore était condamnée, sacrifiée d'avance par ses commanditaires, alors que le complice, destiné à lui survivre, ne devait pas être reconnu. À bien y réfléchir, rien ne permet d'authentifier ce message. Ils affirment tous les deux appartenir à Émeraude, mais qu'est-ce qui prouve qu'ils disent vrai ?

– Je vous avais déjà affirmé que les Émeraliens n'y étaient pour rien.

– Je raisonne en journaliste, rétorqua Jeanne, j'examine toutes les hypothèses et tous les indices. Et j'en déduis que ça sent la conspiration. Encore autre chose : on a cherché à faire croire que la vidéo du drame a été prise par un providentiel spectateur ; l'image en est floue, bougée, comme prise à l'aide d'un *combiné*. J'ai découvert qu'au contraire on avait pour cela utilisé du matériel de professionnel. Et puis, comment se fait-il que, dans l'heure qui a suivi, la séquence ait été diffusée sur toutes les chaînes de télévision et sur les écrans géants fixés à la façade des immeubles de la ville ? Il a fallu pour cela une drôle d'organisation… De là à imaginer que tout était prévu d'avance… Mais par qui, je l'ignore…

– Le grand responsable, selon moi, c'est le Régime, avança Rémi. Éléonore Beurville n'était que la figurante d'une machination machiavélique.

– Incroyable, murmura Jeanne. Alors, ils sont capables de tout… C'est révoltant. Mais, arrivée à ce point de mon enquête, je ne sais plus quoi faire…

– Courir ! souffla Rémi.

– Qu'est-ce que vous dites ? fit Jeanne, surprise.

– Je dis qu'il faut nous enfuir au plus vite. Je sens une présence proche. Les oiseaux se sont tus, c'est trop calme. C'est maintenant ou jamais…

Il attrapa Jeanne par le bras et la tira à l'extérieur de la cabane. Aussitôt, des coups de feu éclatèrent.

14

– Je n'ai rien à craindre. Tout est en ordre, se répétait Joachim Dunoix depuis deux jours que l'auditeur qualité s'était installé dans l'agence de *reproductique*.

Trois ans plus tôt, Dunoix avait demandé à faire certifier son entreprise. Cela faisait toujours impression auprès des clients lorsqu'il affichait, bien en évidence, son certificat qualité. Il regrettait maintenant d'avoir fait cette démarche. En effet, le certificat devait être renouvelé tous les trois ans, avec une visite de surveillance annuelle. D'ici que l'autre découvre le pot aux roses… Depuis deux jours, l'homme posait des questions, consultait registres et fichiers, se renseignait sur les fournisseurs (donneurs et donneuses de gamètes, cliniques qui géraient dons et prélèvements), les prestataires de service (équipes médicales et travailleuses gestationnelles), les clients (commanditaires en passe de devenir parents). Il s'intéressait aussi au suivi du processus de *reproductique* et à la traçabilité des produits.

– Peut-on poursuivre notre discussion ? fit l'homme depuis la pièce voisine.

Joachim s'épongea le front et tenta de raffermir ses jambes flageolantes. Fausse alerte. L'auditeur pinaillait sur un point de détail sans conséquence. Lorsqu'il remballa son ordinateur portable et ses dossiers, promettant d'envoyer au plus tôt son rapport, Joachim s'autorisa un grand whisky. Il avait beaucoup tremblé, mais finalement l'autre n'y avait vu que du feu, se dit-il.

Il se trompait. Phil Desportes, l'auditeur qualité, avait relevé certaines bizarreries qu'il voulait vérifier, bien qu'elles n'aient pas de lien direct avec la démarche qualité.

L'agence présentait de bons résultats en matière de *reproductique*. Son taux de conformité au cahier des charges était honorable, et son taux d'échec et de rebut peu élevé par rapport à la moyenne des agences. Comme partout ailleurs, il y avait des INPP – interruptions non programmées de portage, qu'on nommait autrefois fausses-couches –, mais en proportion raisonnable. Toutefois, Desportes avait tiqué en lisant le nom de commanditaires concernés par une INPP. Il s'agissait d'un couple de la jet-set, dont la rupture retentissante avait fait la une des journaux *people*. La date de l'INPP correspondait à peu de chose près à celle de leur séparation. Heureuse coïncidence… En effet, en cas d'INPP, une assurance comprise dans le contrat versait aux commanditaires une indemnité qui couvrait très largement les frais engagés et les préjudices divers, tandis que, dans le cas d'une rupture de contrat, même s'ils avaient souscrit une assurance annulation, ils en étaient de leur poche. Ainsi, alors que le projet parental de ce couple n'avait plus lieu d'être, la procédure de *reproductique* s'arrêtait d'elle-même. Le hasard faisait bien les choses… à moins qu'il ne s'agisse d'une tromperie. Et si l'INPP avait été programmée, contrairement à ce que signifiait le sigle ? Si l'agence de *reproductique*, en accord avec les commanditaires, avait provoqué la fausse-couche de la porteuse ? Cela n'était encore qu'une hypothèse, qui devait être vérifiée. Bien que cela ne soit plus du ressort de Phil Desportes, il estima avoir une obligation morale sur ce sujet, aussi s'en ouvrit-il à un ami de la police.

Il s'avéra que le cas remarqué par Desportes n'était pas isolé. Plusieurs couples s'étaient séparés au cours de leur procédure de GPA et, simultanément, la travailleuse gestationnelle avait perdu le fœtus qu'elle portait. Ces femmes, interrogées, avaient révélé avoir été très malades juste avant leur fausse-couche ; toutes présentaient des symptômes similaires : nausées, vomissements, vertiges, sueurs… Plus bizarre encore : on put mettre en évidence que, un ou deux jours avant, elles avaient été convoquées à l'agence pour remplir un formulaire. À cette occasion, Dunoix s'était montré sympathique et attentionné, et leur avait même offert boisson et friandises… Une perquisition impromptue dans les locaux de l'agence permit de découvrir, au fond d'un placard, des sachets de produits abortifs par voie orale. D'autre part, l'examen du compte en banque personnel de Dunoix montra des rentrées d'argent importantes aux dates correspondant à ces fameuses INPP.

Il s'agissait bien d'une escroquerie aux assurances. Dunoix proposait sa combine aux couples et aux *trouples* en cours de séparation. Comme chacun des complices empochait une somme importante, ils étaient tous tenus au silence.

L'affaire fit grand bruit et eut des répercussions imprévisibles. Par une campagne médiatique bien orchestrée, on s'émut du sort des porteuses, qui s'avéraient être des victimes à plusieurs titres. L'INPP qu'elles avaient subie étant automatiquement reportée dans leur dossier, leur carrière était compromise, voire ruinée. Cet accident pouvait également avoir des conséquences sur leur fertilité et leur capacité de portage à venir. De plus, le poison ingéré était dangereux pour la santé ; l'une des travailleuses gestationnelles en était même décédée, affirmaient les médias.

L'événement permit que remontent à la surface un certain nombre d'injustices dont étaient victimes les porteuses. Elles étaient peu payées et pas toujours en temps voulu ; le retour de couches – période de chômage forcé – n'était pas indemnisé, et certaines étaient harcelées par les agences et par les commanditaires eux-mêmes. À vrai dire, la profession n'était pas encore bien structurée. Et ce fut bien dommage, car le Régime en profita pour imposer ses règles. À partir de ce moment, pour des raisons de protection, les travailleuses gestationnelles furent regroupées dans des centres. Des fermes de porteuses, où les femmes passaient leur grossesse enfermées, existaient déjà dans divers pays producteurs. Elles furent adoptées en France, avec quelques améliorations sur le plan du confort, de l'hygiène et du suivi médical.

CINQUIÈME PARTIE

Cinq ans plus tard : An 260 NE

1

Depuis une dizaine d'années, les salles de *shoot* s'étaient généralisées, rebaptisées du nom attrayant de « Centres du bonheur pour tous ». Les choses se déroulaient de façon fort simple. On vous conduisait dans une cabine particulière et on vous installait dans un fauteuil confortable. Un employé venait vous poser quelques questions et établissait une sorte de diagnostic. En fonction de votre degré de non-bonheur, il préconisait l'emploi de la substance à utiliser – euphorisant, stupéfiant, narcotique – et de son mode d'administration – par voie respiratoire, digestive ou veineuse. La cabine était alors plongée dans une douce pénombre et on diffusait à vos oreilles une musique sucrée et convaincante de votre choix, qui tournait en boucle ; la plus demandée étant la reprise d'un très vieux tube, qui disait ceci : « Dans la vie, faut pas s'en faire, moi, je ne m'en fais pas, toutes ces petites misères seront passagères, tout ça s'arrangera[1]. » Au bout de quelques minutes, vous étiez persuadé que la chose la plus importante dans la vie était de suivre du regard les taches colorées qui se déplaçaient sur le plafond. Tout cela s'effectuait sous la surveillance d'un personnel paramédical, pour éviter tout dérapage. Le bonheur sans effets secondaires…

1. Paroles : A. Willemetz. Musique : H. Christiné. 1934 de la Nouvelle Ère. Chanté par Maurice Chevalier.

Ces Centres du bonheur pour tous portaient bien leur nom. Les trois premiers mots évoquaient une plongée au sein du bonheur. Les deux derniers étaient justifiés par le fait que chacun pouvait en bénéficier, quelle que soit sa situation financière, puisque les séances étaient entièrement gratuites, aux frais du Régime. On avait compris que le bonheur était à la fois une question de santé publique – heureux, on tombe moins facilement malade –, d'ordre public – heureux, on se soucie peu de manifester ou de dévaliser une banque – et de stratégie commerciale – heureux, on consomme davantage. C'est pour cette dernière raison d'ailleurs que les salles de *shoot*, pardon : les Centres du bonheur pour tous avaient été installés dans des centres commerciaux, entre des confiseries, des salons d'esthétique et des boutiques de prêt-à-porter. Toutefois, les commerçants voisins vérifiaient toujours la solvabilité de leurs clients. Peu importait qu'en pleine euphorie ils dépensent largement, mais il n'était pas question qu'ils paient à crédit…

Le bonheur, on pouvait aussi se le procurer à domicile. L'usage domestique des euphorisants était peu recommandé, quoique chacun soit libre de faire ce qui lui plaisait ; en effet, sans surveillance médicale, le voyage risquait d'être sans retour.

On venait de mettre au point les premiers *télésenseurs*. C'était un poste de télévision, accompagné d'un casque muni d'électrodes et de lunettes, le tout relié à un boîtier électronique. Le programme de base permettait de s'immerger dans le cadre de son choix. Par exemple si, rentrant exténué d'une journée de travail abrutissante, suivie d'un trajet interminable dans des transports en commun bondés, vous rêviez de vous retrouver sur quelque plage paradisiaque, c'était possible, sans même bouger de votre salon. Il suffisait tout simplement d'appuyer sur le bouton « Plage paradisiaque ». Tout y était : le doux clapotis des vagues et le murmure des palmes agitées par le vent, accompagnés d'un fond musical exotique, la sensation de brise tiède sur la peau nue, l'odeur iodée de la mer et celle sucrée des noix de coco, la vision enchanteresse d'une eau limpide et bleue. Son et image étaient communiqués par le biais respectivement du casque et des lunettes. Quant aux sensations tactiles et olfactives, elles étaient recréées grâce aux électrodes, qui stimulaient des zones spécifiques du cerveau. L'ensemble procurait une impression de bien-être dans laquelle on pouvait s'immerger des heures durant.

2

Lucie, la fille de Ludivina, détestait le regard des hommes et des garçons sur elle. Elle se détestait elle-même parce qu'elle se rendait compte que, malgré elle, elle jouait un rôle devant eux. Elle s'en serait donné des gifles... Quinze ans était maintenant l'âge de la majorité citoyenne, mais on n'avait pas pour autant atteint la maturité psychique. Ce n'était déjà pas facile d'assumer ce corps en pleine transformation dont elle ne connaissait pas encore le mode d'emploi, alors elle n'avait vraiment pas besoin qu'on projette sur elle des images, des idées, des désirs... C'est pourquoi elle aimait tant se rendre à ce cours de gym-danse, fréquenté uniquement par des filles et des neutres. Là, au moins, elle se sentait autorisée à être elle-même. Ce jour-là, lorsqu'elle poussa la porte de la salle, elle vit qu'il y avait une nouvelle. Elle la reconnut aussitôt, et elle en éprouva une grande joie. C'était Charlotte, qu'elle avait côtoyée à l'école primaire, qu'elle admirait et considérait un peu comme sa grande *frœur*. Elle s'approcha aussitôt de Charlotte et l'étreignit. Pendant la séance, elles restèrent côte à côte et échangèrent des nouvelles à mi-voix. À chaque fin de cours, il y avait une séance de massage, deux par deux. Lucie s'allongea sur son tapis et Charlotte fit courir une balle de tennis tout le long de son corps, langoureusement au son de la musique douce. Lucie en éprouva un certain trouble et s'interrogea anxieusement : est-ce que par hasard elle aurait des tendances homosexuelles ? Ou bien serait-ce Charlotte ? Elle avait remarqué que son amie avait changé. Elle semblait très sûre d'elle et un sourire flottait sur ses lèvres, qui pouvait passer pour ironique. Une petite voix au fond d'elle-même lui dit de se méfier, mais, pourtant, elle ne parvint pas à refuser l'invitation de Charlotte à boire un verre chez elle.

Tout en se rendant chez son amie, Lucie tentait de voir clair en elle-même. Elle éprouvait à la fois une certaine crainte et de l'excitation. Elle essayait de se convaincre que c'était seulement une impression erronée, ou bien un malentendu qu'elle arriverait à dissiper pour retrouver une amitié vraie avec Charlotte. Après qu'elles eurent parlé de choses et d'autres, Charlotte s'assit tout contre elle, et Lucie prit alors conscience de ce qu'elle avait remarqué inconsciemment au cours de gym-danse. Au-dessus de la lèvre supérieure de Charlotte, un léger duvet avait poussé. Et son odeur avait changé ; elle était plus musquée… Plus masculine…

– Tu… tu en es un ? demanda-t-elle vivement.

– Bien deviné, répondit laconiquement Charlotte, avec un sourire inquiétant.

– Depuis combien de temps ?

– Cela fait un an que j'ai commencé à douter de mon genre. Je traversais une passe difficile : rupture amoureuse avec un copain, perte de mon boulot, déprime… J'avais besoin de changer d'air, de changer de peau. Alors je me suis dit que le moment était venu.

– Mais enfin… C'est normal d'être déprimé quand il nous arrive des tuiles. Cela ne veut pas dire pour autant…

– Peu importe, fit Charlotte en haussant les épaules, du moment que j'y trouve mon plaisir.

– Alors, tu es heureuse… enfin, heureux, en homme ?

– Oui, je prends mon pied. Mais je vois que tu hésites sur le genre. Utilise maintenant le masculin pour moi. Après avoir pris ma décision, j'ai fait une cure intensive d'hormones mâles, et tu vois, mon corps commence à se transformer.

– Oui, j'ai vu… et j'ai senti…

– C'est cool d'arriver à faire plier mon corps à ma volonté. On en éprouve une certaine volupté… une impression de toute-puissance… Et puis, je ne t'ai pas dit : j'ai aussi changé de prénom. Je m'appelle maintenant Étienne.

– Ça doit te faire bizarre de t'entendre appeler autrement après tant d'années…

– On s'y habitue vite. Et puis, quand on y réfléchit, c'est révoltant de se voir imposer un prénom à la naissance, qu'on devra porter toute sa vie. Moi, je revendique le droit de choisir complètement mon identité.

Une idée se forma dans l'esprit de Lucie.

– Mais si tu es un homme, que fais-tu dans le cours de gym féminine ?

– J'aime regarder les petites nanas bouger et se trémousser sans qu'elles se croient observées… C'est si mignon… si excitant… Et puis, il n'y a plus de lieu spécifique pour les hommes, les femmes ou les neutres. Ce serait de la discrimination.

– Mais on ne pourra plus être tranquille nulle part, alors ? s'offusqua Lucie.

Charlotte-Étienne rit.

– Ma petite lionne montre les crocs ? J'aime te voir en colère !

Il se rapprocha encore de Lucie sur le canapé.

– Juste une question, fit Lucie. Tu ne crois pas qu'on peut vouloir être un homme sans forcément se taper toutes les filles ?

– On peut… Mais pourquoi le ferait-on ? La frustration, ce n'est pas ma tasse de thé. Je ne suis pas masochiste, moi. « Jouir sans entraves », tu sais bien… D'ailleurs, tu devrais essayer de te décoincer un peu, je te sens bien tendue.

Il posa ses mains sur la nuque de Lucie, mais celle-ci se releva d'un bond et le considéra avec des yeux pleins de répulsion.

– Ne… ne me touche pas, sinon je crie !

Étienne lui lança un regard trouble et laissa retomber ses mains.

– Personne ne t'entendrait. Mais n'aie pas peur, je ne t'oblige à rien. Si tu veux, nous pouvons seulement discuter autour d'un verre de bière ou bien aller faire un tour.

– Merci… C'est gentil. Une autre fois, peut-être. Mais là, je préfère partir.

– Comme tu veux. Tu es libre.

3

C'était peut-être la première fois que Lucie était heureuse d'avoir sa mère près d'elle. Elles n'avaient jamais été très proches, aussi la jeune fille appréciait-elle que son parent 1 ait donné de son temps pour être à ses côtés lors de ce jour décisif. Lorsqu'elle poussa la porte imposante du bâtiment, ses mains tremblaient un peu.

– Ça ira, ma chérie, la rassura Ludivina.

Au-dessus de la porte, le fronton du bâtiment s'ornait d'une inscription : « Centre de consentement ».

En cette deuxième moitié du troisième siècle NE, l'homme s'était finalement hissé au rang de dieu. Cette promotion n'était pas le fruit du hasard. Au contraire, elle était programmée de longue date. Depuis plusieurs années, on proclamait que l'école devait être le lieu d'émergence du Nouvel Être, lieu où s'opérerait la transsubstantiation de l'humain, c'est-à-dire sa déification. Par l'entremise des enseignants, pédagogues et autres accoucheurs de l'esprit, chacun se divinisait lui-même. Du fait de la pléthore de dieux qui en résultait, la toute-puissance de chacun en était plutôt restreinte. Du moins les humains avaient-ils pouvoir sur eux-mêmes. Ils se berçaient de l'illusion de se créer et se recréer à leur guise. En ce qui concernait leur aspect physique, cela avait été rendu possible par les extraordinaires progrès de la médecine, et en particulier de la chirurgie esthétique. De même, on leur avait appris que leur genre était non pas un fait imposé par Dame Nature, mais une construction mentale personnelle, un choix à faire. La rengaine à la mode, la revendication de tout un chacun était : « Je suis ce que je décide d'être. »

Et, en tant que dieu, l'homme surpassait l'ancien Dieu sur un point : il avait le pouvoir de décider de ne plus « être ». Ce que Dieu ne pouvait se permettre, étant de toujours à toujours. Depuis qu'on avait relégué au rang de conte de bonne femme la notion d'un Dieu maître de la vie, celle-ci était devenue un bien privé ; chaque propriétaire en disposait à sa guise. Il pouvait, si cela lui chantait, la garder ou s'en défaire, la protéger ou la dilapider. Toutefois, la vie se différenciait d'un bien de consommation ordinaire en ce sens qu'on n'en devenait pas propriétaire de son plein gré et en connaissance de cause. On s'éveillait un beau jour, et on constatait qu'on nous l'avait collée dans les mains pendant notre inconscience, sans nous dire comment en user. Le passage du non-être à l'être s'était fait sans moi, à mon insu. Et pour cause : n'étant pas, je n'avais aucun vouloir ni aucun pouvoir. Même si c'était logique, c'était d'une violence inouïe : une entité extérieure m'avait forcé à exister. Si l'humain n'avait aucune emprise sur ce premier fait, il pouvait néanmoins exercer son libre arbitre en continuant ou non d'exister.

C'est ainsi que l'euthanasie avait été détournée de ses fins premières – faire cesser toute souffrance – pour devenir l'instrument du pouvoir suprême de ces nouveaux dieux. À défaut d'avoir décidé d'être, l'humain pouvait se targuer maintenant d'exister par son bon vouloir. Il tenait dans ses mains divines à la fois son anéantissement et son être, et, en cela, il était tout-puissant.

Pour être sûr que personne n'hérite de la vie par hasard ou par défaut, on avait institué cet « acte de consentement ». Consentement à la vie, qui se prononçait le jour du quinzième anniversaire de chaque jeune, c'est-à-dire à la majorité légale. Le premier acte d'adulte était ainsi de choisir – ou non – d'exister. Cela évoquait d'anciennes coutumes de civilisations disparues, qui marquaient le passage de l'état d'enfant à celui d'adulte par une cérémonie initiatique.

4

Lucie avait franchi les portes du Centre de consentement. En compagnie de sa mère, elle attendait son tour dans une vaste salle. Enfin, l'employée qui semblait régner sur le lieu leur indiqua une des nombreuses portes. Celle-ci donnait sur une sorte d'antichambre. Lucie dut y laisser Luda et continuer seule jusqu'à la cabine attenante. La cabine de consentement. C'était une pièce exiguë, meublée uniquement d'un siège et d'un pupitre.

– Bonjour, Lucie Gorsky.

La jeune fille sursauta, regarda tout autour d'elle, puis se morigéna d'avoir confondu cette voix métallique et électronique avec celle d'une personne réelle.

– Veuillez prendre place dans le fauteuil.

Lucie s'exécuta.

– Vous avez devant vous, sur le pupitre, deux gros boutons lumineux. Sur celui de droite est inscrit : « Oui »...

À ce moment, le bouton de droite, qui émettait une lumière jaune, se mit à clignoter. Lucie remarqua qu'on y avait accolé des signes en braille, à l'intention des non-voyants.

– ... sur celui de gauche est inscrit : « Non ». Si vous appuyez sur le bouton « Oui », vous exercez votre liberté souveraine en acceptant d'être. Si vous appuyez sur le bouton « Non », vous exercez votre liberté souveraine de renoncer à l'existence. Dans ce cas, votre volonté sera exaucée aussitôt, sans douleur ni stress d'aucune sorte.

La voix se faisait onctueuse et proposait la voie du suicide avec autant d'émotion qu'une hôtesse de l'air annonçant le prochain vol. En l'occurrence, le vol – un voyage sans billet de retour – était assuré par un gaz, diffusé par des orifices que Lucie apercevait au-dessus de sa tête.

Lucie ne pouvait détacher ses regards des deux boutons qui clignotaient doucement, émettant leur lumière jaune et bleue.

– Veuillez faire votre choix ! fit la voix.

Des gouttes de sueur perlèrent au front de la jeune fille, et ses idées se bousculèrent dans sa tête.

– Veuillez faire votre choix, répéta la voix sur le même ton.

Lucie n'était en proie à aucun dilemme. Même si elle sentait que sa vie manquait d'épaisseur et de consistance, elle n'avait aucunement l'intention d'y renoncer. Ce qui la paralysait, c'étaient quelques histoires, quelques rumeurs qui circulaient parmi les jeunes. Il y aurait eu des cas de permutation de fils électriques. Des jeunes qui avaient choisi « Non » n'avaient pas été euthanasiés. Si c'était vrai, alors l'erreur inverse était toujours possible, même si aucune des victimes n'avait eu le loisir de s'en plaindre...

– Veuillez faire... recommença la voix.

– Oh, la barbe ! s'exclama Lucie.

– Aucune réponse orale n'est acceptée, renseigna la voix. C'est en appuyant sur un bouton que vous devez sceller votre acte de consentement. Je répète : si vous appuyez sur le bouton « Oui »...

Lucie, fermant son esprit aux injonctions de la voix, tenta de se réconforter par le raisonnement suivant : « Au pire, si je fais le mauvais choix sans le vouloir, je ne le saurai pas, puisque j'aurai cessé d'exister... » Elle se pencha brusquement et appuya résolument sur le bouton jaune. D'abord, il ne se passa rien. Puis la voix reprit :

– Vous avez choisi : « Oui, je consens à la vie. » Merci de confirmer votre choix en appuyant de nouveau sur le bouton « Oui ».

Lucie obéit.

– Je prends note que vous consentez à la vie. Est-ce librement et sans contrainte ?

La jeune fille appuya une troisième fois sur le même bouton.

– La procédure est terminée, annonça simplement la voix.

Lucie se leva, soulagée et portée par une joie étrange. Elle était en vie. Ni plus ni moins qu'avant d'entrer ici. Pourtant, il lui semblait renaître, d'une certaine façon. Lorsqu'elle franchit le seuil, sa mère vint à elle et l'étreignit. Ludivina était heureuse, mais sans surprise. Sa fille lui avait fait part de sa décision de longue date et, de plus, depuis quelques instants, une lumière jaune s'était allumée au-dessus de la porte de la cabine. En effet, pour éviter que les proches n'attendent en vain le retour de leur jeune, deux voyants lumineux avaient été installés au-dessus de la cabine du consentement. De cette façon, on était averti en temps réel. Lorsque le voyant bleu s'allumait, un peu de gaz euphorisant et anesthésiant filtrait dans la salle d'attente. Ce n'était pas dû à un défaut d'étanchéité de la cabine, mais cela avait pour but d'éviter tout débordement émotionnel. Même si la plupart des gens admettaient haut et fort que la liberté de choix était inaliénable, certains peinaient encore à admettre que cette liberté puisse aller aussi loin.

Alors que Ludivina entraînait Lucie vers un restaurant chic du quartier pour fêter son consentement, Alexandre entra à son tour dans la salle d'attente, suivi de Damien, son père.

– Je t'ai répété vingt fois de ne pas m'accompagner ici. Tu aurais pu te contenter de me déposer à la porte. Tu ne viendras pas te plaindre après…

L'adulte ne bougeait pas et le fixait de ses grands yeux tristes.

– Qu'est-ce que tu espères, à la fin ? Que je changerai d'avis ?

– Oui, fit seulement Damien.

– Écoute, je suis bien content d'avoir quinze ans, parce que, maintenant, c'est moi qui décide de tout ce qui me concerne. La liberté, vous n'avez que ce mot à la bouche. Mais jusque-là, est-ce que j'ai seulement eu mon mot à dire ? C'est toi et Sophie qui avez choisi que j'existe. Vous avez exercé votre liberté en programmant mon aspect physique. Donnez-moi cet ovule-ci, et puis ce spermatozoïde-là… ou non, tiens, plutôt celui-là. Un vrai jeu de construction. Ça a dû vous amuser, je parie !

– Alexandre ! protesta son père.

– Est-ce qu'on s'est informé de ma préférence à moi, quant à la couleur de mes yeux et la taille de mes pieds ? Hein ? C'est vous, encore, continua-t-il, impitoyable, qui avez décidé de m'élever comme neutre jusqu'à mes cinq ans.

– Oui, mais c'est toi qui as choisi d'être fille à ce moment-là, rappela Damien.

– Allons, ne dis pas de bêtise ! Est-ce qu'on est capable de choisir, à cet âge-là ? C'est Sophie qui m'a imposé mon genre, oui ! Elle n'osait pas le dire, mais elle préférait avoir une fille plutôt qu'un garçon.

– Tu dérailles ! Elle ne t'a rien imposé du tout ! Nous étions convaincus tous les deux que ni le sexe ni le genre n'avaient d'importance.

– Intellectuellement, peut-être que vous étiez sincères. Mais dans votre cœur ? Dans toutes les fibres de votre être ? Inconsciemment, j'ai compris le désir de Sophie. Je rêvais de lui faire plaisir, de répondre à ses souhaits inexprimés, de réaliser en moi l'image qu'elle avait de moi. C'est cela qui m'a orienté.

– En tout cas, à dix ans…

– Oui, à dix ans, j'ai décidé d'être un garçon, et de l'annoncer à tous nos proches avec un deuxième faire-part ridicule. Qui sait ce qui a dicté mon choix ? Ma nature profonde ? Mon genre biologique qui se manifestait ? Ou bien le fait que Sophie nous ait abandonnés tous les deux pour une femme ? Ou encore l'envie de te montrer ma solidarité et mon soutien ?

Damien ne répondit rien. Il en était bien incapable.

– Mais ce n'est pas tout. Dès mon plus jeune âge, vous m'avez envoyé de force à l'école.

– Mais enfin, c'était pour ton bien ! s'insurgea l'homme.

– Est-ce que tu peux décider ce qui est bien pour moi, alors que ma liberté est souveraine ? Si je n'avais pas eu envie d'aller à l'école, ç'aurait été mon droit !

– Non, ce n'était pas ton droit ! Cela fait partie des obligations légales de tous les parents... Si nous ne l'avions pas fait, nous aurions eu l'État sur le dos.

– L'État, les parents... personne n'a respecté ma liberté, en fin de compte. Jusqu'à aujourd'hui. Mais c'est fini. Ma liberté souveraine, je vais l'exercer pleinement, en disant « Non » ! lança-t-il comme un défi à la face de son père.

– Dire « Oui » est aussi une façon d'exercer sa liberté, insinua Damien.

Alexandre ne daigna même pas lui adresser un regard et, tournant les talons, il entra dans la cabine du consentement.

Damien espérait de toutes ses forces, espérait contre toute attente. Mais le voyant bleu s'alluma et sa peine s'évanouit dans les effluves euphorisantes.

5

La nature et la *reproductique* avaient comblé Louis de leurs bienfaits, le dotant d'un visage avenant et d'un corps souple et musclé. Toutes les filles qu'il approchait succombaient à ses charmes. Ses études l'intéressaient et il y était brillant. Il fréquentait une bande de bons copains avec qui il « s'éclatait » dans les bars et les boîtes de nuit. Il avait trouvé un appartement confortable à deux pas de son université, et la bourse qu'il avait décrochée lui permettait de vivre à l'aise. Vraiment, il répondait à tous les critères de bonheur en vigueur : bien-être social, bien-être sexuel, matériel et intellectuel. Bref, il avait tout pour être heureux. Sauf qu'il ne l'était pas. Malgré ses vingt ans, il se sentait dégoûté de tout, et vieux, si vieux... Au creux de lui se logeait un grand vide ; ou plutôt une grande mare d'eau noire, glaciale et gluante, qui l'attirait chaque jour davantage. Sa mare intérieure avoisinait une sorte de soif, de désir inconnu. Qui pourrait lui permettre de voir clair en lui ? Certainement pas ses copains de fête ; ils se paieraient probablement sa tête. Il eut une pensée pour Amélie. Avec ses idées bizarres, peut-être qu'elle l'aurait compris et qu'elle lui aurait expliqué. Mais il chassa vite son souvenir. Amélie avait tenté de l'enlever, il ressentait cela comme une agression, une violation de sa liberté. Et de toute façon, depuis qu'elle avait été arrêtée, elle avait complètement disparu de la circulation, et Louis n'avait pas cherché à en savoir plus. De quelque côté qu'il se tourne, Louis ne voyait plus que la nuit, et il se sentait comme aspiré par le néant. L'esprit vide, il erra dans Paris et se retrouva au bord de la Seine. Les eaux sombres évoquaient celles de sa mare intérieure. N'y tenant plus, il sauta.

La première visite que reçut Louis lorsqu'il reprit connaissance sur son lit d'hôpital fut celle d'un policier qui lui signifia qu'il était en infraction et qu'il devait payer une lourde amende. Comme Louis ne voyait pas la différence entre le fait de se supprimer en appuyant sur un bouton dans un centre d'euthanasie et celui de se supprimer par le moyen de son choix, le fonctionnaire lui expliqua que c'était une question d'ordre public. Si les gens se supprimaient n'importe où et n'importe comment, cela risquait de nuire au moral de la société et ce n'était pas écologique. Et, par-dessus le marché, cela donnait un supplément de travail aux équipes de nettoyage. Louis rentra chez lui le jour même et s'enferma dans son appartement, ne soufflant mot à personne de sa tentative ni de son questionnement.

Jackie, sans nouvelles de Louis depuis plusieurs mois, sonna un matin à sa porte et le trouva fort abattu.

– Je crois que je vais y aller, soupira Louis, la tête entre les mains et le regard vide.

– Aller où ? demanda son parent 1.

– Au centre d'euthanasie.

Il y eut un long silence, puis Jackie lâcha :

– Tu deviens enfin raisonnable.

Apparemment, la nouvelle de sa tentative avait filtré. C'était, au regard de la loi, une faute dont le caractère honteux rejaillissait sur tout l'entourage. Aussi Jackie était-il soulagé que son fils rentre dans le rang. Mais il poursuivit :

– Je sais bien que ce n'est pas parce que je suis ton parent 1 que je dois me mêler de ta vie privée, d'autant plus que tu es majeur. Mais j'ai quand même envie de te dire que si tu n'étais plus là, tu me manquerais.

Ce que venait de dire Jackie était, ils le savaient tous les deux, une grave atteinte à la liberté individuelle, donc répréhensible au regard de la loi. D'ailleurs, l'amour qu'on portait aux autres était un attachement, donc une entrave à la liberté. C'est pourquoi le mot amour avait été sémantiquement restreint aux relations d'ordre sexuel.

– Tu sais, continua Jackie, alors que Louis ne réagissait pas, je me demande si tes envies de te supprimer ne sont pas pathologiques. Tu es peut-être malade, dans ton corps, dans ton cœur ou dans ta tête. Ou bien la tentative d'enlèvement par les Émeraliens, dont tu as été victime il y a cinq ans, t'aura traumatisé. C'est ça qui t'empêche d'être heureux et de profiter du Bonheur pour tous. Tu devrais voir un médecin, ou un *hédonologue*[1], qui pourra peut-être te guérir.

1. Médecin spécialiste dans la thérapie du bonheur, notamment par la recherche du plaisir.

6

C'est en suivant le conseil de Jackie que Louis se retrouva dans le cabinet d'un *hédonologue*. Celui-ci, après lui avoir présenté le jeune stagiaire qui assisterait à la consultation, le fit allonger sur le divan.

De façon malhabile, avec de pauvres mots, Louis exposa son mal-être au spécialiste.

– La vie me sourit et, moi, je lui ai tourné le dos, conclut-il tristement.

– Avez-vous fréquenté régulièrement le Centre de bonheur pour tous ? C'est très recommandé, dans ces cas-là.

– J'y suis allé souvent, mais cela n'a pas changé grand-chose.

– Hum… Il faudra peut-être à l'avenir augmenter les doses et vous prévoir un traitement spécial. Pensez-vous à un événement de votre passé qui aurait pu avoir un impact sur votre psychisme ?

Louis réfléchit, se plongeant dans ses souvenirs.

– Je ne vois pas. J'ai un parcours de vie assez classique. Mes parents d'origine sont homosexuels.

– Conception par GPA ?

– Oui.

Le praticien hocha la tête, approbateur.

– J'ai fréquenté tout jeune une crèche du Régime, et j'ai suivi toute ma scolarité dans le même groupe scolaire. Mes parents se sont séparés lorsque j'avais huit ans. Mon parent 1 ne s'est jamais vraiment remis en ménage. Par contre, mon parent 2 s'est remarié d'abord avec une femme, puis avec un homme et une femme.

– Vous n'avez donc connu que trois familles. Ensuite ?

– Eh bien, c'est tout, je crois.

– Rien que de très ordinaire, en somme, et je ne vois pas vraiment de raisons de perturbation. Dites-moi, avez-vous été triste, désappointé, en colère, lors des séparations de vos parents ?

Louis ne pouvait s'en défendre.

– C'est grave, docteur ?

– Non, pas vraiment. Cela tient à l'égoïsme foncier de l'enfant, qui estime que le monde doit tourner autour de lui et qui n'accepte pas que l'adulte puisse mener sa vie à sa guise et chercher son bonheur là où il se trouve. Mais on n'y peut pas grand-chose, hélas... Toutefois, cette souffrance s'estompe quand on réalise qu'elle est injustifiée et qu'elle n'a pas lieu d'être.

Le jeune stagiaire, qui depuis un moment s'agitait sur sa chaise, ne put se retenir d'intervenir.

– Mais, docteur, il me semble...

– Jeune homme, je vous prie de garder vos commentaires pour vous-même. Autre chose, poursuivit le médecin en se retournant vers Louis : n'avez-vous jamais subi de frustration ?

– Mes parents me passaient beaucoup de caprices, répondit Louis, mais ils pouvaient aussi se montrer sévères. Ils disaient que c'était pour mon bien.

– Regrettable, soupira le médecin. Et des frustrations par rapport à ce que vous auriez voulu être ? Rappelez-vous, l'humain d'aujourd'hui doit pouvoir se construire tel qu'il se rêve. En avez-vous été empêché ?

– Euh... Non, pas que je sache.

– Votre genre vous satisfait-il ? Et votre orientation sexuelle ?

– Au début de la puberté, j'étais dans un grand flou. Nos enseignants et éducateurs avaient pour mission de nous dégager de tout *a priori* sur notre genre, pour que nous soyons libres de le déterminer par nous-mêmes. Quelle angoisse... Je ne sentais au fond de moi aucun appel particulier, et puis je ne voulais pas faire de peine à mes parents... J'étais très tenté de me déterminer comme neutre... À l'adolescence, je suis entré en opposition avec mes parents, et c'est ainsi que je me suis déterminé comme masculin et que j'ai choisi l'hétérosexualité.

Louis réfléchit un instant.

– Vous croyez que mon mal-être vient de ce que j'ai fait le mauvais choix ?

– Je n'affirme rien, mais vous devriez faire quelques essais, pour vous rendre compte.

– Docteur ! Comment pouvez-vous...? interrompit le stagiaire.

– Encore ! Sortez ! ordonna le médecin, furieux. Voyons, poursuivit-il en consultant son ordinateur. Je vois ici quelque chose d'intéressant. Voulez-vous me parler de votre enlèvement ?

– Je n'ai jamais bien compris cet événement de ma vie, reconnut Louis. Amélie, la femme de mon parent 2, s'était toujours montrée très gentille avec moi. Quand j'ai eu quinze ans, il y a eu un grand changement en elle. Peut-être est-ce la séparation d'avec David...

– Ou plus probablement son affiliation à la ligue Émeraude, fit remarquer le docteur.

– Je ne sais pas... Elle se montrait maintenant très possessive, presque agressive, et voulait m'empêcher d'aller passer ma semaine chez David et ses conjoints. Elle prétendait qu'ils avaient une mauvaise influence sur moi. Un soir, alors que je revenais d'une soirée bien arrosée – c'était précisément le remariage de David –, je lui ai trouvé un air très bizarre. Dès le lendemain matin, elle m'a embarqué dans sa voiture. Je n'ai pas compris tout de suite qu'elle m'enlevait. Bien sûr, j'ai été soulagé lorsque la police m'a libéré.

– Pourquoi n'avez-vous pas témoigné contre elle lors du procès ?

Louis hésita.

– C'était mon parent 3, tout de même...

– Elle ne vous avait pas fait part de ses intentions à votre égard ?

– C'est ce que la police m'a longuement demandé. Mais non, je n'en ai aucune idée... Croyez-vous que c'est cela qui m'a perturbé, docteur ?

– C'est fort possible. Voyez-vous, tout ce qui touche de près ou de loin à la ligue Émeraude peut avoir des répercussions terribles sur le psychisme des individus. Je pense qu'il vous faudra plusieurs séances avant de pouvoir vous remettre. En attendant, je vais vous prescrire quelques médicaments, vous prendrez l'ordonnance auprès de ma secrétaire.

– Merci, docteur, fit Louis en se levant du divan.

7

Ce n'est que lorsqu'il fut arrivé à la porte de l'hôpital que Louis se rendit compte de son étourderie. Il avait dû oublier dans le cabinet du docteur son *combiné* qui contenait tous ses fichiers d'identité et son argent virtuel. Il rebroussa donc chemin. Le cabinet de consultation étant ouvert, il y entra, le croyant désert.

Le jeune stagiaire y était revenu et se trouvait seul.

– Dites, vous pensez que je vais réussir à m'en sortir ? demanda Louis, après avoir retrouvé son bien. Il est compétent, cet *hédonologue* ?

Il avait besoin d'être rassuré sur son cas.

– Un âne, voilà ce que c'est ! s'écria l'autre, furibond. D'ailleurs, ce sont tous des ânes ! Vous êtes le troisième cas de la semaine. Le troisième qui, alors que la vie s'ouvre devant lui sans difficulté particulière, veut se supprimer ou a déjà tenté de le faire. Et on vous bourre de médicaments en vous faisant croire que vous irez mieux. Et on fait mine d'ignorer les causes du problème, sauf si on peut en faire porter la responsabilité à la ligue Émeraude. Mais enfin, ça se voit comme le nez au milieu de la figure ! Seulement, l'idéologie du Régime a si bien verrouillé les cerveaux que tous sont devenus aveugles ! Les patients comme les soignants !

Louis était surpris de cette véhémence dont il ignorait la cause.

– Car c'est tabou, comprenez-vous ? poursuivit le stagiaire. On a prétendu abattre tous les tabous. Il n'y en a jamais eu autant, même s'ils sont différents de ceux d'autrefois. Et moi, qu'est-ce que je fais ? À quoi servent mes six années d'étude si je n'ai pas droit à la parole ? J'avais dans l'idée d'aider les gens à s'en sortir, et je suis condamné à regarder ce vieux fou les enfoncer...

Il s'arrêta, hors d'haleine, puis quitta le cabinet, laissant Louis pantois.

8

Son ordonnance en main, Louis s'en fut se fournir en médicaments. Il respecta scrupuleusement le traitement, se rendit plusieurs fois dans la semaine au Centre de bonheur pour tous où on lui appliqua des doses spéciales. Mais sans amélioration de son état.

Il repensait souvent au stagiaire *hédonologue*. Ses paroles avaient été bien énigmatiques, mais semblaient indiquer qu'il détenait la solution à son problème. Il l'attendit un soir sur le trottoir, en face de l'hôpital, et il l'aborda.

– Le traitement n'a eu aucun effet, lança-t-il tout de go.

L'autre mit quelques secondes avant de le reconnaître.

– Je l'aurais parié, répondit-il, fataliste.

Et il continua sa route.

– Mais attendez ! Vous ne pouvez pas me laisser comme ça ! Qu'est-ce qui me reste comme alternative, maintenant ? Vous prétendez vouloir aider les gens, et ça ne vous fait rien si je retourne m'euthanasier ? Vous dites connaître la solution et vous ne levez pas le petit doigt pour moi ?

Le stagiaire s'immobilisa.

– Je n'ai pas dit cela. Je n'ai pas parlé de solution.

– Non, mais vous avez dit connaître les causes de mon mal-être.

Le jeune homme hésita.

– J'étais énervé, j'ai un peu exagéré. Disons que j'ai échafaudé une hypothèse. Mais, pour la valider, il me faudrait pouvoir interroger les patients. Et vous avez vu comment se passent les entretiens…

– Vous pouvez m'interroger moi, proposa Louis.

– C'est gentil, sourit l'autre, mais cela ne suffira pas. On ne peut pas juger sur un seul cas, il faudrait faire des statistiques, des recoupements…

– Il faut bien commencer par un bout, insista Louis. Je serai votre premier cobaye !

– Je ne suis pas sûr que vous vous prêtiez au jeu bien longtemps. Je vous l'ai dit, on touche à des tabous. Et mon chef prétend que, à vouloir remuer ces choses interdites et cachées, on peut détruire le patient.

– Écoutez, je veux qu'on m'explique ce qui ne colle pas chez moi. Je prends le risque ! Essayons, voulez-vous ?

Après un moment de réflexion, l'autre opina de la tête. Louis s'avança et lui serra la main avec chaleur. Ce garçon, bien que d'allure réservée, avait une figure franche et sympathique. De plus, Louis avait besoin de pouvoir mettre son espoir et sa confiance en quelqu'un.

– Je ne connais même pas votre nom, remarqua Louis.

– Rémi. Je suis étudiant en médecine.

– Moi aussi, je suis étudiant, mais en informatique. On pourrait se tutoyer, puisqu'on est amené à travailler ensemble…

Rémi se contenta de sourire.

– Ne perdons pas de temps ici, ce n'est pas sûr. Viens !

– Où allons-nous ? demanda Louis, s'étonnant qu'ils ne prennent pas la direction de l'hôpital.

– Il nous faut un lieu discret. Ce type de recherche est complètement illicite.

Tout en marchant dans les rues, ils échangèrent quelques idées.

– J'ai entendu dire que ce qui manque aux gens de notre génération, c'est un sens à leur vie, avança Louis. Tu sais ce que ça veut dire, toi ?

– Je crois que c'est comme quand on marche. Si on sait d'où on vient et où on va, on est plus motivé que si on marche au hasard ou si on fait du surplace.

– Et tu sais où tu vas, toi ? Tu sais ce que tu deviendras dans cinq ans, dans dix ans ?

– Non, mais j'ai des envies, des souhaits qui me mettent en marche.

– Ah oui ? Et lesquels ?

– J'ai envie de changer le monde. Par exemple, j'ai envie de trouver un moyen de soigner les gens, de leur redonner la joie de vivre. En tout cas, si je ne sais pas où va ma vie, au moins je connais la direction que je veux lui donner.

Louis resta silencieux. « Changer le monde » ? Une telle idée ne l'avait jamais effleuré.

9

Ils arrivèrent bientôt au bois de Boulogne et, en s'y enfonçant un peu, ils trouvèrent un banc et ils y prirent place.

– J'aimerais que tu me parles de ton attitude vis-à-vis des filles.

– Lorsque j'ai décidé que je serais hétérosexuel, je n'ai pas fait les choses à moitié… J'ai lancé l'offensive avec l'énergie de celui qui a quelque chose à prouver au monde entier et à lui-même. Ma première cible fut une camarade de classe. Le siège fut de courte durée. J'étais joli garçon, et elle était facile. Je me compliquai la tâche en choisissant des citadelles réputées imprenables, qui sous mes assauts répétés finissaient par hisser le drapeau blanc. De fil en aiguille, je suis devenu ce qu'on appelle vulgairement un tombeur.

– Est-ce que cela t'a apporté de la satisfaction ?

– J'étais populaire, rien ne me résistait, pourtant, mes victoires avaient toujours un certain goût amer.

– Quelle conclusion en as-tu tirée ?

– Que je n'étais pas allé assez loin, et je cherchais à séduire davantage de filles. C'est comme si… comme s'il y avait eu en moi un grand vide, que je n'arrivais pas à combler malgré tous mes efforts.

Rémi hocha la tête, puis enchaîna :

– Je vais te proposer maintenant une sorte de jeu. Pour chacun des mots que je te donnerai, tu me citeras d'autres mots qui te viennent en tête, sans prendre le temps de réfléchir, et en gardant les yeux fermés.

Louis s'exécuta avec enthousiasme et il se montra prolixe. Jusqu'à ce que Rémi lui propose le mot « mère ». Le garçon resta coi, son visage se crispa légèrement et il rouvrit les yeux.

– Ce mot n'existe plus, fit-il remarquer d'une voix changée. Il faut dire « parent ».

– « Parent » ne m'intéresse pas. Je veux que tu te concentres sur le mot « mère ». Tu comprends ce que je voulais dire l'autre jour en parlant de tabous et de verrous...

Louis avait conscience d'être au bord d'un monde interdit. Qu'y découvrirait-il ? Quels risques prenait-il à y pénétrer ?

– Souhaites-tu que nous en restions là ? demanda doucement Rémi. Ou bien est-ce que tu penses pouvoir me faire confiance ?

Louis accepta de franchir le pas. Il ferma les yeux de nouveau et des images affluèrent. Il se voyait à cinq ans dans la cour de récréation, avec un petit camarade. Celui-ci avait une mère – il refusait d'employer le terme consacré de parent 1 ou 2 – et il semblait en être fier. Le garçon lui avait même lancé que tout le monde avait une mère, condition indispensable pour venir au jour. Cette affirmation avait ébranlé Louis, mais Jackie l'avait aussitôt détrompé. Les années passant, il avait appris que le garçon disait vrai, mais que la mère n'était qu'un acteur de passage dans le processus de reproduction ; un des nombreux rouages de ce bel arrangement qui aboutissait à la vie. Pas de quoi en faire un plat... Un autre souvenir s'imposa à son esprit. Il se revoyait un peu plus grand, dans le cabinet d'un médecin. C'est là que, pour la première fois, il avait entendu parler de sa mère. Il se rappelait l'émotion intense qui l'avait alors étreint. On lui avait fait comprendre qu'elle était la responsable de la maladie génétique qui le guettait, alors il l'avait considérée comme une menace cachée, et cela lui avait coupé l'envie de la connaître. Pourtant, aujourd'hui, il ressentait le même serrement de cœur.

– Tu sais tout ce que tu voulais savoir ? fit-il en rouvrant les yeux, encore un peu chamboulé par cette spéléologie intérieure. Tu vas pouvoir m'expliquer de quoi je souffre ?

– Je te rappelle que ce n'est qu'une hypothèse, mais voilà comment je vois les choses, en me fondant sur quelques autres cas que j'ai rencontrés. D'une part, il y a cette souffrance intime, ce dégoût, cette errance. Ça se traduit par une envie de mourir, ou un comportement sexuel excessif. D'autre part, il y a l'absence du parent de sexe opposé. Personnellement, je crois qu'il y a un lien entre les deux.

– Qu'est-ce que tu me chantes là ! s'offusqua Louis. Les meilleurs chercheurs ont montré que le sexe des individus n'avait qu'une importance très subjective et limitée. Personnellement, j'ai été aimé et entouré tout au long de mon enfance, et peu importe que mes parents soient hommes ou femmes ! Que viendrait faire cette mère inconnue dans mon psychisme ?

– Te rends-tu compte que chacune de nos cellules est l'héritage de nos parents biologiques ? Nier leur importance, alors que c'est notre corps même qui en découle, notre identité même, est absolument insensé.

– Qu'est-ce qui fait que je suis moi ? rétorqua Louis. Est-ce que c'est juste une question de cellules, de matériel génétique ? Moi, je crois que ce n'est pas notre corps qui compte, mais seulement notre volonté individuelle ; la façon dont nous nous déterminons.

Rémi soupira. La partie était rude…

– Le corps et l'esprit sont liés ! Tu le vois bien : quand tu es malade, cela change ton état d'esprit, cela influe sur les décisions que tu prends ou non ! Le reste aussi a de l'importance, tempéra-t-il. Chacun de nous est le résultat de l'éducation qu'il a reçue, des événements qu'il a vécus, de l'affection qu'on lui a accordée ou non, du comportement de son entourage qu'il a cherché à imiter ou dont il a voulu prendre le contre-pied… Mais le corps a tout de même un rôle central. C'est pourquoi je crois que la mère biologique nous dit en partie qui nous sommes.

Cette discussion plongea Louis dans un abîme de perplexité. Sa mère anonyme ne lui avait pas seulement transmis ses gènes malades. Peut-être était-ce d'elle qu'il tenait ses cheveux blonds, alors que Jackie les avait bruns… Et aussi ses taches de rousseur et ses longs pieds fins… Il commençait à le comprendre : connaître sa mère, c'était connaître ses origines ; c'était s'inscrire dans un grand arbre qui plongeait ses racines dans les siècles passés et qui le dépassait de loin.

– Mais ça ne me rend pas plus heureux de savoir cela ! s'exclama-t-il soudain. Pire, même, cela me blesse davantage de connaître ce manque !

Il fixait Rémi sans aménité, avec un début de reproche dans le regard.

– Tu voulais soigner les gens et, en définitive, tu les rends plus malheureux encore !

Rémi reconnaissait que, sur ce point, Louis avait raison et il regrettait d'avoir joué à l'apprenti-sorcier.

– Et tu le connais, le traitement adéquat ?

Rémi ne savait que répondre à cela, aussi Louis reprit-il la parole, et sa voix vibrait de conviction :

– Si le mal-être provient de l'absence de la mère, comme tu le prétends, alors la présence de la mère ramène le bien-être, non ?

Comme Rémi semblait un peu perdu, le garçon résuma :

– La seule chose à faire, c'est de retrouver ma mère ! Et comme tu es mon thérapeute, tu vas m'y aider !

– Attends ! C'est devenu très compliqué ! Et très dangereux.

En effet, l'entreprise risquait d'être longue et délicate.

Louis n'était pas du genre à se laisser décourager aussi facilement. Son cerveau fonctionnait à plein régime, et il comprenait qu'il devait proposer une contrepartie.

– Je t'aiderai dans tes recherches ! fit-il. Je te trouverai des gens que tu pourras interroger, et tu pourras faire autant de statistiques que tu voudras ! Et si, en retrouvant ma mère, je vais mieux, alors ce sera une preuve éclatante que tu avais vu juste !

Il avait mis dans le mille et Rémi, conquis, commença à bâtir des châteaux en Espagne.

– Ce qu'il faudrait, réfléchit-il, c'est établir un protocole d'interview, une liste de questions pertinentes à poser aux gens. Et il faudrait choisir des critères d'évaluation du degré de mal-être ; par exemple…

– Je sais ! s'exclama Louis. Il faut retrouver le médecin qui m'avait ausculté !

– Pour quoi faire ? s'étonna Rémi.

– Mais parce qu'il sait qui est ma mère ! Allons-y tout de suite, il ne faut plus perdre de temps.

Rémi comprit qu'il devait remettre ses recherches personnelles à plus tard.

10

Louis sonna à une porte. Celle-ci s'ouvrit aussitôt et on le fit entrer rapidement avant de refermer sur lui. Son hôte semblait méfiant et contrarié de sa venue. Rémi avait mis à profit ses relations à l'hôpital pour retrouver les coordonnées du médecin qui avait évoqué devant Louis l'existence de sa mère, dix ans plus tôt. Il n'exerçait plus, mais le stagiaire avait réussi à obtenir un rendez-vous à son domicile personnel.

– Docteur Lepetit ? fit Louis lorsque la porte s'était ouverte.

Il avait reconnu sans peine le médecin.

– Je voulais vous revoir, expliqua-t-il, et on m'a dit à l'hôpital que vous aviez pris votre retraite.

– On vous a dit cela ? fit l'homme avec un sourire sans joie. On me l'a imposée, plutôt. Mais passons. Qu'est-ce qui vous amène chez moi ? Votre ami qui m'a contacté faisait bien des mystères...

– C'est un peu délicat... hésita Louis. Je ne sais pas si vous vous souvenez de moi...

L'ancien médecin ne se prononça pas.

– Il y a dix ans de cela, je suis venu en consultation et je voulais vous revoir.

– Prenez rendez-vous avec mon remplaçant.

– Il ne s'agit pas à proprement parler d'un problème médical.

– Quoi donc, alors ?

– C'est une de vos remarques qui m'a fait prendre conscience que... que j'avais une mère, continua Louis.

Le docteur Lepetit fronça les sourcils :

– En quelle circonstance aurais-je pu laisser échapper une chose pareille...? Ah oui ! La jardinière ! Je me souviens maintenant... C'est ainsi que vous désigniez votre porteuse !

Il reprit son sérieux.

– On avait découvert une maladie génétique à votre mère – enfin, votre donneuse – et on vous avait suivi à cause de cela.

– Exactement. Peut-être vous rappelez-vous aussi de la question que je vous avais posée, alors que mon parent 1 me traînait hors de votre cabinet… Cette question, je vous la pose encore aujourd'hui : qui est ma mère ?

L'homme soupira.

– Je ne peux pas vous répondre.

– Même retraité, vous êtes encore tenu au secret professionnel ?

– Il ne s'agit pas de cela. Je ne connais pas votre mère et je n'ai jamais su qui elle était.

– Comment pouviez-vous savoir qu'elle était malade, alors ?

– Chacun de nous est fiché, vous le savez. Vous seriez ahuri devant la quantité d'informations rassemblées sur vous comme sur chaque citoyen… Ces fiches communiquent les unes avec les autres. C'est de cette façon que la maladie de votre mère a été aussitôt consignée dans votre fichier et ceux des autres enfants issus d'elle. Le système qui a été imaginé et mis en place est complexe, constitué de compartiments quasi étanches, chacun ne contenant qu'une partie des informations qu'on possède sur vous. Même les personnes autorisées n'ont accès qu'à un seul type d'informations. Par exemple, la police pourra consulter votre casier judiciaire, vos éventuelles participations à des grèves et des manifestations, mais ne pourra pas consulter votre dossier scolaire ou médical.

– Mais vous, vous étiez autorisé à le lire, mon dossier médical. Donc, à connaître mes origines, insista Louis.

– Votre donneuse n'y figure que sous un nom de code. De même que vous ne figurez dans son fichier à elle que sous un numéro.

– Vous ne pouvez rien me dire sur elle ?

L'homme secoua la tête.

– Mais enfin, pourquoi n'aurais-je pas le droit de la connaître ? Et de connaître mes *frœurs* ?

– Je vous comprends, soupira le médecin. Et je compatis, croyez-moi. Je voudrais réellement pouvoir vous aider dans la quête de votre mère. Mais ce maudit système informatique est si bien verrouillé qu'il est impossible d'y pénétrer…

– Laissez-moi essayer, implora Louis.

Le retraité réfléchit en silence, puis reprit :

– La base de données qui vous intéresse est accessible sur les ordinateurs de l'hôpital en tapant le nom de l'utilisateur et son mot de passe. Vous pourriez toujours essayer le mien ; je n'ai quitté l'hôpital que depuis six mois, peut-être n'ont-ils pas encore fait la mise à jour… Mais cela ne vous avancerait pas beaucoup. Car pour pouvoir casser les verrous informatiques et, à partir du code de la donneuse, remonter jusqu'à sa propre fiche, il faudrait être un génie informatique.

– Merci de tout cœur, docteur.

– Je vous souhaite de réussir dans votre quête. Mais, surtout, soyez discret, et restez sur vos gardes.

11

L'homme de veille était en train de manger un sandwich, les yeux rivés sur l'écran du *télésenseur* qui retransmettait un match de foot, lorsque le signal d'alarme retentit. Il reporta aussitôt son attention sur l'écran de contrôle. Sur celui-ci clignotait le message suivant : « Tentative d'intrusion dans le système REPRO. »

L'homme le savait : le système REPRO était une base de données ultraconfidentielle, même s'il ignorait pourquoi. Il fallait intervenir immédiatement et en toute discrétion. Il pianota au clavier et repéra l'ordinateur piraté. C'était un des postes de l'hôpital central, dans le service d'*hédonologie*. Il composa aussitôt un numéro de téléphone.

12

Rémi avait introduit Louis dans le service d'*hédonologie* dont il avait la clé. À cette heure de la nuit, ils avaient peu de risques de s'y faire surprendre. Sans grand espoir, ils avaient tapé le mot de passe du docteur Lepetit, et le logiciel avait accepté de s'ouvrir.

– C'est fou, ce qu'ils connaissent sur moi, fit Louis en consultant sa fiche, ébahi : toutes mes mensurations, la couleur de mes yeux et de mes cheveux, ma dentition, mes empreintes digitales, et même mes empreintes d'iris et ma carte génétique…

– Normal, rétorqua Rémi. Puisque chacun est libre de changer son apparence, son sexe et aussi son nom, la seule chose qui te caractérise à coup sûr et qui reste immuable, c'est ton code génétique.

– Cela signifie que, à partir d'une seule cellule d'un individu, ils peuvent trouver son identité ? Ça fait un peu peur, remarqua Louis.

Il se concentra de nouveau sur sa tâche. Comme l'avait dit le vieux médecin, dans la rubrique DO (comme donneuse d'ovule) ne figurait qu'un numéro. Lorsqu'il cliqua dessus, une boîte de dialogue apparut : « Information à usage strictement limité. Entrez votre numéro d'autorisation. »

C'est là que les choses se compliquaient. Louis décida de travailler avec ordre et méthode. Rémi, nerveux, préféra se détendre en faisant quelques pas dans le couloir.

C'est ainsi qu'il entendit des pas étouffés dans la cage d'escalier. Il rebroussa aussitôt chemin.

– Ils arrivent ! fit-il à Louis.

Celui-ci abandonna son clavier.

– Qui ?

– Je ne sais pas. Les vigiles, peut-être. En tout cas, si on nous trouve, nous risquons de gros ennuis.

Louis, en proie à la panique, fit du regard le tour de la pièce.

– Nous sommes coincés ! fit-il, effrayé.

Lorsque les gardes firent irruption dans le bureau, ils le trouvèrent désert.

13

Ce VicA n'avait en lui-même rien d'inquiétant. On en voyait souvent dans les rues, de ces personnes d'un certain âge, femmes, hommes ou neutres, pour lesquelles la chirurgie esthétique ne parvenait plus à masquer les outrages du temps passé. La décence voulait que, dans ce cas, on ait recours à l'euthanasie, mais certains s'y refusaient. C'est ainsi qu'ils étaient désignés sous le vocable de « victimes de l'âge » (ou VicA). Le Régime les laissait faire, mais sa bienveillance n'allait pas jusqu'à leur permettre d'exhiber leur décrépitude aux yeux de tous. C'est pourquoi ils étaient tenus de dissimuler leur corps dans des vêtements amples ; ils enveloppaient leur visage de voiles colorés et cachaient leurs yeux derrière des lunettes de soleil. En toute autre circonstance, Rémi n'eût pas prêté attention à ce VicA. Mais celui-ci n'était pas à sa place. Il n'avait rien à faire sur le toit de l'hôpital, où se cachait le jeune stagiaire psychiatre. Il avait réussi à échapper aux gardes en enjambant la fenêtre, puis en restant agrippé au montant jusqu'à la fin de l'alerte. Louis avait fait de même. Ils étaient ensuite montés sur le toit de l'hôpital où ils avaient passé le reste de la nuit. Au matin, lorsque Rémi avait ouvert les yeux, Louis avait disparu.

Le VicA avançait toujours, voûté et d'une démarche légèrement hésitante, portant un gros cabas. À bien y réfléchir, les voiles et les lunettes noires ne devaient avoir pour seul but que de camoufler son visage. Ce VicA n'en était pas un. Et, sur ce toit, il cherchait quelque chose. Ou quelqu'un…

Le soleil étant encore bas sur l'horizon, les centaines de panneaux photovoltaïques dont le toit était couvert se dressaient presque à la verticale, transformant le lieu en une étrange et sombre forêt.

Le jeune stagiaire guettait l'inquiétant inconnu, tout en se dissimulant derrière un panneau puis un autre, au gré des déplacements du VicA. Cela lui rappelait les jeux de cache-cache de son enfance. Ou celui du chat et de la souris. Mais il se lassa vite d'être la souris et décida d'échanger les rôles. Se déplaçant en silence, il se rapprocha et bondit. Abordant l'inconnu par derrière, il lui plaqua la main sur la bouche et l'immobilisa en lui tordant le bras. Quand l'autre eut fini de se débattre, il le retourna… et en resta sidéré. Dans la lutte, les lunettes fumées étaient tombées et les voiles s'étaient déplacés, révélant les yeux noisette et la tignasse blonde hirsute de Louis.

– Tu es fou ! fit celui-ci en se remettant difficilement de sa frayeur.

Il réajusta ses voiles et ramassa ses lunettes.

– Elles sont cassées, constata-t-il tristement.

– Et encore, tu as eu de la chance. Si j'avais eu un objet contondant à portée de main, je n'aurais pas hésité à t'assommer.

– Ça donne envie d'aider les copains…

– Je ne pouvais pas savoir que c'était toi.

Louis se baissa et ouvrit son cabas.

– Voilà ce que je t'ai apporté, fit-il en extrayant une minerve, un rouleau de bandage et un flacon de mercurochrome.

– J'aurais préféré de la nourriture, remarqua Rémi, déçu. Qu'est-ce que tu veux que je fasse de cela ?

– Te déguiser. Tu passeras inaperçu lorsque nous traverserons l'hôpital.

– Tu crois que je suis recherché ?

– Je n'en sais rien, mais il vaut mieux être prudent.

Louis entreprit de vider son cabas. Rémi fut vite méconnaissable : le haut de son crâne ainsi qu'une partie de son visage étaient dissimulés sous des bandages, ses joues portaient de larges touches de rouge, et la minerve lui donnait un air emprunté qui ne lui ressemblait pas du tout. Soudain, une sonnerie discrète retentit. Les deux garçons s'entreregardèrent.

– C'est mon *combiné*, souffla Rémi.

– Eh bien, regarde de quoi il s'agit.

Il sortit de sa poche son *combiné* et le programma en mode téléphone.

– C'est Nath, fit-il en consultant le nom qui s'affichait sur l'écran.

– Nath ? Qui est-ce ?

– C'est un copain qui travaille avec moi. Ol…

– Ol ? C'est un neutre ?

– Parfaitement ! Tu as quelque chose contre les neutres ? Si c'est le cas, ne le dis pas trop fort, ça risquerait de te coûter cher.

La menace s'entendait au sens propre. En effet, après les lois anti-homophobie de 225 NE étaient venues en 236 les lois anti-neutrophobie, qui punissaient d'amendes conséquentes toute atteinte à la dignité des personnes neutres.

Rémi accepta la communication.

– Tu as gardé ton *combiné* sur toi ? s'exclama Nath. C'est pas vrai ! Tu es complètement cinglé !

– Que se passe-t-il ? demanda Louis, inquiété par l'air soudain sombre de son compagnon après qu'il eut raccroché.

– Ça va mal. La police est venue ce matin dans le service. Elle a posé des questions sur moi. Mon maître de stage – l'*hédonologue* que tu connais – leur a dit que j'avais un comportement et des réflexions bizarres. Il a ajouté que j'étais probablement PPD.

– Pardon ?

– Une personne politiquement déviante.

– Tu vois que mon déguisement va t'être utile.

– Comme un imbécile, j'avais gardé sur moi mon *combiné*, c'est comme ça qu'ils m'ont repéré. Ils sont en train de monter.

– C'est affreux ! s'écria Louis, affolé. Qu'allons-nous faire ?

– Nath m'a indiqué un escalier qui part du toit et aboutit dans le bâtiment administratif. Il faut juste espérer qu'ils n'auront pas pensé à en faire garder les issues.

Une escouade de policiers fit irruption sur le toit de l'hôpital. L'un d'eux portait, en bandoulière, ce qui pouvait passer pour un *combiné*. Sur l'écran, une tache lumineuse se déplaçait, tandis qu'un son strident et répétitif se faisait entendre.

– L'individu est de ce côté ! cria le policier équipé de l'instrument.

Ses collègues se précipitèrent dans la direction qu'il indiquait du bras. Ils se répartirent de façon à inspecter l'arrière de chacun des panneaux solaires.

– Vous êtes sûr de vous ? lança le chef d'escouade lorsqu'il fut avéré que personne ne se cachait de ce côté. Eh bien, Rosberg ! s'impatienta-t-il, sa question restant sans réponse. Que dit votre écran ?

– J'ai toujours le signal, chef, et à l'endroit que je vous ai indiqué. Mais je ne comprends pas... On dirait qu'il tourne en rond... ou plutôt en carré...

– Montrez ! fit le chef, en s'emparant de l'écran.

Puis il haussa les épaules, agacé.

– Réfléchissez un peu, Rosberg ! Ce système est la représentation en deux dimensions d'une réalité en trois dimensions. Cela vous dit quelque chose ?

Mais le sergent Rosberg n'était semble-t-il pas plus avancé.

– Cela signifie qu'il ne fait pas du surplace en repassant sur ses pas, comme vous semblez le penser, mais qu'il se déplace *verticalement* ! Dans le sens de la hauteur ! Il doit y avoir une cage d'escalier dans le coin. Trouvez-moi ça !

On découvrit rapidement la cage d'escalier du bâtiment administratif. L'écran permettait seulement d'affirmer que le fuyard s'y trouvait, et il était logique de penser qu'il était en train de descendre. Par contre, il était impossible de savoir à quel étage il était. Le chef hurla un ordre dans son *combiné* de service pour qu'on poste un planton à la sortie de la cage d'escalier, en bas de l'immeuble.

– On va le cueillir ! fit-il avec satisfaction. Il est coincé.

– Chef, j'ai une mauvaise nouvelle, intervint le sergent Rosberg. Le signal se déplace maintenant en ligne droite.

– Il se serait échappé dans les étages ?

– Je ne crois pas. Attendez, je télécharge le plan du quartier.

Les deux images, celle du point lumineux et celle du quartier, se superposèrent sur l'écran.

– Regardez ! Il suit le boulevard de la République, celui qui passe au pied de l'hôpital.

– Mais comment diable a-t-il pu s'échapper ?

Ils étaient arrivés en bas de l'escalier. Le chef apostropha durement le policier de faction, mais celui-ci lui assura qu'aucun individu suspect n'en était sorti.

– Je n'ai vu qu'un VicA qui accompagnait un blessé en mauvais état, précisa-t-il.

– Espèce d'idiot ! Les voiles d'un VicA peuvent camoufler n'importe qui ! Ce sont sûrement eux !

– Chef, intervint Rosberg, ils accélèrent. Ils vont maintenant beaucoup plus vite. Je dirais qu'ils ont dû prendre un véhicule.

– Téléchargez l'image satellite et superposez-la aux deux premières.

La manœuvre permit de déterminer que le fuyard avait pris place dans un bus.

– Tous au véhicule ! ordonna le chef d'escouade.

À cette heure matinale, la circulation était fluide et ils eurent tôt fait de rattraper le bus en question. Le véhicule de police le dépassa dans un hurlement de sirène et l'obligea à stopper. Les policiers sautèrent aussitôt à terre et investirent le bus.

– Contrôle d'identité ! hurla le responsable. Que personne ne sorte !

L'*identifieur* faisait partie de la panoplie classique du policier, au même titre que le *paralyseur* électrique et le revolver. Chaque voyageur et même le conducteur durent se soumettre à la procédure : apposer ses dix doigts sur l'écran de l'*identifieur*, puis fixer l'objectif qui y était incorporé. Ainsi, instantanément à partir des empreintes digitales, de la forme de l'iris et de la forme du visage, on avait accès à l'identité de la personne contrôlée ainsi qu'à sa fiche de police. Mais aucun des voyageurs n'était Rémi Taupin, étudiant en médecine recherché par la police depuis qu'il avait tenté, la veille, de s'introduire dans un système informatique ultrasecret. Pourtant, Rosberg affirmait, sans erreur possible, que le signal continuait d'être émis dans ce bus même… C'était à n'y rien comprendre… Les policiers procédèrent à une fouille approfondie. C'est ainsi qu'ils découvrirent, sous un siège parmi les papiers de chewing-gum, un *combiné* abandonné. Rosberg confirma que c'était celui dont ils suivaient la trace depuis le début. On interrogea les voyageurs, mais, comme d'habitude, plongés dans leur *combiné* sur lequel ils jouaient ou visionnaient des films, ils n'avaient rien vu ni entendu. Sauf un, pour la bonne raison que sa batterie s'était déchargée. Il raconta qu'à deux arrêts de là un jeune homme était monté. Il semblait blessé, portant une minerve et le crâne enturbanné d'un bandage. En montant les marches du bus, il avait trébuché, s'était presque étalé par terre, se rattrapant de justesse. Puis, semblant se raviser, il était ressorti du véhicule avant que les portes ne se referment et avait rejoint un VicA qui semblait l'attendre sur le trottoir.

Le chef d'escouade comprit qu'il avait été roulé. C'est plein de hargne qu'il ordonna à ses policiers de regagner la fourgonnette. Au moins connaissaient-ils les déguisements sous lesquels se cachaient ledit Rémi et son complice, et il était peu probable qu'ils aient eu le loisir de s'en débarrasser pendant leur fuite. Arrivés à la station de bus où on les avait aperçus ensemble, le chef divisa ses hommes en deux groupes qu'il lança dans les deux rues latérales.

– Chef ! fit bientôt un des policiers sur la radio, on les voit ! Un VicA qui court très vite et un grand blessé qui n'en est pas un. Ils nous ont aperçus. J'ai sifflé, mais ils ne s'arrêtent pas. Est-ce que je tire ?

Le chef hésita. Après tout, il n'était pas certain de l'identité des deux individus.

– Chef, est-ce que je tire ? répéta le policier d'un ton pressant.

– Oui, tirez !

Un juron lui répondit.

– Trop tard ! Ils ont disparu !

14

Leur coup de sonnette resta sans réponse. Pourtant, Rémi et Louis savaient qu'il y avait quelqu'un derrière cette porte.

– Ouvrez, docteur, chuchota Louis, la bouche collée contre l'huis. Ou nous continuerons à sonner.

L'effet fut immédiat. L'homme qui se tenait devant eux n'avait plus rien du monsieur plein d'assurance que Louis avait rencontré quelques heures plus tôt. Vêtu d'une robe de chambre fatiguée, il avait le visage d'un être traqué.

– Vous êtes fous ! Revenir ici après ce que vous avez fait... Vous tenez donc à me compromettre jusqu'au bout ?

Tout en murmurant ces mots, il les agrippa par le bras, les tira dans l'appartement et referma aussitôt la porte.

– J'ai été bien récompensé de vous avoir aidés… fit-il, amer. Ils sont venus, figurez-vous.

– Qui, ils ?

– La police. Ils m'ont tiré du lit à trois heures du matin.

Louis calcula que c'était à peu près l'heure à laquelle il avait tenté de s'introduire dans l'ordinateur de l'hôpital.

– Ils sont réactifs… remarqua-t-il avec appréhension. Que voulaient-ils ?

– Vérifier que ce n'était pas moi qui avais tenté de pirater le système REPRO, puisque c'est mon mot de passe qui a été utilisé.

– Enfin, quoi, lorsqu'ils ont vu que vous étiez innocent, ils ont dû vous laisser tranquille, minimisa Louis.

– Non. Je suis déjà fiché comme PPD. Ils ont profité d'être ici pour perquisitionner. Ils ont trouvé ma bibliothèque.

– Le Régime n'interdit pas de posséder une bibliothèque, s'étonna Louis.

– Non. À condition qu'elle ne rassemble que des livres écrits ces vingt dernières années. Ce qui a été écrit avant est à l'index. Interdit.

– Et vous possédiez des livres interdits ?

Le médecin hocha tristement la tête.

– Corneille, Molière, Bernanos, Ronsard… Tous… Ils me les ont tous détruits. Ils les ont arrachés des rayons, les ont démembrés, jetés au sol en tas au milieu de la pièce et ont utilisé leur désintégrateur…

Le lit défait dans le séjour montrait que le docteur avait choisi de réserver l'unique chambre de son deux-pièces-cuisine à ses précieux livres. Il conduisit les deux garçons dans ce qui avait été sa bibliothèque. Les murs en étaient tapissés d'étagères maintenant vides. Une petite échelle gisait en travers de la pièce tandis qu'au centre subsistait un tas de cendres grises parmi lesquelles on distinguait encore des bouts de cuir racornis qui avaient dû être des reliures. La pièce était encore toute remplie de fumée âcre. L'homme marmonnait, inconsolable de la perte de son trésor.

– Tout cela par votre faute ! J'avais réussi à les cacher pendant des années, jusqu'à ce que vous surgissiez dans ma vie. Et vous vous permettez de revenir chez moi ! J'espère que vous n'avez pas les policiers aux trousses…

– Nous avons réussi à les semer, affirma Rémi, qui n'en était pas si sûr.

– Que voulez-vous encore ?

– Le tuyau que vous nous avez donné n'était pas bon ! fit Louis, un reproche dans la voix.

– Il n'a pas réussi à casser le code, expliqua le stagiaire. Et maintenant, il est hors de question de faire une autre tentative.

– Il nous faut un autre moyen. Allons, cherchez bien…

– Si tous ceux qui recherchent leurs parents biologiques se précipitaient chez moi pour que je les aide, j'y passerais mes journées, à moins d'être définitivement mis hors d'état d'y parvenir… ricana le retraité.

– Je vous en prie, docteur, insista Louis, sans tenir compte de l'ironie.

– Je n'en sais pas plus que vous, je vous l'ai déjà dit.

Toutefois, après un silence, il reprit :

– Vous pouvez peut-être voir du côté des agences de *reproductique*. Je suppose qu'elles conservent dans leurs archives les fiches des donneuses…

Les trois hommes sursautèrent. Un bruit sourd venait de retentir à l'entrée de l'appartement.

– Ouvrez ! Police ! Ouvrez immédiatement ou nous enfonçons la porte !

– Mais vous êtes déjà venus il y a trois heures, protesta le médecin.

– Ne discutez pas !

– J'arrive, soupira-t-il, mais laissez-moi le temps…

Lorsqu'il tira enfin les verrous, le docteur Lepetit présenta aux policiers le visage de quelqu'un qu'on vient de sortir du lit.

– Eh bien, vous en avez mis du temps !

– Mais enfin, que me voulez-vous encore ? gémit-il.

– Deux suspects sont entrés dans votre immeuble et nous avons toutes raisons de penser qu'ils sont chez vous, rétorqua le chef d'escouade.

– Pourquoi chez moi ? C'est de la persécution…

– Selon toute probabilité, ces deux hommes ont forcé cette nuit le système informatique de l'hôpital en utilisant votre mot de passe.

– N'importe qui peut se faire pirater son mot de passe… plaida le retraité.

– Ils sont aussi entrés dans votre immeuble. Cela fait beaucoup de coïncidences !

Le policier tourna les talons et rejoignit ses hommes qui fouillaient l'appartement de fond en comble. Mais ils durent constater que le docteur était le seul occupant de l'appartement.

– En y réfléchissant, je crois me rappeler avoir entendu plusieurs personnes courir dans les escaliers. J'ai cru comprendre qu'ils montaient vers les étages.

Le chef d'escouade rassembla aussitôt ses hommes et ils partirent comme une volée de moineaux, laissant derrière eux un appartement dévasté. Sans remarquer que la petite échelle de la bibliothèque avait disparu.

15

Pendant que le médecin retraité faisait patienter les forces de l'ordre, Louis et Rémi n'avaient pas perdu leur temps. À l'aide du couteau et du tournevis qu'il leur avait fournis, ils s'étaient débrouillés pour forcer la trappe menant à l'étage élastique du dessous et y glisser l'échelle. Le docteur Lepetit, après avoir refermé la trappe, avait poussé la perfection jusqu'à accumuler par-dessus les restes de ses chers ouvrages calcinés. Les policiers n'y avaient vu que du feu…

Les deux garçons se retrouvaient maintenant dans une chambrette meublée sommairement. Une chambre de l'étage élastique, déployée au profit des locataires du dessous. Ils avaient entendu le vieux docteur envoyer les forces de l'ordre vers les étages supérieurs. C'était malin ; cela leur permettrait de redescendre sans encombre, une fois qu'ils seraient sortis de cet appartement inconnu. L'escalier en colimaçon débouchait dans le couloir. De là, ils apercevaient la porte extérieure, de l'autre côté du séjour qui semblait désert. À pas de loup, ils pénétrèrent dans la pièce. Il y avait une occupante, mais fascinée par le mur-écran de son *télésenseur*, elle n'avait pas pris conscience de leur présence. Ils étaient presque au bout de leurs peines lorsqu'un bruit léger détourna l'attention de la femme, et elle les vit. Ses yeux s'agrandirent et elle ouvrit la bouche pour crier. Louis se précipita sur elle, lui plaquant la main contre la bouche.

– Calmez-vous, fit-il. Nous ne vous voulons aucun mal. Nous allons simplement sortir de votre appartement. Soyez gentille, restez tranquille…

Rémi avait déjà ouvert la porte et s'avançait dans le couloir, lui faisant signe de se hâter. Louis lâcha la femme qui se mit aussitôt à hurler.

– Au secours ! Il y a deux hommes chez moi !

Louis hésita, puis se précipita hors de l'appartement. Ils dévalèrent l'escalier tandis que les cris de la femme continuaient de résonner dans les couloirs. On entendit bientôt des pas précipités venus des étages supérieurs.

– Deux hommes, dites-vous ? Jeunes ?

– Oui. L'un blond et frisé. L'autre plus petit et brun.

– Ce sont eux !

– Qu'ont-ils fait ?

– Ce sont des PPD.

– Mon Dieu, fit la femme, effrayée. Je vous jure que je ne les ai pas aidés, ajouta-t-elle précipitamment.

Le chef d'escouade haussa les épaules et il rejoignit au pas de course ses policiers lancés à la poursuite des fuyards.

16

Trouant l'obscurité, un monstre d'acier et de lumière se rua droit sur les deux garçons dans un vacarme assourdissant, les frôla et disparut dans la nuit. Le silence retomba.

Non sans mal, Louis et Rémi avaient réussi à échapper à leurs poursuivants et ils s'étaient réfugiés au plus profond des entrailles de Paris, dans un souterrain de métro.

Ils se trouvaient maintenant dans un renfoncement d'un noir d'encre, troublé toutes les trois minutes par les rames qui filaient devant eux en rugissant.

– Je crois que ta quête est compromise, maintenant, remarqua Rémi.

– Pas du tout. Le docteur Lepetit nous a donné une information très prometteuse.

– Tu ne comprends donc pas que nous sommes recherchés ? La seule façon de s'en sortir, c'est de quitter la ville.

– Bah, Paris est grand, remarqua Louis.

– Exact. Mais si tu insinues par là qu'un fuyard y serait comme une aiguille dans une meule de foin, alors tu te mets le doigt dans l'œil. Tu peux me croire, poursuivit Rémi, on est surveillé partout. La preuve, c'est qu'ils avaient retrouvé notre trace chez le docteur Lepetit. Je me demande bien d'ailleurs comment ils ont fait.

Une rame hurla à leurs oreilles, à un mètre d'eux, puis le silence retomba.

– Ma quête n'attend pas, reprit Louis, buté. Nous n'avons qu'à nous séparer. Après tout, c'est toi qu'ils recherchent...

Rémi en resta sans voix quelques secondes, ulcéré d'une telle ingratitude.

– Que tu le veuilles ou non, à l'heure qu'il est, tu dois être fiché tout comme moi, reprit-il. Rien ne t'empêche de reprendre tes recherches d'ici quelque temps, lorsque les choses se seront tassées. Tu as attendu ta mère pendant vingt ans ; un peu plus, un peu moins...

Les deux garçons restèrent silencieux un long moment – le temps que passent deux rames –, puis Louis lâcha, agacé :

– Alors, allons-y ! Tu as une voiture, je suppose…

– C'est que ce n'est pas si simple de quitter la ville… Il y a des contrôles à chaque porte de Paris…

– J'y suis passé une fois, et je n'ai pas été contrôlé, rétorqua Louis.

– Grand naïf… Le système fonctionne grâce à des caméras reliées à des logiciels de traitement d'image. De cette façon, les préposés aux postes de contrôle connaissent l'identité de tous les individus entrant et sortant de Paris. Si un individu fiché se présente là, une alarme se déclenche et des motards interviennent aussitôt.

La nouvelle coupa le souffle à Louis.

– D'ailleurs, dans la ville, tu n'es pas non plus en sécurité. Des systèmes de contrôle identiques, ils en ont disposé à de nombreux endroits sans qu'on les détecte jamais…

– Alors, comment faire ?

– Attends, laisse-moi réfléchir… Il faudrait trouver quelqu'un pour nous faire franchir ces fichues portes… Mais qui ?

Le nom de Nath lui vint à l'esprit. Mais comment le joindre, maintenant qu'il avait sacrifié son *combiné* ?

– J'ai toujours le mien, remarqua Louis.

– Si tu l'utilises, tu seras repéré immédiatement et tu devras t'en séparer.

– Qui ne risque rien n'a rien.

17

Un véhicule s'arrêta au bord du trottoir. Les feux clignotèrent deux fois. C'était le signal. Rémi et Louis sortirent d'un recoin obscur, sous le pont, et s'élancèrent vers la voiture qui démarra aussitôt. Le conducteur avait un aspect caractéristique : cheveux raides et mi-longs, imberbe et sans cils, une absence de poitrine et des épaules étroites. On aurait été dans l'incapacité de déterminer s'il s'agissait d'un homme ou d'une femme. Et pour cause : c'était un neutre. Il regardait les deux garçons avec un soupçon d'ironie.

– C'est Nath, dont je t'ai parlé tout à l'heure, fit Rémi.

– J'attendais ton appel au secours, dit celui-ci. J'avais déjà compris que vous étiez des amateurs ! Être en fuite et garder sur soi son *combiné*, c'est tout bonnement se jeter dans la gueule du loup. Sans l'ami Nath, vous seriez cuits depuis longtemps, ironisa le neutre.

– Tu vas nous sortir de Paris ? Tu ferais cela pour nous ? demanda Louis, plein d'espoir.

– Pour vous et pour faire la nique au Régime.

Il leur ordonna de s'accroupir à l'arrière de sa voiture.

– Les couvertures de survie que tu m'as demandées sont sous le siège. Et j'ai bien débranché le *combiné* de voiture.

Rémi entreprit de s'envelopper dans la couverture métallisée. Comme Louis le considérait avec étonnement, il expliqua :

– La couverture de survie fonctionne comme un piège à infrarouges. La police, qui n'est pas stupide, se doute que des clandestins pourraient avoir l'idée de quitter la ville ou d'y entrer, cachés dans des véhicules. Même s'ils sont invisibles des caméras, ils émettent à leur insu des rayons infrarouges, qu'il est facile de détecter. Mais à malin, malin et demi, conclut-il.

– C'est intenable ! protesta Louis au bout de quelques minutes. On se croirait dans une étuve !

– C'est l'effet de serre, plaisanta Nath. Comme dans l'atmosphère terrestre, ta couverture piège les infrarouges que ton corps émet, alors ça chauffe. C'est la cure d'amaigrissement garantie !

– Et pourquoi démonter le *combiné* de voiture ?

– La fiche de police de chaque individu, expliqua Nath, comporte non seulement le numéro d'immatriculation de son véhicule, mais aussi la fréquence de son *combiné* de voiture.

– Je ne comprends pas…

– Tu choisis toi-même la fréquence radio que tu veux recevoir. Mais tu n'as pas la main sur la fréquence qu'émet ton *combiné*… Eh oui, continua-t-il en riant de la surprise du garçon, ces petits instruments sympathiques qui diffusent des musiquettes sont en réalité des postes émetteurs. Des dispositifs espions qui permettent à qui de droit de localiser en permanence chaque véhicule. Au fait, où est-ce que je vous dépose ?

18

Lors du passage des portes de Paris, Nath ne fanfaronnait plus. Il épongeait régulièrement son front moite de sueur, tout en tentant de donner le change à l'attention des caméras de contrôle. Lorsqu'ils furent sortis du Globe, le conducteur baissa sa vitre et un filet d'air remplit la voiture. Non pas de cet air en conserve qu'on leur servait dans le Globe, pasteurisé, filtré, recyclé et standardisé, mais un air naturel, aux effluves légères de fleurs sauvages et au parfum de liberté. Toutefois il ne fallait pas s'y fier. L'autoroute sur laquelle ils circulaient n'était qu'une sorte de nasse géante, toute bordée de grillage.

– Je crois que nous sommes suivis, laissa tomber Nath.

C'était une fort mauvaise nouvelle, et il avait attendu d'en être certain avant de l'annoncer. Le véhicule banalisé qu'il tenait dans son rétroviseur depuis plus d'un quart d'heure semblait régler son allure sur la sienne, ralentissant quand Nath ralentissait et accélérant de conserve.

– Dépose-nous dans la prochaine aire de repos, dit Rémi.

– D'accord. Préparez-vous à sortir le plus rapidement possible.

Il déboîta et emprunta la bretelle qui desservait l'aire d'autoroute. Il y avait là un grand bâtiment qui tenait lieu de restaurant et de superette, mais il le dépassa ainsi que la casemate des toilettes pour finalement se garer sur un emplacement ombragé qui jouxtait un bosquet.

– Bonne chance, les gars, fit-il lorsque Louis et Rémi se coulèrent hors de sa voiture.

Il fut aussitôt rejoint par le véhicule qui l'avait suivi. Celui-ci se gara vivement et il en sortit deux policiers en uniforme.

– Que faites-vous ici ? demanda l'un d'eux d'une voix rogue.

– J'étais sur le point d'assouvir des besoins pressants, rétorqua Nath sans se démonter.

– Vous êtes en infraction ! Vous devez utiliser pour cela les toilettes publiques.

– Je suis neutre, vous pouvez le vérifier sur ma fiche d'identité. Depuis deux ans, la loi exige la création de toilettes spécifiques pour les neutres, or ce n'est pas le cas ici. Ce n'est pas moi qui suis en infraction, messieurs, mais la société qui gère cette aire de repos.

Pendant qu'il pérorait et tentait de gagner du temps, l'autre policier scrutait l'intérieur du véhicule.

– Qu'est-il arrivé à votre *combiné* de voiture ? Vous avez l'obligation de le laisser branché en permanence, pour le cas où on aurait à annoncer une alerte générale.

– Je… je me le suis fait voler, déclara Nath. C'est donc pour cela que vous me suiviez ?

Le policier ne répondit pas, mais lui enjoignit de le remplacer dans les plus brefs délais. Nath, d'abord soulagé, retint son souffle lorsqu'ils s'attaquèrent à l'inspection du bosquet. Mais celle-ci ne donna rien et le neutre reçut l'autorisation de continuer sa route.

Le bosquet bordait le grillage, et Louis et Rémi, ayant trouvé un passage en dessous, s'y étaient glissés, puis s'étaient éloignés rapidement. Ils marchèrent longtemps. On était en plein floréal[1] et les chemins étaient bordés de fleurs sauvages aux vives couleurs. Ce spectacle charmant, si nouveau pour Louis, ne suffit pas à le distraire de l'angoisse qui l'étreignait. Ils purent s'abreuver à un ruisseau, mais la faim les tenaillait. Louis, trop fatigué pour réfléchir, ne s'apercevait pas que Rémi avait pris la direction des opérations, et il suivait sans se poser de questions.

Ils arrivèrent ainsi en vue d'une grande propriété, une grosse ferme des temps anciens tout entourée de hauts murs. Rémi s'arrêta devant un portail en bois plein et appuya sur un interrupteur. Presque aussitôt, une voix de synthèse résonna à leurs oreilles :

– Veuillez vous placer devant la caméra et décliner votre identité.

1. Mois du calendrier républicain, correspondant à avril-mai.

Louis aperçut, dans le montant de pierre du portail, l'œil d'une caméra et un orifice perforé pour le haut-parleur. Son ami se tourna vers la caméra et annonça :

– C'est Rémi.

– Veuillez attendre les résultats de l'analyse d'image et l'analyse vocale.

Après un déclic, le portail s'ouvrit. Rémi en franchit le seuil et entraîna Louis par le bras, puis le lourd battant se referma sur eux. Ils se trouvaient maintenant dans une vaste cour gravillonnée, entourée de bâtiments de pierre blanche et de hangars. Une petite tour s'élevait dans un des coins.

– Où sommes-nous ? s'inquiéta Louis.

Avant que Rémi ne réponde, deux chiens se mirent à aboyer. Les animaux de compagnie étant devenus fort rares dans le Globe, Louis n'avait jamais vu de chiens de garde, et il en fut vivement impressionné, même s'ils étaient solidement attachés au bout d'une longue chaîne. Sa crainte le poussa à suivre Rémi jusqu'au bâtiment principal à leur gauche. Une jeune femme apparut à la porte. Au regard qu'elle lança à Rémi, Louis comprit que tous les deux se connaissaient. Les yeux de la femme se tournèrent vers Louis, puis revinrent sur Rémi, l'air interrogateur et réprobateur.

– Entrez, fit-elle seulement.

Elle s'effaça pour les laisser passer.

– Je dois te mettre au courant de la situation, fit Rémi en s'adressant à son hôtesse.

Ce disant, il eut un mouvement de tête vers Louis, indiquant qu'il voulait le tenir à l'écart ; aussi la jeune femme l'entraîna-t-elle dans la pièce voisine dont elle referma la porte. Louis se retrouva seul dans ce qui ressemblait à un séjour, chichement meublé. Dans un coin, une petite table supportait un ordinateur ainsi qu'une pile de papiers. Par désœuvrement et pour calmer l'inquiétude montante, il se mit à arpenter la pièce. Soudain, son regard tomba sur une des feuilles posées sur le petit bureau, et ses yeux s'agrandirent. Il venait d'apercevoir le logo de la ligue Émeraude. Il ne put réprimer un frisson d'horreur. Si l'organisation terroriste s'était faite discrète après l'attentat du Stade d'Europe, depuis quelques mois, elle recommençait les actes de barbarie. Rien que la semaine passée, un terroriste avait fait irruption à l'heure de pointe, à la sortie du MGV (métro à grande vitesse) qui ramenait chez eux de nombreux travailleurs après une journée de labeur. Et il avait tiré dans le tas au fusil-mitrailleur, avant de prendre la fuite. Cela s'était soldé par une dizaine de morts et de nombreux blessés, et l'attentat avait été revendiqué par la ligue Émeraude par le biais d'un message adressé aux médias. La douce jeune fille qui les avait accueillis en ferait donc partie ? Décidemment, il fallait se méfier de tout le monde. Et Rémi dans tout cela ? Il semblait si connu ici qu'il n'avait eu besoin que de prononcer son seul prénom pour qu'on les laisse entrer dans cette sorte de forteresse… Aussitôt, Louis se rappela certains détails que son inconscient avait archivés. En définitive, il ne connaissait pas grand-chose de Rémi, hormis le fait qu'il était stagiaire à l'hôpital. Le garçon l'avait beaucoup fait parler, mais n'avait rien révélé sur sa vie privée ni sur ses opinions personnelles. Le médecin *hédonologue* l'avait soupçonné d'être PPD. Avec le recul, il apparaissait probable que ce fût vrai. Il fallait qu'il s'échappe d'ici. Louis se dirigea vers la porte de sortie, mais il la trouva fermée et se rappela avoir vu la jeune femme enfouir la clé dans sa poche. En regardant par la fenêtre, il aperçut plusieurs individus, vêtus d'un uniforme vert, vaquant à des occupations qu'il ne pouvait identifier. Probablement le surveillaient-ils. Il se trouvait pris au piège dans un repaire d'Émeraliens et c'est Rémi, celui qu'il prenait pour un ami, qui l'y avait entraîné avec la complicité de Nath… Il repensa à son enlèvement par Amélie, cinq ans plus tôt. Pourquoi toujours lui ? Qu'avait-il donc de si particulier qui puisse intéresser autant la ligue Émeraude ? C'est grâce à l'intervention de la police que la tentative d'Amélie avait avorté. Il se prit à espérer vivement que leurs poursuivants de tout à l'heure découvriraient le trou dans le grillage et retrouveraient sa trace.

Près de la porte, il avisa un parapluie planté dans une sorte de grand pot. Il s'en saisit, bien décidé à vendre chèrement sa peau.

19

Des pas se rapprochèrent, et Rémi revint dans la pièce, accompagné de l'occupante des lieux.

– Que comptez-vous faire de moi ? attaqua Louis, avec le courage du désespéré.

– Te cacher, répondit Rémi, surpris de l'agressivité de son ami.

– C'est faux. Je sais que vous m'avez enlevé !

– Tu dérailles, mon pauvre vieux !

– Vous appartenez à la ligue Émeraude ! accusa Louis en fixant la jeune fille. Et toi aussi, Rémi, n'est-ce-pas ? Vous m'avez kidnappé, pour la deuxième fois, et je veux savoir ce que vous manigancez !

Rémi et la jeune femme se regardèrent, puis Rémi s'avança vers Louis. Celui-ci recula vivement en brandissant son parapluie.

– N'approche pas ! menaça-t-il. Je te préviens que je sais me défendre.

– Pose ça et assieds-toi. Je t'assure que tu te trompes.

– Tu m'avais pris pour un naïf ! Mais je sais reconnaître le sigle de la ligue Émeraude quand je le vois, fit-il en pointant du menton le petit bureau.

Puisqu'il n'arrivait pas à rassurer Louis, Rémi s'assit lui-même.

– Pour ce qui est d'Émeraude, tu as raison, reconnut-il.

– Alors, toi aussi...? fit Louis, qui jusque-là avait espéré se tromper sur le compte de son ami.

– Moi aussi, confirma Rémi.

– Et tu m'as amené ici, dans ce centre d'entraînement pour terroristes !

– Qu'est-ce qui te fait croire ça ? demanda Rémi, surpris.

– J'ai regardé par la fenêtre, et j'ai vu ces individus, dans leur uniforme vert et leurs bottes, avec leurs chars...

Un instant interloqué, Rémi et la femme éclatèrent de rire.

– C'est un uniforme si tu veux ; mais c'est l'habit de travail des agriculteurs. Et ce que tu as pris pour des chars, ce sont des tracteurs, pour cultiver la terre !

Louis n'était jamais allé à la campagne, ce qui expliquait son ignorance en la matière.

– Et puis, les Émeraliens n'ont pas d'armée et ne sont pas des terroristes, affirma Rémi.

– Bien sûr, railla Louis. C'est sûrement une organisation philanthropique à but humanitaire… Mais les attentats, hein ? Et les centaines de victimes ? Tu me prends pour un imbécile ?

Rémi se contenta de soupirer d'un air désolé, puis il se tourna vers la jeune femme.

– Jeanne, parle-lui.

– Moi aussi, commença l'interpellée, je pensais la même chose que toi. Jusqu'au jour où j'ai rencontré Rémi. C'était il y a cinq ans, j'étais journaliste et j'avais décidé de couvrir une petite manifestation de la ligue Émeraude. Rémi en était le leader. Les manifestants se faisaient régulièrement cueillir par la police et maltraiter, mais sans cesse ils recommençaient. Ce qui m'a d'abord frappée, c'est leur persévérance. Personne ne les écoutait, leur action était apparemment sans résultat, on les malmenait, mais ils continuaient. Ce n'était pas pour acquérir ou conserver des avantages pour eux-mêmes. Ils disaient qu'ils œuvraient pour les générations futures… C'est-à-dire pour des gens qui n'existaient pas encore. Ça donnait le vertige. Ça m'a interpellée et je me suis dit que ce qu'ils clamaient n'était pas forcément stupide.

– Et que clamaient-ils ? demanda Louis.

– Cela se passait quelques jours après l'attentat du Stade d'Europe qu'on leur avait imputé. Ils disaient qu'ils étaient innocents et qu'on les empêchait de se défendre de ces accusations terribles. J'ai voulu en avoir le cœur net et j'ai mené une enquête.

Avec force détails, Jeanne raconta les découvertes qu'elle avait faites cinq ans plus tôt.

– Elle a été très forte et courageuse, intervint Rémi. Elle a risqué sa vie plusieurs fois.

– Nous l'avons risquée ensemble, rappela Jeanne. J'ai dû me cacher dans une cabane au milieu de la forêt et Rémi m'y a rejointe. Les policiers sont alors arrivés.

– Peut-être m'avaient-ils suivi jusque-là, avança Rémi.

– Pour leur échapper, nous sommes restés une heure planqués dans l'étang, au milieu des roseaux.

– Et après ?

– Rémi hésitait entre deux options : militer ouvertement pour la cause d'Émeraude, ce qui le mettait officiellement hors la loi, ou bien mettre ses convictions en sourdine et poursuivre ses études qui le passionnaient et pouvaient être, d'après lui, un autre moyen de changer le monde. Il a choisi la deuxième option. Moi, j'ai vite compris que je ne pourrais jamais publier mes découvertes. Je me reconnaissais bien dans le combat des Émeraliens, alors j'ai adhéré à la ligue et je suis venue ici.

Louis resta un moment en silence.

– Ainsi, le Régime aurait orchestré un tel crime pour pouvoir incriminer la ligue Émeraude ? Je ne peux pas y croire, rétorqua Louis en secouant la tête. Ce serait trop énorme. Trop monstrueux... Tuer sciemment des dizaines de personnes innocentes dans l'unique but de discréditer la ligue...

– On ne fait pas d'omelette sans casser d'œufs, cita Rémi. Et même, plus il y a d'œufs cassés, plus l'omelette est consistante. L'exercice du pouvoir pousse parfois à n'être pas très regardant en ce qui concerne les vies humaines. Quand le Régime a besoin de boucs émissaires, il en fabrique. À la demande. Cela permet aussi de nous diaboliser, empêchant ainsi que des gens sensés se penchent sur nos idées.

– Pourquoi cela ne s'est-il pas su à l'époque ?

– Parce que la presse était complètement contrôlée et que la moindre information dans ce sens pouvait coûter la vie à son auteur.

– Jeanne sait de quoi elle parle, confirma Rémi. Et moi aussi.

Louis n'avait pas une très grande estime pour le Régime et ses dernières aventures lui avaient appris qu'il pouvait être effectivement dangereux de s'opposer à lui.

– Admettons. Mais pourquoi m'avoir amené ici, parmi les Émeraliens ?

– Pour te mettre à l'abri, Louis, vraiment.

– Alors, qu'est-ce que ce lieu ? Un refuge pour les fuyards ?

Et tous ces gens dehors, est-ce qu'ils sont aussi pourchassés ? Et pourquoi sont-ils déguisés en agriculteurs ?

– Nous sommes ici dans une ancienne ferme fortifiée, expliqua Jeanne. Les défenses dont elle disposait à l'époque ont été modernisées, et elles sont réellement efficaces pour nous protéger d'une éventuelle attaque de l'extérieur. Nous sommes actuellement une vingtaine. Certains d'entre nous sont recherchés. Mais ce n'est pas la majorité. Nous avons des journalistes (comme moi), des scientifiques, des penseurs, des techniciens en informatique et électronique...

– C'est un club de vacances ? ironisa Louis. Ou bien vous vous déguisez en agriculteurs pour donner le change ?

– Non. Agriculteurs, nous le sommes réellement, du moins une partie de nos journées. Parce qu'il nous semble indispensable de garder un contact avec la nature. C'est elle qui nous maintient les pieds sur terre, qui nous ancre dans le réel. Mais ce n'est pas l'essentiel de notre activité. Ici, c'est une *base de veille*. Nous recevons en permanence des informations provenant du monde entier sur les découvertes scientifiques et leurs applications, en particulier dans le domaine de la biotechnologie. Nous nous tenons au courant des nouvelles lois promulguées de par le monde, nous les examinons, nous étudions leurs conséquences éventuelles et les dérives possibles. Nous analysons toutes ces informations, au besoin nous alertons nos membres. Nous sommes des veilleurs. Mais nous sommes aussi actifs. Nous assurons l'intendance pour les actions menées par nos membres et nous mettons tout en œuvre pour diffuser nos idées auprès des gens de bon sens (il y en a plus qu'on ne le croit). C'est précisément parce que nous commençons à y parvenir que les attentats ont redoublé de violence ces derniers temps.

– Je ne comprends pas.

– Jusque-là, nous n'avions aucune audience, alors le Régime nous laissait faire joujou avec ce qu'il considérait comme des lubies. Maintenant que nos idées gagnent du terrain, nous devenons dangereux pour lui. Il doit donc recommencer à nous diaboliser par des actes éclatants de barbarie.

– Si j'ai bien saisi, vous êtes prêts à consacrer votre vie à des *idées* ? Et des idées aussi… bizarres ? s'étonna Louis.

– Idées bizarres ? Est-ce que tu veux préciser ? demanda seulement Jeanne.

Louis réfléchit.

– Vous êtes contre les homosexuels, et contre tous les changements de la société. Vous refusez de tenir compte des évolutions de la société, vous êtes prêts à vivre comme des arriérés. Et puis, vous êtes contre l'amour et la liberté individuelle.

Jeanne et Rémi eurent un regard de connivence. Ils semblaient s'attendre à une telle réponse.

20

Un bruit léger fit tourner la tête aux trois jeunes gens. Cela venait de la pièce voisine et se rapprochait. Ce que vit alors Louis le choqua profondément. Un individu venait d'entrer. Il était vieux. Mais vraiment vieux, c'est-à-dire qu'il s'était laissé défigurer par les symptômes de la vieillesse : cheveux très blancs, traits amollis, mains déformées. Pourtant, il y avait pire encore : il était en fauteuil roulant. C'était proprement inimaginable, inconcevable. Avec les biotechnologies actuelles, on pouvait rester jeune aussi longtemps qu'on voulait, ou presque. Et lorsque la maladie et la dégénérescence résistaient à la science, on avait la décence de disparaître discrètement. C'était un manque de dignité inouï que de s'accepter diminué et d'imposer ceci à son entourage. Pour tout dire, de toute sa vie, Louis n'avait jamais vu de personne handicapée, et en lui se mêlaient indignation, répulsion et curiosité.

– Bonjour, monsieur, firent Rémi et Jeanne à l'adresse du nouveau venu.

Le terme de « monsieur » n'était plus utilisé depuis des lustres. D'abord parce qu'il était genré, donc politiquement incorrect. Et aussi parce qu'il était trop protocolaire, trop respectueux pour les règles sociales de mise dans la Nouvelle Ère. Or, c'était précisément le respect qui se lisait dans l'attitude de Jeanne et de Rémi à l'égard du nouveau venu, et cela interrogea Louis. Du coup, lorsque le vieil homme vint se placer devant le garçon, celui-ci se trouva fort intimidé, et fâché de l'être. Le regard était direct, intelligent, avec un brin d'amusement.

– Sois gentil de nous présenter, fit-il à Rémi.

Celui-ci s'exécuta.

– Voici Louis, dont j'ai fait la connaissance à l'hôpital.

– Un collègue, alors ?

– Non, un patient… qui est devenu un ami. Il est à la recherche de sa mère. C'est en essayant de la retrouver que nous nous sommes mis dans les ennuis et que nous avons fui jusqu'ici.

– Vous avez bien fait, remarqua l'homme. Sois le bienvenu ici, Louis. Moi, je suis Adrien, un des chefs historiques de la ligue Émeraude, et le gérant de cette *base de veille*. Mais ne reste pas planté là, prends donc une chaise, tu dois être exténué par ce long voyage. Et Jeanne, apporte de quoi se restaurer à ces deux jeunes gens qui nous viennent de loin.

Lorsque Louis se fut assis, il poursuivit :

– J'ai entendu votre échange, tout à l'heure, et ton opinion sur notre mouvement.

Louis ne put s'empêcher d'en ressentir une certaine gêne.

– Vois-tu, notre société est déboussolée. C'est-à-dire qu'elle a perdu ce qui était autrefois sa boussole : le sens sacré de la vie humaine.

Comprenant que le mot « sacré » n'avait aucun sens pour son interlocuteur, il précisa :

– Nous considérons la vie comme un trésor, un cadeau précieux que nous recevons et que nous accueillons. Tu n'es pas le créateur de ta propre vie, n'est-ce-pas ? Ce cadeau, il faut en prendre soin. Oui, la vie doit être respectée pour elle-même. Qu'est-ce que ça signifie concrètement ? Que je ne dois pas disposer de ma vie ou de la vie de l'autre à mon gré. Or, le fait d'avoir élevé la liberté individuelle au rang d'impératif a conduit nos concitoyens à se considérer chacun comme le centre du monde et à voir les autres comme des outils de leur propre bonheur.

– Vous êtes bien des ennemis de la liberté, alors ? fanfaronna Louis, qui s'en voulait de subir l'ascendant de cet homme diminué.

Celui-ci haussa les épaules de manière imperceptible et continua :

– Lorsqu'on recherche le plaisir sexuel pour lui-même, on peut aller loin dans l'instrumentalisation du corps de l'autre, et du sien propre. C'est pourquoi nous enseignons que l'activité sexuelle doit être intégrée dans quelque chose de plus global, de plus grand. Elle doit être subordonnée à l'amour… Mais je sais que ce terme-là aussi est bien ambigu. Pour nous, « aimer » signifie : vouloir le bien de l'autre. Tu vois que c'est aux antipodes de ce qu'on vous serine… Ainsi, ce qui te semble une interdiction, une anti-liberté, est en réalité un appel à plus de respect de la vie et de la personne. Ce que recherche tout individu, c'est le bonheur, nous sommes d'accord là-dessus, n'est-ce-pas ? Eh bien, il ne pourra pas y accéder s'il ne tient pas compte de ce qu'il est.

– Et qu'est-il, d'après vous ?

– L'homme est relation. Il a besoin d'être en face d'autres que lui-même. Nous croyons que c'est une erreur de ne considérer les autres que comme un outil pour satisfaire des désirs égoïstes, dans des relations sexuelles telles que les vivent la plupart de nos contemporains et même à travers la *reproductique*. Cela non plus ne conduit pas au bonheur.

– Pourquoi vouloir empêcher les gens d'avoir recours à la *reproductique* ? s'insurgea Louis. Ils ont bien le droit d'avoir des enfants, non ? Et je ne vois pas en quoi cela va à l'encontre du respect de la vie…

– Le droit à l'enfant… soupira Adrien. Là encore, la tentation est forte d'instrumentaliser l'autre – ici l'enfant – pour combler ses propres désirs.

– On n'a pas attendu la *reproductique* pour cela, remarqua Louis.

– Tu as raison. Mais la *reproductique* exacerbe ce comportement désordonné. L'enfant est le résultat d'une procédure ; il y a une démarche marchande là-dedans. De façon logique, les commanditaires, pour avoir versé une petite fortune, s'estiment en droit d'avoir un « produit » conforme à leurs attentes. Peuvent-ils encore considérer cet enfant comme une personne, dont la vie est infiniment respectable pour elle-même ? Bien sûr qu'ils le peuvent ! Mais combien raisonnent de cette façon ? Et combien d'embryons et même de bébés finissent à la casse, comme de vulgaires objets manufacturés non conformes au cahier des charges ? De plus, les différents acteurs de cette procédure ne sont pas non plus respectés. Ce ne sont que des ventres, des producteurs de spermatozoïdes ou d'ovules. Pas des personnes.

– Ils sont payés pour ça, coupa Louis. C'est un métier comme un autre.

Adrien le regarda longuement, puis dit :

– Toi qui es prêt à enfreindre les lois et à te mettre en danger pour savoir qui est ta mère, tu dois bien comprendre dans ton cœur et dans ton esprit que quelque chose ne tourne pas rond dans ce mode de conception.

Il avait touché juste, car le garçon ne trouva rien à répondre. Adrien profita de son avantage en poursuivant :

– J'ai remarqué ton mouvement de recul lorsque je suis arrivé tout à l'heure. Je comprends ce que mon aspect peut avoir de saisissant lorsqu'on n'est pas habitué à la vue de personnes handicapées et vieilles. Parce que, dans votre société, elles subissent le même sort que les embryons déclassés. De gré ou de force. Parce qu'encore une fois elles ne sont pas considérées comme des personnes, mais comme des corps, et des corps défectueux. Mais qui donc est l'homme pour décider qui a le droit de vivre ou non ? C'est Dieu qui est le Maître de la création. À chaque fois que l'homme a voulu prendre dans ses propres mains la puissance de vie, il en est résulté des catastrophes.

Adrien s'était tourné vers Rémi.

– On le voit bien dans la Bible. Avec Adam et Ève et la pomme de la connaissance du bien et du mal. Avec la tour de Babel…

– Quelles preuves… ricana Louis. Ce ne sont que des contes issus de livres interdits !

– Babel, c'est aujourd'hui ! Regarde autour de toi. Regarde-toi.

Quels sont donc les fruits de la Nouvelle Ère ? La société n'est plus constituée d'individus liés entre eux, mais par des électrons libres canalisés par le Régime. Le nombre de suicides - pardon, d'euthanasies - augmente dans l'indifférence générale et, au lieu de se dire que c'est le résultat d'un terrible mal-être, on entérine en arguant que c'est la liberté de chacun sur sa propre vie ! Cette prétendue liberté est en réalité une aliénation.

Même lorsque Jeanne eut apporté sur la table un léger repas, l'Émeralien continua de parler, et ses propos sonnaient étrangement aux oreilles de Louis. Jamais personne ne lui avait dit de telles choses et il ignorait qu'on puisse avoir une réflexion si poussée sur des choses qui lui semblaient aller de soi.

21

Louis ne parvenait pas à trouver le sommeil. Ce qu'il avait découvert cet après-midi-là dans la bibliothèque de la *base* le bouleversait, et il ne comprenait pas pourquoi. Cet écrit des temps anciens sur lequel il était tombé par hasard n'était qu'un ramassis de sottises et d'hérésies, ce qui n'avait rien d'étonnant. Ce n'est pas sans raison que le Régime avait interdit toute cette littérature. Pourtant, il ne parvenait pas à l'oublier et les phrases résonnaient curieusement dans sa tête. N'y tenant plus, il se leva de son lit. En pyjama, il sortit de sa chambre et se faufila sans bruit dans les couloirs sombres. Il arriva devant la porte de la bibliothèque. Elle n'était pas fermée. Louis entra et alluma sa lampe de poche. Il reconnut les rayonnages devant lesquels il était passé le matin même avec Rémi. Il y avait celui étiqueté « Philosophie », mot inconnu de lui, et Rémi lui avait expliqué que le but de cette discipline était d'apprendre aux gens à penser par eux-mêmes. Pas étonnant qu'elle ait été interdite par le Régime et que Louis n'en ait jamais entendu parler auparavant… Il y avait aussi le rayonnage « Théologie ». Cela, avait dit Rémi, parlait de Dieu.

– Les Émeraliens sont donc des croyants ? avait demandé Louis.

– Pas tous. Mais la religion chrétienne, qu'on y adhère ou non, est à la source de nos convictions sur l'homme et sur la vie. Certains d'entre nous préfèrent raisonner en écologistes, c'est-à-dire en posant comme postulat qu'il y a un ordre dans la nature et qu'il convient de le respecter, y compris dans la nature humaine.

Louis continuait d'avancer dans la bibliothèque obscure, le faisceau de sa lampe balayant le dos de nombreux volumes. Alors, il reconnut celui qu'il cherchait. Il s'en saisit et, avec une certaine impatience, le feuilleta à la recherche du passage qui l'avait frappé. Plus il lisait, plus la colère montait en lui. Soudain, d'un geste furieux, il jeta le livre à terre. Dans le silence qui suivit, Louis distingua le léger chuintement qu'il commençait à bien connaître. Adrien apparut alors au détour d'une étagère.

– À mon âge, on a le sommeil léger, fit-il, comme pour expliquer sa présence.

« À mon âge »... Qui pouvait se permettre une telle remarque, à l'ère de l'éternelle jeunesse ? Qui, sinon Adrien...

– Et toi, que fais-tu ici ?

– Je... je lisais, répondit Louis.

– Je vois...

L'infirme avança son fauteuil jusqu'au livre à terre et fit mine de le ramasser. Louis se précipita pour le devancer, de crainte qu'il ne bascule.

– J'étais en colère, dit-il en guise d'excuse.

– J'imagine. Mais ce n'est pas une raison pour traiter ainsi les livres. Surtout celui-ci. Et peut-on savoir ce qui t'a agacé à ce point ?

– Là ! fit Louis en pointant du doigt la page qu'il venait de retrouver. C'est révoltant ! Un dieu qui dit à ses adeptes que, pour être heureux, il faut pleurer, il faut avoir faim et soif, il faut être pauvre, persécuté et se laisser insulter... N'importe quoi ! C'est un dieu cruel, et ce sont des adeptes masochistes !

Adrien sourit doucement et laissa le garçon se calmer.

– Oui, c'est bien loin du Bonheur pour tous, n'est-ce-pas ? Le Régime a raison en ce sens que la question du bonheur est au centre de l'existence humaine. Seulement, nous n'en avons pas la même vision. Ce que propose le Régime se borne à la satisfaction de besoins et d'envies, à un certain bien-être et à la jouissance. Et j'oubliais : à la recherche d'une appartenance, ce qui, avec lui, se résume à entrer dans un moule idéologique. Tu te rends compte que tout cela est centré sur l'individu. Moi, moi et encore moi... Cela ne peut pas conduire au bonheur et c'est ce qu'affirme ce texte qui t'interpelle et que nous appelons les Béatitudes. Le bonheur, on y accède en se tournant vers les autres : en se laissant toucher par leurs souffrances, en faisant preuve de justice envers eux, et en œuvrant pour la paix. Quoi qu'il nous en coûte. Se tourner vers les autres, mais n'être pas dépendants de leur regard. Nous devons nous autoriser à penser autrement que la majorité. Et peu importe si nous ne sommes pas « populaires », ou même si nous devons en souffrir. Le bonheur des Béatitudes, c'est aussi libérer notre cœur de toutes les futilités, pour pouvoir distinguer l'essentiel et le recevoir comme un cadeau. Et l'essentiel, pour moi, c'est Dieu lui-même.

– Tout cela est bien beau, rétorqua Louis, mais cela fait de vous des *loosers*. Des victimes consentantes.

– Si tu le pensais vraiment, tu n'aurais pas traversé toute la *base* en pyjama en pleine nuit, et tu ne te serais pas mis en colère contre ce livre... ou contre toi-même, remarqua tranquillement Adrien. Mais l'heure tourne et je voudrais bien prendre encore quelques instants de repos avant le lever du jour, ajouta-t-il en faisant pivoter son fauteuil. Je te laisse à ta méditation.

Louis se retrouva seul dans la bibliothèque obscure. Adrien lui avait ouvert les yeux sur la raison de sa colère : il était en train de se débattre contre une tentation, un terrible dilemme. Un choix crucial entre un bonheur sûr et confortable, standardisé et aseptisé, remboursé par la Sécurité sociale, et un bonheur risqué, presque hérétique, complètement paradoxal, mais dans lequel il devinait une liberté intérieure et une véritable communion avec d'autres.

22

Depuis deux semaines qu'il était à la *base de veille,* Louis s'était peu à peu habitué à l'étrange ambiance qui y régnait. Il rencontrait les autres occupants au moins trois fois par jour, et il avait fait la connaissance de beaucoup d'entre eux. Ces gens étaient très préoccupés par le devenir de l'humanité, chaque nouvelle invention ou loi qui l'éloignait davantage encore de la loi naturelle les désolait et ils en parlaient longuement. Pourtant, ils restaient sereins et ces contrariétés, qui pouvaient paraître des échecs à leurs actions, ne leur faisaient pas perdre la volonté de continuer. Ils conservaient leur bonne humeur et Louis était touché par les attentions qu'ils avaient les uns pour les autres, et aussi pour lui, le nouveau venu. Ici, chaque personne comptait vraiment.

Louis avait mis ses compétences en informatique au service des *veilleurs* de la *base*. Par contre, il avait été très réticent à participer aux travaux des champs. Jeanne lui expliqua que c'était non seulement une activité qui leur permettait de donner le change aux éventuels curieux et de subvenir à leurs besoins, mais cela avait aussi un rôle éducatif. Pour garder les pieds sur terre, avait-elle dit. Dans la terre, plutôt, se dit Louis en enlevant ses bottes crottées avec un dégoût non dissimulé. Ce faisant, il aperçut Adrien.

– Je peux vous parler ? fit-il en s'approchant de lui en chaussettes.

– Bien sûr !

– Ça ne marche pas ! J'essaie de mettre en application vos Béatitudes, et ça ne marche pas !

– Tu veux dire que tu as l'impression de n'être pas plus heureux qu'avant ?

– C'est ça.

– Est-ce que tu n'as pas remarqué une certaine paix intérieure, et l'impression que ton cœur s'élargissait ?

Louis dut reconnaître qu'il se sentait différent.

– Tu sais, il faut du temps, pour ces choses-là, continua Adrien.

C'était un langage que Louis ne pouvait accepter, lui, le rejeton de la civilisation de l'immédiateté, où chaque désir devait être assouvi instantanément.

– Je crois plutôt qu'il manque quelque chose à vos Béatitudes.

– Tu veux dire une neuvième béatitude ?

– Plutôt une condition *sine qua non* pour que toutes les autres soient valables.

– Et tu as une idée de ce qui t'empêche d'être heureux ?

Louis ne chercha pas à le nier.

– C'est après ma tentative d'auto-euthanasie que j'ai rencontré Rémi. Il m'a dit que ce qui me manquait, c'était de connaître mes origines. De connaître ma mère. Vous croyez qu'il a raison ?

– Je doute qu'il ait présenté les choses de cette façon, rétorqua le vieil homme. C'est peut-être une souffrance, mais ce n'est pas à proprement parler un empêchement au bonheur. Regarde, je suis heureux, malgré mon handicap ; ou peut-être plutôt *avec* mon handicap.

Adrien considéra le garçon avec une certaine tendresse et lui sourit.

– Tu veux repartir à la recherche de ta mère, n'est-ce-pas ?

Louis acquiesça.

SIXIÈME PARTIE

Un mois plus tard : Prairial de l'an 260 NE

1

David ne parvenait pas à trouver le sommeil. Cette nuit, c'était à son tour d'occuper la chambre-solo. Ce qui signifiait que les deux autres se retrouvaient ensemble dans la chambre-duo. Cela faisait cinq ans qu'il était marié avec Luda et Serge, et il rêvait d'une autre vie. La nostalgie aidant, il se prit à parer de couleurs enchanteresses le souvenir de ses ménages précédents. Il y avait trouvé, non pas seulement cette camaraderie qui s'était instaurée dans son nouveau *trouple*, mais véritablement de la tendresse et du respect. Et cette intimité, cette relation interpersonnelle qui fait qu'on se sent unique au monde. C'est cela qui lui manquait tant.

Il fut tiré de ses ruminations par les cris du bébé qui venait de se réveiller. L'homme le prit dans ses bras et le berça, espérant le rendormir, mais il dut se résoudre à l'emmener avec lui dans la cuisine et lui préparer un biberon. Pour en quelque sorte sceller leur union, Luda, Serge et David avaient décidé de faire concevoir un enfant ensemble. Légalement, cela ne posait aucun problème qu'un enfant ait trois parents, c'était une simple question d'écriture dans le livret de filiation. Biologiquement, c'était évidemment beaucoup plus compliqué. Un ovule ne pouvait fusionner qu'avec un seul spermatozoïde. Et, qu'on le veuille ou non, un des trois parents se trouvait hors jeu. Alors, pour ne léser aucun des membres de leur *trouple*, David, Luda et Serge avaient décidé de choisir ensemble sur catalogue les caractéristiques qu'ils souhaitaient pour leur enfant. Là non plus, la chose n'était pas aisée.

Ce n'est pas parce qu'on vit ensemble et qu'on veut construire ensemble une famille qu'on a forcément les même goûts… Il s'en était fallu de peu que leur *trouple* n'explose à cette occasion, et ils avaient finalement eu recours aux dés, confiants dans l'adage affirmant que le hasard fait bien les choses.

David n'avait jamais été très attiré par les jeunes enfants, qui se réduisaient pour lui à un estomac à remplir et un derrière à nettoyer. Il installa le nourrisson dans son transat et le transat sur le canapé. Il pouvait ainsi lui donner le biberon d'une main tout en consultant son *combiné*. Un message le plongea dans une telle perplexité qu'il laissa le bébé avaler de l'air en même temps que son lait. Il lut et relut le message : « Je passe demain matin chez toi. J'ai besoin de te voir. Impossible de me joindre, je n'ai plus de *combiné*. Louis. »

2

David n'avait pas revu son fils depuis des semaines, des mois peut-être. Il ne s'en était pas inquiété, accaparé par ses amours et sa situation de famille. Mais il avait reçu récemment un appel de Jackie qui s'inquiétait au sujet de Louis et demandait des nouvelles. Et voilà qu'il apparaissait brusquement sans crier gare et sans lui laisser le choix… Mais qu'importe, cela lui faisait plaisir.

Lorsque Louis se présenta à sa porte quelques heures plus tard, David eut du mal à le reconnaître. Certes, il avait changé et gagné en maturité. Il y avait dans son regard quelque chose de résolu et, en même temps, il semblait sur la défensive, méfiant. Sa tenue était négligée, il empestait et David se demanda s'il avait passé la nuit dehors.

Il ne se trompait pas de beaucoup. Au bout de deux semaines dans la *base de veille*, Louis avait décidé de retourner à Paris. Après tout, il n'était pas avéré qu'il soit recherché par la police. Quand ils avaient été poursuivis dans la ville, Rémi et lui, il était déguisé en VicA avec un voile sur la tête. Si la voiture de Nath avait été suivie sur l'autoroute, c'est seulement parce que l'absence de *combiné* de voiture avait intrigué les policiers. Et puis il lui importait plus que tout de reprendre sa fameuse quête. Alors, il avait élaboré un plan. Le docteur Lepetit avait suggéré qu'il pourrait trouver l'identité de sa mère dans les archives de l'agence de *reproductique* qui l'avait créé. Mais il devait d'abord savoir de quelle agence il s'agissait.

Du côté de Jackie, il savait n'avoir aucune chance ; jusqu'à son dernier souffle, celui-ci lui refuserait de connaître sa mère. Il estimait que sa démarche serait plus fructueuse auprès de David.

– Entre, fit celui-ci, se remettant de sa surprise. Mais ne fais pas de bruit, le bébé s'est enfin endormi.

Ils prirent place dans le séjour, gênés tous les deux et ne sachant que se dire. Soudain, David n'y tint plus et lâcha :

– Écoute, je ne sais pas quelle vie tu mènes et je ne veux pas être indiscret, mais tu empestes littéralement ! Que dirais-tu de prendre d'abord une bonne douche ?

Louis accepta volontiers la douche, ainsi que les vêtements propres que David lui prêta. Pour rentrer à Paris, il était repassé par le trou de grillage et, caché sur l'aire de repos, il avait attendu une opportunité. Elle s'était présentée sous la forme d'un camion transportant une cargaison de porcs, parmi lesquels il était indétectable, même par les capteurs à infrarouges. Il avait débarqué discrètement aux abattoirs, sale et puant, puis s'était débrouillé pour emprunter un *combiné* et envoyer un message à David.

À son retour dans le séjour, Louis fit honneur au petit déjeuner que David avait préparé. Lorsque le bébé réclama son premier biberon de la journée, il se proposa pour le lui donner. Il se força un peu à chanter les louanges de l'enfant. Il comptait amener David, par rapprochement, à lui parler de sa propre conception. Mais l'hameçon ne prit pas, et David l'interrogea sur ses études et sur sa vie.

– Toujours seul ? Tu n'as pas de… projets ? lui demanda-t-il à brûle-pourpoint.

Une idée germa aussitôt dans le cerveau de Louis.

– Je suis avec quelqu'un, lança-t-il.

– Homme ou femme ?

– Euh… femme. En fait, j'ai passé les trois dernières semaines avec elle.

– Ah ah ! Cela explique que Jackie n'arrivait pas à te trouver chez toi. Le pauvre, il était complètement affolé…

– C'est à ce sujet que je voulais te voir, poursuivit Louis. En fait, je voulais te demander conseil.

David se carra dans le canapé, un sourire satisfait sur le visage.

– À ton service, répondit-il.

Louis ouvrit la bouche, mais, soudain, il s'arrêta, tous ses sens en éveil. Il avait entendu un bruit. Un bruit de pas. Cela venait de l'étage inférieur. De l'étage élastique. Les pas firent résonner l'escalier en colimaçon.

– Qui est-ce ? souffla Louis, aux aguets.

– C'est la fille de Luda : Lucie, qui passe cette semaine chez nous.

Une jeune fille apparut, ensommeillée et les cheveux en bataille.

– Oh ! pardon, je ne savais pas qu'il y avait du monde, fit-elle, gênée, en se passant la main dans les cheveux pour tenter d'y mettre un peu d'ordre.

– Allons, pas de chichis, fit David, vous êtes *frœurs* tous les deux. Lucie, tu te souviens de Louis, mon fils ?

– Nous nous sommes vus à votre mariage, confirma la jeune fille. Mais c'était il y a cinq ans.

– Tu étais beaucoup plus petite, et moins jolie, lança Louis.

La jeune fille eut un sourire gêné et sa joue se creusa d'une charmante fossette. C'est vrai qu'elle était jolie. En elle, se mêlaient une certaine timidité, de la réserve et une grande détermination. Il se dégageait d'elle, sans qu'elle s'en doute, un certain charme et Louis en fut conquis. Ses vieux démons étaient-ils de retour ?

– Louis est venu pour m'annoncer qu'il a trouvé l'âme *frœur*, fit David ; et qu'il revient de trois semaines de lune de miel en quelque sorte.

Cela ne faisait pas du tout l'affaire du garçon, qui rougit violemment.

– Félicitations, fit Lucie, poliment.

– Parle-nous un peu de l'heureuse élue.

À court d'inspiration, Louis se mit à faire le portrait de Jeanne.

– Quel conseil voulais-tu donc me demander ?

– Eh bien, voilà. Avec ma… compagne, nous souhaitons avoir un enfant…

– C'est donc du sérieux, remarqua David.

– … mais nous ne savons pas comment procéder. Alors, comme toi, tu es déjà passé par là, j'ai pensé que…

David, trop heureux de donner de bons conseils, tomba dans le panneau et il finit même par citer l'agence de *reproductique* Dunoix-Beurville.

– Ce nom te dit sans doute quelque chose. Ils ont mal tourné, et on en a parlé dans tous les médias il y a cinq ans, à cause d'un double scandale. Dunoix provoquait l'avortement des porteuses, à leur insu, en cas de rupture de contrat. Quant à Beurville, elle est devenue Émeralienne ; c'est elle qui a commis l'attentat du Stade d'Europe. Tu comprends qu'après ça l'agence a été fermée.

C'était pour Louis une très mauvaise nouvelle. La ruine de ses espoirs, pour tout dire.

– C'est arrivé à beaucoup d'autres agences, à cette période-là, remarqua Lucie.

– C'est vrai, confirma David. Le Régime, semble-t-il, s'est alors rendu compte que la *reproductique* était un secteur très sensible à surveiller de près. On ne pouvait plus laisser les responsables d'agence faire les choses à leur sauce. Ils ont poussé au regroupement et au rachat des agences. Actuellement, il n'y en a plus qu'une seule à Paris.

– Cela ne laisse pas vraiment le choix à l'utilisateur, remarqua Lucie.

– Oui et non. Au nom de l'égalité, la *reproductique* est devenue remboursable par la Sécurité sociale. Ainsi, chacun, quels que soient ses moyens financiers, peut accéder à son désir d'enfant. L'État se doit donc de proposer une procédure standard. C'est le rôle du service Planification de la famille, qu'on trouve dans tous les hôpitaux d'État. Mais ceux qui veulent un produit de qualité et dont ils auront eux-mêmes choisi les caractéristiques s'adressent à l'agence privée.

– Mais qu'est-il advenu des autres agences ? tenta Louis. Elles n'ont pas pu disparaître purement et simplement… Il en reste au moins des archives… pour le service après-vente, par exemple.

David haussa les épaules en signe d'ignorance et d'indifférence.

– Peut-être que les archives ont été rassemblées par l'agence unique, avança Lucie. Ou bien stockées informatiquement par l'État, puisqu'il connaît tout sur tout le monde…

Lucie se méfiait quelque peu des garçons en général, mais concernant Louis, elle était rassurée depuis qu'elle avait appris qu'il était en couple. Elle s'enhardit même à lui demander combien de temps il resterait avec eux. Comme celui-ci hésitait, elle insista :

– Tu sais, il y a de la place, puisque la deuxième chambre de l'étage élastique n'est pas activée.

David ne semblait pas déborder d'enthousiasme à cette idée.

– Allez, David, sois gentil ! insista-t-elle. Je suis toute seule ici cette semaine.

– Et nous alors ? s'insurgea David. Ludivina, Serge et moi, on ne compte pas ? et le bébé ?

– Ce n'est pas pareil. Vous, vous êtes entre vous, avec votre organisation bizarre, vos affaires de cœur… Et le bébé… il est mignon, mais comme compagnon, on peut rêver mieux…

– Bon, si Serge et Luda sont d'accord, alors je ne dis pas non, céda David.

Et comme les deux susnommés émergeaient justement de la chambre-duo, l'affaire fut vite conclue.

3

La jeune Lucie, toute à sa joie d'avoir un compagnon, était peu à peu sortie de sa réserve et considérait maintenant Louis comme un grand *frœur*. Ce jour-là, elle était venue dans sa chambre avec un exercice de mathématiques pour lequel elle espérait obtenir de l'aide. Mais, tandis que Louis expliquait consciencieusement suites et logarithmes, l'esprit de la jeune fille vagabondait.

– Quand est-ce que tu nous présentes ta copine ? fit-elle à brûle-pourpoint.

Elle n'avait cessé de l'interroger sur ce sujet depuis que Louis s'était installé dans l'appartement familial. En quoi cela pouvait-elle l'intéresser, se demanda Louis, agacé. Il la regarda et fut pris de remords. Cette fille lui donnait sa confiance et, lui, il lui mentait sans vergogne.

– Écoute, en réalité, je n'ai pas de copine, fit-il. Enfin, je veux dire que je ne suis pas en couple.

Elle se recula instinctivement.

– Mais alors… Tu nous as menti ? Pourquoi ? rétorqua-t-elle, avec un soupçon de déception et de méfiance dans la voix.

– Ce n'est pas à toi que j'ai menti. C'était une histoire que je destinais à David.

– Qu'est-ce que ça t'apporte de tromper ton parent de cette façon ?

Alors Louis, sans trop comprendre pourquoi, décida de faire confiance à cette fille franche et sincère, et il la mit dans le secret.

– C'est donc si important pour toi de connaître ta mère ? s'étonna-t-elle.

– Oui, fit-il simplement, en hochant la tête. Très.

– Moi, je connais ma mère. Tu sais, c'est elle qui m'a conçue et portée, fit-elle en confidence. Pourtant, lorsque je passe la semaine ici avec elle, j'ai l'impression que nous avons peu de choses en commun, peu de liens… Il faut dire que ses deux bonshommes occupent son temps et ses pensées, et ça laisse peu de place pour moi…

– Peut-être, concéda Louis. Mais, au moins, toi, tu sais d'où tu viens. Et ça, c'est très important, j'en suis de plus en plus persuadé.

Lucie fit mine d'acquiescer, puis, baissant la tête, garda le silence. Comme Louis recommençait à lui expliquer son exercice, elle le coupa.

– Et ta quête, elle en est où ?

– Je ne sais pas par où commencer, reconnut-il.

– J'aimerais bien t'aider.

– Je ne veux pas te mettre en danger.

– Quel danger ?

– Il est interdit de connaître ses origines, rappela Louis. Puisque personne ne me donnera les miennes de plein gré, alors il faudra procéder illégalement, par piratage, par effraction, que sais-je... Et puis, je suis recherché par la police pour avoir déjà tenté le coup.

Il n'en était pas complètement sûr, mais son affirmation visait à la fois à se faire reluire devant la demoiselle et à la mettre en garde. Pourtant, cela ne refroidit pas l'enthousiasme de Lucie. Au contraire, ses yeux se mirent à briller d'excitation.

– Nous irons tous les deux à l'agence de *reproductique*, fit-elle d'un air décidé. Nous nous ferons passer pour un couple qui veut un enfant.

Louis la considéra, sidéré.

– Et nous leur tirerons les vers du nez à propos de ta mère, continua-t-elle.

– De quelle façon ?

– Pour ça, je n'ai pas encore d'idée, reconnut-elle. Mais je suis sûre que cela ne saurait tarder.

4

L'agence Weckheim, seule et unique agence privée de *reproductique* de Paris, occupait la totalité d'un immeuble flambant neuf, et tout dans son aspect indiquait qu'elle tenait à impressionner le client.

Louis et Lucie se présentèrent à l'accueil et annoncèrent qu'ils voulaient engager une procédure de *reproductique*.

– Veuillez vous asseoir, répondit l'employé – un neutre, visiblement –, un de nos conseillers va bientôt s'occuper de vous.

Ils s'installèrent dans de profonds fauteuils de cuir rouge. Au bout de quelques minutes, un bruit se fit entendre derrière une des portes.

– Vous allez avoir la chance d'être reçus par la directrice en personne, mo Weckheim, leur annonça l'employé neutre.

Celle-ci leur apparut comme une forte femme au visage carré, sans grâce et à l'habillement strict. Elle raccompagna ses clients précédents à la porte et leur serra la main ; puis elle se tourna vers Louis et Lucie et les invita à entrer dans son bureau.

– Que puis-je pour vous ?

– Nous souhaitons engager une procédure de *reproductique*, répéta Louis.

Elle les scruta tous les deux et son regard s'arrêta sur Lucie. Elle lâcha :

– Vous me semblez bien jeune.

– Je suis majeure, rétorqua la jeune fille. J'ai quinze ans passés. D'après la loi, j'ai donc droit à un enfant.

– Je connais la loi, coupa sèchement la femme. Mais voyez-vous, nous sommes une entreprise privée, donc tenue à l'efficacité et à la rentabilité. Or notre principale cause de perte financière, c'est la rupture de contrat, soit parce que le couple a changé d'avis, soit, le plus souvent, parce qu'il se sépare. Vous comprendrez que nous prenions quelques garanties sur la viabilité des couples qui nous contactent. Je n'ai rien contre vous, notez bien, mais les statistiques sont parlantes : les couples jeunes et non mariés sont moins durables que les autres. Maintenant, vous pouvez vous adresser au service Planification de la famille, dans tous les hôpitaux d'État ; là, on ne demande aucune garantie. Naturellement, la qualité des prestations et des produits n'est pas la même…

– Vous refusez donc de nous établir un contrat ?

– Non, mais à la condition que vous régliez d'avance toutes les prestations.

– Pouvez-vous nous expliquer comment se déroule la procédure ? fit Lucie.

La directrice présenta alors la suite de formalités et de conditions à remplir, puis elle termina par une précision :

– Vous pouvez choisir d'être présents ou non lors de la prestation finale et, dans tous les cas, le produit une fois préparé vous est livré dans l'heure qui suit.

– Je n'aime pas le vocabulaire que vous employez, intervint Louis, d'une voix rauque.

– Vraiment ? fit mo Weckheim, froidement.

– Mais enfin, explosa Louis, vous êtes en train de nous parler de bébé, pas de produit !

– Et qu'est-ce d'autre ?

– Mais c'est… c'est vous, c'est moi ! Oui, c'est moi il y a vingt ans, sortant du ventre de la porteuse. Dites-moi : suis-je un produit ? un bien de consommation ?

– Plus maintenant, admit mo Weckheim, mais…

– Alors, coupa Louis, quel événement a fait que j'ai changé de statut ? Qui a eu le pouvoir de décider, le pouvoir de dire : « celui-ci devient humain, celui-là restera un objet » ?

– Écoutez, j'ai du travail par-dessus la tête, je suis obligée de refuser des clients. Je crains que vous ne soyez en train de me faire perdre mon temps. Alors, voulez-vous, oui ou non, engager une procédure de *reproductique* dans notre agence ?

– Non !

La femme en lâcha son stylo de surprise, et Lucie lança à Louis un regard atterré.

– En réalité, je suis venu ici pour tout autre chose. Je veux connaître ma mère.

– Je crains de ne pas comprendre.

– En tant qu'ex-produit, j'ai droit à ma traçabilité, vous en conviendrez. Je veux connaître la femme qui a donné son ovule pour ma conception. Ma mère, en somme.

– La loi nous interdit de révéler l'identité des prestataires de *reproductique*.

La tension montait.

– Je suis sûr que vous disposez de cette information dans vos fichiers ! s'énerva Louis.

– Jeunes mos, je vais vous demander de sortir.

– Mais enfin, vous pouvez bien comprendre ça ! hurla Louis. Je veux connaître mes origines ! Est-ce que je n'ai pas droit à ça, moi aussi ? Je croyais que les enfants de couples homosexuels avaient les mêmes droits que les autres. Regardez-la, elle ! fit-il en pointant Lucie du doigt. Elle connaît son père, elle connaît sa mère, et ses grands-parents…

– Si vous ne sortez pas immédiatement, j'appelle le vigile ! glapit la femme, qui s'était levée de son siège.

– C'est mon droit le plus élémentaire de connaître ma famille biologique ! Allez ! Cherchez ! Je veux savoir son nom !

– Allez-vous-en ! Allez-vous-en tout de suite ! Laura, mettez-les dehors !

L'employée falote qui avait assisté à la scène, depuis le petit bureau qu'elle occupait dans un coin de la pièce, se leva et vint à eux.

– Je vous raccompagne, fit-elle d'une voix neutre sans les regarder.

Son calme contrastait avec la violence de la scène qui venait de se dérouler. Une fois à la porte, elle tendit la main à Louis. Celui-ci, encore furibond, la dédaigna, mais Lucie, après une hésitation, l'accepta. La main de l'employée était froide et sèche. C'est du moins la première impression qu'elle en eut avant de comprendre que la femme lui avait glissé un papier. La porte de l'agence s'était déjà refermée.

– Brillante, ton idée de nous faire passer pour un couple en mal d'enfant, bougonna Louis.

Lucie le fixa, ébahie.

– Incroyable ! lâcha-t-elle. Te rends-tu compte que c'est toi qui as tout gâché, avec ton mauvais caractère et ta susceptibilité ?

– Naturellement, toi, tu ne peux pas comprendre combien ce mot « produit »…

– Et toi, tu ne vois pas que tous ceux qui essaient de t'aider, tu les mets dans le pétrin ?

– Tu étais prévenue d'avance que ce ne serait pas une partie de plaisir, maugréa le garçon.

À l'air peiné de Lucie, Louis prit conscience de sa mauvaise foi et saisit la main de la jeune fille.

– Tu as raison, fit-il. Mon ressentiment me rend aveugle. Excuse-moi.

Elle lui sourit.

– Notre démarche n'aura pas été inutile, le rassura-t-elle.

– Éternelle optimiste… C'est le bide total, oui !

– Regarde ça.

Elle ouvrit la main, et Louis découvrit un bout de papier déchiré d'un coin de page. Il s'en saisit. Quelques mots avaient été hâtivement griffonnés au crayon à papier.

Louis lut : « *Parc Monceau, lac, ce soir, 19 heures.* »

5

Las de tourner autour du lac, Louis et Lucie avaient fini par s'asseoir sur un des bancs. Une femme approcha à pas menus. Elle était de ces personnes dont on ne peut déterminer si elles sont jeunes ou âgées, et auxquelles nul ne porte attention tant elles semblent insignifiantes. Lorsqu'elle passa devant eux, Lucie reconnut en elle l'employée de l'agence, celle que la directrice avait appelée Laura. Elle ne sembla pas les voir, fit le tour du banc et s'assit sur celui qui était accolé au leur, dos à dos. Sans même tourner la tête vers eux, elle souffla :

– Vous avez bien détruit mon message ?

– Votre… Non. Est-ce si important ? fit Louis.

– Alors, faites-le tout de suite. Allez le jeter dans le lac, l'air de rien.

Louis se leva, du pas du promeneur que rien ne presse, s'approcha de la rive, se baissa pour ramasser quelques cailloux et entreprit de faire des ricochets à la surface de l'eau. Soudain, un coup de sifflet retentit.

– Hep, vous là-bas !

Louis sursauta.

– Qu'est-ce que vous faites là ?

Un gardien du parc venait d'apparaître. Il lui cria de loin qu'il était en infraction.

– Si tout le monde lançait des cailloux, vous imaginez…

Louis promit de ne pas recommencer et l'homme s'éloigna, digne et satisfait de son autorité.

– C'est fait ? souffla l'employée de l'agence.

– C'est fait, répliqua Louis. Mais quel luxe de précautions…

– Vous ne savez pas ce que je risque.

– Pourquoi nous avoir fait venir ?

– Je sais ce que vous cherchez.

– Vous voulez dire… Vous savez qui est ma mère ?

– Ça dépend… De quelle mère parlez-vous ?

– De la donneuse. De la femme qui a donné son ovule pour ma conception.

– Alors, oui, fit seulement la femme.

– Combien ?

– Combien quoi ?

– Quelle somme réclamez-vous pour me donner cette information ? précisa Louis

– Je ne fais pas cela pour de l'argent, rétorqua Laura.

– Pour quoi, alors ?

– Vous n'avez pas besoin de connaître mes motifs.

Elle ouvrit son sac et Louis, qui lui tournait toujours le dos, l'entendit farfouiller dedans. Quelle ne fut pas sa déconvenue lorsque, jetant un regard par-dessus son épaule, il vit qu'elle en avait tiré un sandwich. Elle commença à mordre dedans, sans plus porter attention aux deux jeunes gens derrière elle.

– Voici ce que nous allons faire, souffla-t-elle au bout d'un moment. Le document qui vous intéresse se trouve dans ce sandwich. D'ici quelques secondes, je vais partir en l'abandonnant sur le banc. Dans un moment, vous prendrez le sandwich et vous le mangerez.

– Mais…

Elle se leva et s'éloigna sans un regard. Louis attrapa le sandwich entamé avec la mine de quelqu'un affamé et entreprit de le mastiquer, bouchée après bouchée. Il n'aimait pas le ketchup, mais tant pis… Bientôt, il sentit dans sa bouche un objet insolite. Ce devait être une feuille de papier protégée d'un film plastique. Dans sa poitrine, son cœur battait violemment et il tremblait d'impatience. Il se leva brusquement.

– Où cours-tu comme cela ? fit Lucie, qui essayait de le suivre.

– Je vais m'enfermer dans les toilettes là-bas. Je ne peux pas attendre plus longtemps pour connaître ma mère.

Une fois dans le petit bâtiment malodorant, il cracha l'objet plastifié tout maculé de sauce : c'était un document papier plié en huit, l'impression d'une page de fichier informatique. Elle comportait une photographie en couleur de femme, un numéro d'identification et quelques caractéristiques. On y apprenait notamment que la femme était de type slave, grande, blonde aux cheveux bouclés et aux yeux bleus. Mais ce qui attira particulièrement l'attention de Louis, ce fut la photo. Connaître enfin le visage de sa mère…

6

Bien loin de là, à l'autre bout du monde, une femme d'une cinquantaine d'années se mourrait, objet de réprobation et de honte. Son corps avait refusé de se plier docilement à la volonté conjointe de sa propriétaire et des soignants, s'obstinant dans la maladie qui le tuait à petit feu. Olga avait refusé l'euthanasie. Elle disait vouloir regarder la mort en face. C'était une battante. Quelle ironie d'être maintenant considérée comme hérétique alors qu'elle avait été une militante de la *reproductique* comme donneuse d'ovule. Elle n'avait pas peur de ce grand vide qui l'attendait derrière la vie, de l'autre côté du miroir. Rien ne la retenait ici. Elle était seule. Irrémédiablement seule. Son dernier compagnon en date l'avait quittée, lui expliquant gentiment que de la voir ainsi se dégrader de jour en jour devant lui, cela gâchait son propre plaisir et sa sérénité. C'était contraire à son bonheur. Ses amis avaient réagi de la même façon ; ne tirant plus aucun plaisir à être avec elle, ils n'avaient plus de raison de prolonger la relation. Personne n'était venu la voir durant ces longues semaines d'hospitalisation. Elle ne leur en voulait pas. Après tout, dans pareil cas, elle aurait sans doute agi de même. La famille traditionnelle, dans laquelle chaque membre avait des devoirs vis-à-vis des autres, était bel et bien morte. Dans la Nouvelle Ère, on pouvait se dégager des liens de n'importe quelle relation, sans préavis, sans formalité ni justification, à partir du moment où celle-ci n'apportait plus la satisfaction escomptée. C'était tout simple, et cela évitait toute hypocrisie, se dit Olga, tentant de se persuader que tout était pour le mieux. Son esprit se mit à vagabonder, et voilà qu'il retourna au souvenir des dons de gamètes auxquels elle s'était livrée.

« Cette génération se reproduit comme les poissons, sourit-elle. Les uns et les autres lâchent leur semence dans le vaste océan, et celles-ci se rencontrent au gré des courants et du hasard[1]. »

Ses entrailles se serrèrent soudain. Elle voulut se convaincre que c'était le fait de la maladie qui la rongeait. Une pensée venait de percer la carapace idéologique dont elle s'était entourée depuis toujours. Son corps avait donné le jour à d'autres corps, sa vie avait donné la vie à des... enfants, se dit-elle en hésitant sur le mot. De nouveaux êtres, quelque part sur la surface terrestre, dont elle ne saurait jamais rien. Une immense nostalgie la saisit. Des images issues des livres interdits vinrent envahir son esprit affaibli, d'abord confuses, puis s'organisant, se précisant et adoptant finalement la forme d'un visage d'enfant. Un enfant blond et bouclé, qui lui ressemblait à elle, Olga. Elle sentit son cœur se liquéfier, en proie à un sentiment inconnu. Et si cet être rêvé existait réellement de par le vaste monde ? S'il avait pu, par son existence même, adoucir ses derniers instants ?

7

Lorsque Lucie rejoignit Louis dans les toilettes pour hommes du parc Monceau, il avait toujours son regard plongé dans celui de la femme de la photographie.

– Elle est belle, murmura-t-elle. C'est fou ce que tu lui ressembles. Les mêmes cheveux blonds et bouclés, le même nez...

1. Chez les poissons ovipares de pleine mer, la femelle libère dans l'eau ses ovules, qui ne seront fécondés que lorsqu'un mâle y répandra sa laitance.

Pour les yeux, ils te viennent de ton père… enfin, de ton parent 1… de Jackie, quoi…

Louis se contenta de hocher la tête, mais resta silencieux.

– Bon, qu'est-ce qu'on fait, maintenant ? finit-elle par demander, mal à l'aise dans cet endroit qui lui était interdit et redoutant de voir arriver le gardien de tout à l'heure.

– Rien. On ne peut plus rien faire, à présent.

Il rangea la précieuse photo dans la poche intérieure gauche de son blouson. Tout contre son cœur.

– Je pense que tu as raison, reprit Lucie. Cette femme peut se trouver n'importe où, sur n'importe quel point du globe. Autant chercher une aiguille dans une meule de foin…

Louis opina vaguement. Il ne pouvait se résoudre à admettre qu'il était habité par une certitude intime et irrationnelle : sa quête resterait inachevée à tout jamais.

8

– Mais c'est Rémi !

Cette exclamation teintée d'incrédulité et de crainte avait échappé à Louis. Il était en train de regarder les actualités, dans l'appartement de son parent 2.

Sur le canapé, David avait passé son bras autour du cou de Ludivina, tandis que, de l'autre côté, Serge lui caressait tendrement la cuisse. Pendant ce temps, sur le mur écran, défilaient les images du journal télévisé. On venait de retrouver l'auteur de l'abominable attentat du MGV revendiqué par la ligue Émeraude. La police avait fini par mettre la main sur lui. On le voyait descendre du fourgon de police, menotté, couvert d'ecchymoses, et les policiers formaient une haie pour le protéger de la foule en furie, prête à le lyncher. Et cet homme, c'était Rémi.

– Tu connais cet individu ? demanda David à Louis.

– Moi ? Euh… non, bafouilla Louis.

– Pourtant, tu viens de dire… commença Luda.

– Mais non, vous m'avez mal compris.

– Et justement, le prénom du gars, c'est Rémi, remarqua Serge. Je me demande si tu…

– Pour la troisième fois, je ne connais pas cet homme ! décréta sèchement Louis.

Aussitôt, il fut pris de remords, mais il n'en laissa rien paraître.

– Tu sais que ces Émeraliens sont des terroristes sanguinaires qui ne reculent devant rien pour faire passer leurs théories, prévint David.

– J'exècre tous ceux qui utilisent la violence et la terreur, assura Louis, sans trop se mouiller.

– Heureusement, fit Serge, qui semblait ne le croire qu'à moitié. Parce que, dans le cas contraire, la porte t'est ouverte…

– Mais puisqu'il te dit qu'il n'a rien à voir avec ce fou dangereux ! intervint David. Fiche la paix à mon fils !

– À propos, intervint Serge, ça fait bientôt trois semaines qu'il est chez nous, ça commence à être un peu longuet…

– Il vous a expliqué que son appartement était en travaux, rappela David.

– En travaux, mon œil… Il profite plutôt d'être nourri et blanchi gratuitement, comme un coq en pâte.

– Qu'est ce que ça peut bien te faire ? attaqua sèchement David.

– Tu n'es pas le seul à avoir des enfants, rétorqua Serge. Quand il occupe la chambre élastique, mes enfants à moi ne peuvent plus venir chez nous.

– Et c'est tant mieux, cria David, soudain en furie. Parce que tes enfants, ce sont des petits merdeux !

Les deux hommes, toujours agrippés l'un au genou, l'autre à l'épaule de Luda, se lançaient des regards assassins par-dessus la tête de leur conjointe et en seraient venus aux mains si elle ne s'était pas trouvée entre eux. Louis s'éclipsa discrètement dans sa chambre. Il fut bientôt rejoint par Lucie qui avait assisté à la scène.

– Ne te frappe pas, fit-elle gentiment. Ça arrive souvent qu'ils se disputent tous les deux. Ils ne sont plus amants, ils sont seulement les amants de Luda. Il paraît que ça rapproche deux hommes d'aimer la même femme. Moi, je crois plutôt qu'ils sont malades de jalousie. Mais ne t'en fais pas, Serge ne va pas te mettre à la porte.

Futée, elle comprit que ce n'était pas le sujet qui tracassait Louis.

– Tu le connais vraiment, dis ?

– De qui parles-tu ?

– Mais du terroriste, du fameux Rémi !

– Ce n'est pas un terroriste ! se révolta Louis.

– Donc tu le connais…

Elle l'avait piégé. En toute innocence peut-être. Louis la regarda. Elle était différente de toutes ces filles qu'il avait poursuivies de ses instincts de chasseur. Elle n'était pas dans la séduction. À la fois candide et forte, confiante et prudente. Il lut dans ses yeux qu'elle ne le trahirait pas. Et il se sentait terriblement seul. Il rêvait de trouver une oreille compréhensive…

Il raconta sa rencontre avec Rémi dans le cabinet de l'*hédonologue*, leurs rendez-vous sur un banc du bois de Boulogne, le piratage informatique qui s'était soldé par une catastrophe. Puis leur fuite, qui les avait conduits finalement à l'ancienne ferme fortifiée. Et tout ce qu'il avait découvert sur la ligue Émeraude et sur le Régime… Lucie ouvrait des yeux ronds.

Louis fut finalement interrompu par David qui entrait dans sa chambre, le *combiné* à la main.

– Une fille vient d'appeler pour toi. Elle ne s'est pas présentée, fit-il en clignant de l'œil d'un air entendu. Elle a dit qu'elle rappellerait dans deux minutes.

Il s'éclipsa, lui laissant l'appareil. Le *combiné* se mit tout de suite à sonner et Louis décrocha, intrigué.

– Pas de nom ! Nous sommes peut-être surveillés, fit l'interlocutrice. Vous reconnaissez ma voix, ça suffira. Rendez-vous demain à quinze heures à l'endroit où vous retrouviez notre ami commun.

Un déclic et ce fut tout.

– Rien de grave ? demanda Lucie devant la mine soucieuse de Louis.

– Je ne sais pas… fit-il pensivement.

9

Assise sur le banc, Jeanne Maillard leva vers lui des yeux rougis. Elle avait l'allure d'une femme traquée.

– Ils ont arrêté Rémi, souffla la journaliste.

– Je suis au courant.

– Ils l'ont accusé d'avoir perpétré l'attentat du MGV !

– C'est ignoble ! fit Louis.

– Ignoble, répéta Jeanne, mais bien dans leurs manières.

– Mais comment est-ce arrivé ?

– Nous sortions de la *base de veille* pour rejoindre Paris. Nous avons utilisé une variante de ta technique : nous nous sommes infiltrés dans un camion de moutons. Seulement, ils ont dû affiner leurs détecteurs. Il semblerait que les infrarouges émis par les humains ne soient pas exactement du même domaine de longueur d'onde que ceux des moutons... Le camion a été pris en chasse par des motards et ils ont aussitôt mis la main sur Rémi.

– Et toi ?

– Parmi les moutons, c'étaient la panique et la débandade. Certains en ont profité pour s'enfuir du camion. J'étais sous l'un d'eux, accrochée à son ventre.

– Tu es donc en fuite, toi aussi ?

La journaliste hocha la tête.

– Même si j'ai réussi à leur échapper, je suis en sursis... Et je ne peux pas retourner à la *base* sans mettre toute l'organisation en danger.

– Mais pourquoi avez-vous quitté la *base* pour vous jeter dans la gueule du loup ?

– C'est à cause des recherches effectuées par Rémi.

– Il travaille encore sur l'impact de l'absence de la mère biologique sur le psychisme ?

– Non, il a changé. Figure-toi que le docteur Lepetit a rejoint nos rangs. Depuis qu'il a été maltraité par les forces de l'ordre, il veut mettre toutes ses compétences et ses relations au service de notre cause. Il est arrivé à la *base* quelques jours après ton départ, il a beaucoup discuté avec Rémi et ils ont décidé de se lancer dans une recherche sur les mères porteuses et les liens qui les unissent aux enfants qu'elles portent. Ils ont rédigé un article largement documenté, avec l'idée de le faire publier dans un journal scientifique médical, en prétendant que cela ouvrirait les yeux de beaucoup. C'est une des raisons de notre lamentable expédition dans le Globe.

– Tu veux donc que je te cache ? Je ne suis pas beaucoup mieux loti que toi. Recherché également, mon appartement sous surveillance, je loge chez mon parent 2, mais ses deux conjoints veulent me mettre dehors…

Il réfléchit et finit par trouver la solution.

– Lucie, bien sûr ! C'est une de mes *frœurs*. Elle a proposé de m'aider. Puisqu'elle a un peu plus de quinze ans, elle est majeure et a donc droit à son propre logement. Je règle ça avec elle et je te recontacte par le moyen qui te semblera le plus sûr.

– Merci. Mais j'avais une autre mission à remplir. Rémi tenait à ce que je te remette ceci.

Elle lui glissa dans la main une clé USB et s'éclipsa.

10

Dès son retour, Louis inséra la clé USB dans l'ordinateur de Lucie. Il s'agissait d'un fichier de texte assez long, apparemment un article scientifique traitant de psychologie. Le but avoué était de montrer que le portage n'était pas un acte anodin, simplement physiologique, mais qu'il pouvait avoir des répercussions importantes sur le psychisme des travailleuses gestationnelles.

Rémi évoquait des cas de porteuses ayant subi de graves perturbations lors de la livraison du produit final. C'est-à-dire lorsque le bébé, juste après sa naissance, était confié à ses parents sociaux ; ou encore suite à des interruptions de contrat de portage.

Mais ce n'était qu'un préambule. Les auteurs s'attachaient ensuite à développer un cas unique, mais significatif. Il s'agissait d'une femme qu'on désignait sous l'initiale A. Elle avait signé un contrat de portage avec un couple homosexuel. C'était son premier contrat, bien qu'elle ait prétendu le contraire pour être mieux cotée par l'agence de *reproductique*. À l'origine, elle n'avait accepté ce portage que pour de l'argent – elle était au chômage depuis plusieurs mois –, mais, durant la grossesse, sa vision des choses avait changé. À tel point que, à la naissance de l'enfant, A. s'était révoltée à l'idée d'en être séparée. Mais on ne lui avait naturellement laissé aucun autre choix. Elle avait vraisemblablement mené une enquête pour retrouver les bénéficiaires du contrat. Lorsque l'occasion s'en était présentée, elle s'était emparée de l'enfant et était partie se cacher avec lui. On avait pu la retrouver et, avec elle, l'enfant, sain et sauf. Elle avait été jugée et condamnée.

Les renseignements mentionnés par Rémi et le docteur étaient très précis. Ils s'appuyaient sur des articles de journaux de l'époque – la presse en avait beaucoup parlé –, mais ils devaient aussi avoir eu accès à la fiche médicale de la porteuse.

A. ne fait plus parler d'elle pendant une dizaine d'années. On sait seulement qu'à sa sortie de prison elle essaie de refaire sa vie, se marie, divorce six mois plus tard, change de genre une première fois, pour redevenir femme rapidement, ce qui lui permet de modifier son état civil.

Puis A. se remarie – et c'est là que ça devient intéressant – avec un des pères de l'enfant qu'elle a porté dix ans plus tôt. L'homme a-t-il fait le rapprochement ? C'est peu probable. Elle devient ainsi un des parents – au sens légal – de cet enfant.

Il semble qu'elle trouve dans cette période une certaine stabilité psychique. Ses relations avec l'enfant sont bonnes, elle se montre affectueuse et attentionnée, à la fois douce et stricte.

Le drame éclate lorsque son conjoint la quitte pour former un *trouple*. Elle ne supporte pas l'idée que son fils puisse vivre dans ce nouveau foyer. De plus, il en résulte que son fils ne vit plus avec elle qu'une semaine sur trois. Sa révolte est telle qu'elle entre en contact avec la ligue Émeraude. Puis elle décide d'enlever l'adolescent pour le protéger. Tout le monde connaît la fin de l'histoire : arrêtée dans un motel sur l'autoroute, elle a refusé de révéler sa destination. A. écope de cinq ans d'emprisonnement.

Rémi et le docteur Lepetit concluaient leur article en avançant que, si une porteuse était prête à braver la loi, à tramer une intrigue et à se mettre elle-même en danger pour son enfant, c'était une preuve de l'attachement qui l'unissait à l'enfant porté par elle pendant neuf mois.

Sa lecture finie, Louis resta un moment sous le choc. Il n'avait aucun doute sur l'identité du « cas » cité par Rémi. Ce qu'il venait de lire, c'était sa propre histoire, ou plutôt celle d'Amélie. Ainsi, elle était sa mère porteuse… Jamais il n'aurait pu imaginer une telle chose… Il est vrai qu'il ne s'était jamais intéressé à la vie d'Amélie… Et puis, personne ne lui avait parlé de ce premier drame qui l'avait touché alors qu'il n'était qu'un nouveau-né. L'article était terminé, mais on avait ajouté quelques lignes en italique. C'était un message à lui adressé.

Cher Louis,

Je te dois quelques explications. Depuis longtemps, après avoir lu d'anciennes études de psychologie extraites de livres maintenant interdits, j'étais persuadé que chacun de nous est uni par un lien mystérieux à la femme qui l'a porté pendant sa gestation, et que ce lien est réciproque. Et puis le docteur Lepetit a rejoint la base. Il était convaincu de longue date que ces nouvelles technologies, lorsqu'elles excluent la dignité de l'humain, mènent à des dégâts psychologiques collatéraux. Nous avons continué nos recherches tous les deux et j'ai alors fait le rapprochement entre la porteuse qui avait enlevé son enfant, fait divers largement relaté par les médias de l'époque, et ton parent 3, qui avait renouvelé sa tentative quinze ans plus tard.

Ainsi, alors que tu cherchais ta mère à l'autre bout du monde, elle se trouvait à tes côtés sans que tu n'en saches rien. Le choc doit être rude pour toi, mais il me semblait important de t'en faire part.

– Maman… articula Louis rêveusement.

C'est ainsi qu'Amélie voulait qu'il l'appelle, et il n'avait usé de ce vocable qu'à des fins intéressées. « Maman »… elle méritait bien ce titre, après ce qu'elle avait fait pour lui. Et c'est probablement après elle qu'il avait langui toutes ces années…

11

Voilà que coup sur coup, le même jour, Louis apprenait l'arrestation de son ami et l'existence de sa mère qui, à peine reconnue, avait aussitôt disparu… Il se découvrait de nouveau fils en manque de mère. Et loin de l'abattre, ce manque se transmuait en une nouvelle raison de vivre.

Lucie avait pu rapidement louer un studio à son nom, et ainsi l'héberger, ainsi que Jeanne.

– Te voici donc de nouveau en quête de mère ? s'enquit sa jeune *frœur*.

Louis hocha la tête vigoureusement.

– Et cette fois, ce devrait être plus facile, puisque je sais qui elle est, répondit-il.

De plus, il comptait sur l'expertise qu'il avait déjà acquise en matière de quête de mère.

– Mais comment savoir ce qu'elle est devenue depuis son arrestation il y a cinq ans ?

Ils réfléchirent en silence. Soudain, le regard de Lucie s'éclaira :

– David est avocat ! De par sa profession, il doit avoir accès à certains renseignements. Tu pourrais te charger de le convaincre. Quant à moi, je vais chercher à la source. Puisqu'elle doit être incarcérée quelque part, j'irai dans chaque commissariat, dans chaque maison d'arrêt et chaque prison, et je poserai des questions. Ça tombe bien, je suis en vacances pour quinze jours.

– Pourquoi te répondrait-on ? fit Louis, agacé de tant de naïveté.

– Parce que je me présenterai comme fille de maître David d'Oliveira. Et alors ? fit-elle devant l'ahurissement de Louis. Il figure bien sur mon livret de filiation, non ? Et je dirai que je recherche des nouvelles de ma *frœur*, Amélie Carlet.

– Pour le coup, c'est complètement faux !

– Oh, la notion de *frœurité* est aujourd'hui si complexe et si floue que cela m'étonnerait bien s'il n'existait aucun lien entre nous. Et de toute façon, si quiconque essayait de se plonger dans les fichiers pour le vérifier, il n'en récolterait qu'une mémorable migraine...

Après tout, se dit Louis, Lucie n'était pas si naïve qu'il le croyait...

12

Dès que Louis prononça devant David le nom d'Amélie, celui-ci se ferma comme une huître. Le fait d'avoir été le conjoint d'une réprouvée avait porté atteinte à la fois à sa réputation et à son amour-propre.

– Tu sais, je crois qu'elle avait des circonstances atténuantes, reprit Louis. Attends, je vais t'expliquer, ajouta-t-il précipitamment alors que David s'offusquait. Je suis persuadé que, tout le temps qu'elle a passé avec nous, elle était sincère. Sa tendresse, son affection pour moi... pour toi n'étaient pas feintes.

Il se demandait s'il devait jouer cette carte-là. À sa surprise, David sembla touché. Il était maintenant tout ouïe et attendait ce que Louis allait dire.

– À mon avis, quand vous vous êtes mariés, elle n'avait rien à voir avec la ligue Émeraude. Elle ne s'est rapprochée de la ligue qu'après, par dépit, par vengeance, à la suite d'une blessure qui a dû lui faire perdre son jugement.

– De quoi parles-tu donc ?

– De votre séparation.

– Quel rapport ?

Louis resta sidéré par ce manque d'empathie. Il fallait vraiment tout lui expliquer ! Ou du moins expliquer toutes les étapes de ce demi-mensonge.

– Mais David, elle t'aimait, et tu lui as brisé le cœur lorsque tu es parti !

Le garçon lut dans le regard de son parent 2 que le soupçon le disputait à l'espérance. David n'avait jamais rien eu d'un sentimental, mais cette idée flattait son ego.

– Tu crois qu'elle m'aimait au point de faire une bêtise par dépit ?

David hocha la tête et resta un moment silencieux.

– Mais pourquoi me parles-tu d'elle ? demanda-t-il soudain.

– Pour que tu te fasses d'elle une autre image. Moi aussi, je l'ai considérée longtemps comme une femme dangereuse. Mais maintenant que j'ai deviné ses motifs, maintenant que j'ai compris combien je m'étais trompé, je voudrais me racheter.

– Te racheter ? Quelle drôle d'idée... D'ailleurs, je ne comprends pas bien. À quoi sert de revenir sur nos actes passés, même si ce sont des erreurs ?

Louis ne savait trop que dire.

– Je voudrais qu'elle sache que je... que nous ne lui en voulons pas, que nous sommes avec elle...

– Comment serions-nous avec elle alors que nous ne savons même pas où elle est ? fit David, prosaïquement.

– Eh bien, justement, lâcha Louis. Toi, tu pourrais le savoir.

– Moi ? Mais pourquoi ?

– Parce que tu es avocat, donc en lien avec le milieu pénitentiaire. Et puis, parce que c'est ton ex-conjointe et que ça crée des liens...

– Mais... elle est classée PPD ! s'exclama-t-il. Tu n'imagines pas que je vais à nouveau risquer ma réputation pour une PPD !

Louis eut beau user de son charme légendaire, rien n'y fit. C'est tout juste si David laissa échapper :

– La seule chose que je peux te dire, c'est que les gens de son espèce ne moisissent pas longtemps dans les prisons ordinaires. On les regroupe dans un lieu secret, pour qu'ils ne contaminent pas le reste des détenus.

13

– Je suis Lucie Gorsky. J'ai rendez-vous avec le directeur. Je suis la fille de maître d'Oliveira, ajouta-t-elle, devant l'hésitation du geôlier.

Elle ne put réprimer un sourire ; David aurait été sûrement furieux d'apprendre à quoi elle le mêlait. Le judas se referma bruyamment, plusieurs serrures jouèrent et la lourde porte de la prison s'ouvrit. C'était la cinquième que Lucie visitait.

Le gardien conduisit la jeune fille à l'intérieur du bâtiment administratif et la fit asseoir dans un couloir, en face de la porte du directeur.

D'un bureau voisin filtrait une conversation.

– Cela fait dix jours qu'il est ici. Il a été ramassé parce qu'il dormait dehors. Nous ne savons pas qui il est.

– Comment ? Mais l'*identifieur* ?...

– Ses empreintes digitales et son iris ne correspondent à personne. C'est incompréhensible.

– L'avez-vous passé au test génétique ?

– Bien sûr. Mais sans plus de succès.

– C'est inimaginable, à la Nouvelle Ère, où tout individu est fiché et où nous sommes renseignés sur ses actes les plus intimes... D'où sort-il donc ?

– Nous n'en savons rien. Il a été trouvé sur un trottoir du Globe.

– Et lui, que dit-il ?

– Rien. Il est complètement idiot. Il se contente de répéter : « Moi, alé... », et il s'arrête là.

Il y eut un déplacement de chaises, puis la voix se fit plus dure.

– Qui es-tu ? Quel est ton nom ?

On entendit un vague murmure. Puis un bruit de claque.

– Tu vas me dire ton nom ?

Quelques gémissements, puis les claques reprirent.

– Ça suffit, la comédie ! Qui es-tu ? Neutre, femme ou homme ?

– Neutre, femme, homme, balbutia l'inconnu.

– Tu ne vas pas te moquer de nous longtemps ! tonna la voix.

On entendit un bruit de chaise renversée, quelques plaintes, puis l'autre voix reprit :

– Je crois qu'il est réellement idiot. En tout cas, nous n'avons rien contre lui, à part le fait qu'on l'ait trouvé à dormir dehors. Évacuez-le discrètement.

– Vous ne craignez pas qu'il raconte ce qui s'est passé ce matin ? Si ça se savait, ce serait terrible…

– Aucun danger. Il suffit de le regarder…

La porte du bureau s'ouvrit, et on poussa dehors un jeune au visage ensanglanté. Il devait avoir l'âge de Lucie, une quinzaine d'années, mais il ressemblait à un clochard. Ses vêtements souillés puaient, sa tignasse embroussaillée était mêlée de fragments divers et collée à la tempe par du sang coagulé. Son regard était vide, sa bouche entrouverte et ses lèvres pendantes. Une vraie loque humaine.

– Et que l'on ne te revoie plus, sinon c'est l'euthanasie d'office ! cria le fonctionnaire à l'adresse du jeune idiot.

Lucie tressaillit lorsqu'il passa à côté d'elle. Elle avait la nette impression d'avoir déjà rencontré cet individu, mais dans d'autres circonstances.

La porte du directeur de la prison s'ouvrit enfin. Il reçut courtoisement la pseudo-fille de maître d'Oliveira, mais ne put – ou ne voulut – lui donner aucun renseignement sur Amélie Carlet.

Lorsque Lucie se retrouva sur le trottoir, l'idiot était toujours planté devant la porte, hébété. La jeune fille se hâta vers lui.

14

– Je vous amène mon *frœur*, annonça Lucie en pénétrant dans l'appartement.

– Amélie ? Tu as retrouvé Amélie ?

– Non, pas elle. Mon vrai *frœur*. Enfin, au troisième degré. Il s'appelle Alex.

– Moi, Alé, fit le nouveau-venu.

– Qu'est ce qu'il dit ?

– Il donne son nom. Mais comme il s'est d'abord appelé Alex, puis Alexia, puis Alexandre, ça se mélange dans sa tête.

– Tu crois vraiment que le fait de changer de genre peut perturber autant ? Il est complètement idiot ! Il y a sûrement une autre raison.

– Je ne sais pas ce qui lui est arrivé, reconnut Lucie. C'est une histoire très étrange. Je l'ai trouvé à la prison alors qu'ils le mettaient dehors. Il m'a fallu un moment pour le reconnaître. Figurez-vous qu'il n'a plus aucune identité.

– Tu nous as dit qu'il s'appelait Alex.

– D'après les policiers, aucune fiche ne lui correspond. Il n'est plus personne. Et ce n'est pas tout. Il y a quelques mois, le même jour que moi, il était à la cérémonie de consentement. Mais lui, il a choisi « Non ». Et il n'avait plus reparu depuis.

– Un mort-vivant ?

– J'ai entendu dire que la procédure d'euthanasie n'était pas totalement fiable.

– Moi aussi. Mais si les fils avaient été intervertis, il serait ressorti aussitôt de la cabine du consentement, et pas des mois plus tard.

– C'est incompréhensible. Que comptes-tu faire de lui ?

– Mais… le garder ici et prendre soin de lui, bien sûr !

Devant la mine de Louis, Lucie ajouta en haussant le ton :

– Je te rappelle que c'est mon appart, j'y loge qui je veux.

– Une fille recherchée par la police, un autre parti sans laisser d'adresse, et un idiot… quelle ménagerie…

– Et puis, c'est mon *frœur*, tout de même !

– Au troisième degré, je te signale.

– Moi, je crois que *frœurité* rime avec solidarité !

Quelle curieuse jeune fille, se dit Louis. Où donc allait-elle chercher ces idées d'un autre âge ?

– Tu ne voudrais pas m'empêcher, reprit-elle, de faire pour lui ce que j'ai fait pour toi, n'est-ce-pas, mon bien cher *frœur* ?

Louis en convint, mais fut mortifié d'être mis sur le même pied que ce débris humain.

– C'est tout ce que tu as récolté en allant à cette prison ? fit-il avec un zeste d'ironie. Pas de nouvelles d'Amélie ?

– Aucune, malheureusement. Ni là ni dans les autres établissements pénitentiaires, personne n'a pu – ou voulu – rien m'en dire. Et du côté de David ?

– Il refuse de s'impliquer. Il a peur.

– Pas de nouvelles non plus de notre ami Rémi ? demanda Jeanne.

Alex choisit ce moment pour produire un son étrange et répété :

– Rrr… mi, rrr… mi.

– Je crois qu'il essaie de nous dire quelque chose ! fit Lucie.

Louis haussa les épaules tandis que la jeune fille se plaçait face à l'idiot et lui demandait, en prenant soin d'articuler :

– R.É.M.I… Tu connais Rémi ?

Alex hocha vigoureusement la tête.

– Rrr… mi a… mi… Alé.

– Rémi est ton ami ? traduisit Lucie.

– C'est ridicule, fit Louis. Même s'il disait vrai, il y a quantité de gens qui s'appellent Rémi…

– Ce ne serait pas si étrange qu'ils se soient rencontrés à la prison.

– On va pouvoir le vérifier, intervint Jeanne. J'ai conservé une photo de Rémi.

Elle pianota sur son *combiné* et le plaça devant Alex.

– Rrr… mi ! Rrr… mi ! s'excita-t-il.

– Ce n'est pas une preuve, objecta Louis en haussant les épaules.

S'emparant du *combiné*, il y fait apparaître un certain nombre de portraits de gens connus ou inconnus, mélangés à celui de Rémi. Le rouge monta au visage d'Alex, qui d'un geste furieux balaya le *combiné*.

– D'accord, d'accord, je te crois, fit Louis, peu rassuré.

15

– Alé… faim… manger.

– Ah, il a enfin une parole sensée, ironisa Louis.

Alex était toujours affamé depuis qu'il avait été recueilli par Lucie. Il aurait pu manger sans discontinuer, à tel point qu'il fallait cacher la nourriture et mettre hors de sa portée les sucreries.

Tandis que Jeanne apportait de quoi se restaurer, ils s'installèrent devant le mur-écran pour les actualités du soir.

« Cet après-midi s'est déroulé un événement regrettable, annonça le présentateur, mais toutefois significatif de l'exaspération dans laquelle vivent nos concitoyens. Lors d'un transfert entre la maison d'arrêt et le tribunal, un détenu a été violement pris à partie par des manifestants, malgré la protection que lui assuraient les forces de l'ordre. »

Sur le mur-écran, une séquence d'une violence inouïe montra une foule déchaînée laissant libre cours à ses instincts meurtriers sur un individu.

« Il s'agit de Rémi Taupin, connu pour son appartenance à la ligue Émeraude et soupçonné d'être l'auteur de l'attentat du MGV. Gravement touché, il a été transféré au centre hospitalier voisin où il est décédé. »

Les trois jeunes fixaient le mur-écran, partagés entre l'incrédulité et la consternation.

Suivait un micro-trottoir, où un journaliste recueillait l'opinion de l'homme de la rue. Tous semblaient du même avis : même si le procès n'avait pas eu lieu, sa culpabilité ne faisait aucun doute, et un crime si affreux ne méritait de toute façon aucune pitié.

« Ces Émeraliens, il faudrait les éliminer jusqu'au dernier, comme des nuisibles qu'ils sont », assena un neutre interrogé.

Louis éteignit le mur-écran et, accablé, se renfonça dans son siège.

– C'est révoltant ! lâcha Lucie. Ils excitent le peuple contre les Émeraliens, comme on excite un chien de chasse, et il leur suffit ensuite de le lâcher contre ceux qu'ils veulent supprimer.

– Ils ne pouvaient pas se permettre de faire un procès à Rémi, où il aurait pu placer quelques vérités dérangeantes, renchérit Louis.

– Pauvre, pauvre Rémi, fit seulement Jeanne.

C'est alors qu'Alex, qui s'agitait sur son siège depuis un moment, se mit à crier :

– Pa... rrmi ! Pa... rrmi !

– Qu'est ce qu'il veut encore celui-là ?

Le garçon tendait le bras vers le mur-écran maintenant noir et répéta, véhément :

– Pa rrmi ! Pas vrai ! rrrmi parti !

– Oui, Alex, l'apaisa Lucie d'une voix douce empreinte de compréhension et de tristesse. Rémi est parti... Il est mort et, nous aussi, nous avons du mal à le croire...

Mais Alex s'agita plus violemment encore, comme à chaque fois qu'il restait incompris. Alors Lucie s'assit à ses côtés et, avec une patience infinie, mot après mot, geste après geste, réussit à lui faire raconter son histoire. Un récit très surprenant, dont il avait été le témoin. La veille au matin, pendant la promenade, les gardiens de la prison où il était encore détenu avaient commencé à s'effondrer les uns après les autres, comme endormis. Des individus portant un masque à gaz avaient alors fait irruption dans la cour de promenade et avaient entraîné Rémi, lui aussi endormi.

Le récit d'Alex laissa les trois autres perplexes. Disait-il la vérité ? ou bien avait-il tout inventé pour se rendre intéressant ? Louis penchait plutôt pour la seconde hypothèse.

– Il y a quand même cette vidéo que la télévision a montrée. Ils ne peuvent pas l'avoir montée de toutes pièces...

– Qu'en sais-tu ? Ce ne serait pas la première fois. Une mise en scène, avec des figurants. Est-ce même vraiment Rémi qu'on y voit ? On peut en douter.

– Ce n'est pas impossible à vérifier, rétorqua Louis.

– Comment comptes-tu t'y prendre ?

– Utiliser mes petits talents d'informaticien, répondit-il.

Le garçon ralluma le mur-écran, chercha une chaîne où l'on diffusait de nouveau la scène du lynchage, puis fit une capture d'écran en empruntant le *combiné* de Lucie. Au bout d'un moment passé à agrandir l'image et à utiliser des logiciels de traitement d'image, il donna sa conclusion.

– L'image est mauvaise, très pixellisée. Mais j'ai pu voir qu'il y avait des retouches.

– Des retouches ? Comment cela ?

– On a traité l'image de façon à ce qu'il soit impossible d'identifier la victime du lynchage. C'est discret, mais avec un peu d'expérience, c'est décelable.

– Il ne s'agit donc pas de Rémi ?

– Il peut s'agir de n'importe qui. Mais si on a cherché à brouiller l'image, c'est vraisemblablement qu'il y a tromperie…

Alex grogna et fixa Louis avec une certaine jubilation.

– Ça n'implique pas nécessairement que l'histoire d'Alex est vraie, remarqua Louis, vexé.

Mais on ne disposait d'aucune autre piste, et Lucie était décidée à faire confiance à son *frœur* diminué. Dans ce cas, qui étaient les individus qui avaient enlevé Rémi de la prison ? Que voulaient-ils ? Alex n'en savait rien. Étaient-ils venus pour sauver Rémi d'un procès qui ne pouvait être que truqué ?

– Si c'est la ligne Émeraude qui l'a mis en sûreté, je devrais pouvoir le savoir, fit Jeanne. Je sortirai demain matin, annonça-t-elle, et Lucie comprit qu'aucun argument ne serait assez puissant pour la faire renoncer.

16

Lorsqu'au matin la porte de l'appartement claqua sur Jeanne, Louis se surprit à l'envier. Il n'en pouvait plus de tourner en rond comme un ours en cage, dans ce refuge qui avait des allures de prison. Sans raison apparente, il se mit à penser à Jackie. Cela faisait plusieurs semaines qu'il ne l'avait pas revu. Il avait appris par David que son parent 1 s'était inquiété à son sujet, mais il n'avait pas été en mesure de le rassurer lui-même. Pourtant, Jackie n'habitait qu'à un quart d'heure de métro de là. Ni Lucie ni Jeanne ne l'auraient approuvé, mais elles n'étaient pas là. Et l'avis d'Alex ne l'intéressait pas. Aussi prit-il la décision de quitter l'appartement pour une petite visite à son parent 1.

Celui-ci n'avait pas changé de logement depuis vingt ans. C'était là que Louis avait grandi. Pénétrant dans le vaste hall, il huma à plein nez ces odeurs qui lui étaient si familières et provoquaient en lui une telle nostalgie : le grand paillasson de raphia qui sentait le chien mouillé, la soupe aux poireaux de mo Michalat, troisième porte à droite rez-de-chaussée, le tabac froid qui filtrait sous la porte de mo Wong, cinquième porte à gauche, et un léger relent de poubelles, dernière porte au fond du couloir. L'écho de ses pas sur le sol carrelé réveilla d'autres souvenirs, si nets qu'il lui semblait entendre Jackie lui crier de bien fermer son manteau pour ne pas attraper froid. Aujourd'hui, aucune galopade enfantine ne venait plus troubler les locataires puisque la jeune génération était élevée par le Régime, dans des bâtiments spécialement conçus à cet effet.

Louis n'avait pas annoncé sa venue et, en pressant sur l'interphone, il savourait à l'avance la joyeuse surprise qu'il allait faire à son parent 1.

– Qu'est-ce que c'est ? fit une voix sèche que Louis eut du mal à reconnaître.

– C'est Louis. Je voulais te voir.

Le garçon sentit une hésitation :

– Si l'appartement n'est pas rangé, je ne m'en formaliserai pas, tu sais, plaisanta Louis, qui connaissait la fierté que mettait son parent 1 dans la tenue de son intérieur.

– Désolé, mais je ne peux vraiment pas te recevoir. J'attends du monde… Je veux dire, se reprit-il aussitôt, j'ai beaucoup à faire. Mais une autre fois, avec plaisir. Tu ne m'en veux pas ?

Louis grommela quelque chose ; il ne voulait pas peiner Jackie, mais détestait l'hypocrisie. Or, cet accueil si froid le blessait. Et excitait sa curiosité par la même occasion. Cela ressemblait si peu à Jackie qui, en temps normal, se serait jeté à son cou. Ce quelqu'un qu'il avait avoué attendre devait être bien important. Est-ce que Jackie aurait repris sa quête de l'âme *frœur* ? Louis décida d'en avoir le cœur net. Il se posta derrière la grande plante verte, celle qui décorait le hall et lui avait servi de forêt vierge dans ses jeux d'enfant. Il n'attendit pas longtemps. Bientôt, la lourde porte d'entrée grinça. L'individu qui entra était dissimulé par un vêtement ample dont la capuche était rabattue. Il le suivit du regard. Manifestement, l'individu tenait à se dissimuler. Il actionna l'interphone, mais Louis ne put distinguer ni le code ni les mots qu'il murmura, la bouche collée à l'appareil. Il entra dans l'ascenseur qui attendait portes ouvertes. Louis put suivre sa montée, en observant les chiffres qui se succédaient sur l'écran au-dessus de la porte. Dix, vingt, trente, trente-deux... L'étage de Jackie... Était-ce l'amant qu'attendait son parent 1 ? Louis appela à son tour l'ascenseur et demanda le trente-deuxième étage.

Aucun son ne filtrait de l'appartement de Jackie ; et Louis, l'oreille aux aguets, finit par se demander si le lieu n'était pas désert. La porte s'ouvrit si soudainement qu'il n'eut pas le loisir de se cacher. Il tourna les talons au pas de course.

– Louis ! s'exclamèrent à l'unisson deux voix.

Le garçon se retourna lentement. Il avait reconnu ces deux voix. Autant il s'attendait à entendre celle de Jackie, autant il était dans la stupéfaction d'entendre celle de Jeanne.

– Vous le connaissez ? fit Jeanne.

– Bien sûr ! C'est mon fils ! Mais vous...?

– C'est le jeune homme dont je vous ai parlé, répondit Jeanne.

– Celui qui a abouti à la *base* parce qu'il recherchait sa mère ? Oh ciel...

Jackie fit entrer les deux autres dans l'appartement.

– Ainsi, c'était Jackie votre contact ? lança Louis à Jeanne.

Elle opina.

– Mais il n'a jamais été Émeralien !

– Tu te trompes, fit simplement Jeanne.

Louis fixait sur son parent 1 des yeux neufs.

– Tu n'es plus homosexuel ? lui demanda-t-il.

– Si. Mais mon orientation sexuelle ne me tient pas lieu d'intelligence ni de cœur, et ce n'est pas elle qui me dicte toutes mes actions.

– Tu as pourtant profité du système instauré par le Régime pour me concevoir, poursuivit Louis.

– C'est vrai, reconnut Jackie simplement. J'ai « profité », comme tu dis. J'avais tellement envie de bâtir un foyer avec David que je ne me suis pas posé de questions. Mais, malgré tout, je n'étais pas à l'aise. Cette sorte de trafic de chair humaine lors de la procédure de *reproductique* m'avait fait horreur, mais je ne voulais pas renoncer. J'ai mis mon mouchoir par-dessus mes scrupules. Mais, depuis, il y a eu pire, bien pire. Alors je me suis rebellé. Et le hasard a mis sur ma route un Émeralien. J'ai aussitôt adhéré à leur vision des choses et mis mes modestes moyens au service de l'organisation… et de l'humanité.

– Et tu en es devenu un des responsables ?

– Non, seulement un relais.

– Pour éviter que des dénonciations ne détruisent toute notre organisation, expliqua Jeanne, celle-ci est très cloisonnée.

Louis était abasourdi par ce qu'il venait d'apprendre. Jackie, militant de la ligue Émeraude…

– Je suis finalement content que les choses s'éclaircissent, reprit l'homme. Je vais pouvoir soulager ma conscience. Jeanne m'a raconté ton mal-être, et comment l'absence de ta mère t'avait poussé à te mettre en danger, à braver les interdits posés par le Régime. Louis… je voulais te dire combien je suis désolé.

– Non, non, fit Louis dont la voix tremblait. Tu n'as rien à te faire pardonner. C'est grâce à toi que je suis venu à la vie.

Il ne supportait pas de voir son père dans une situation qu'il jugeait humiliante. Il reprit :

– Tu dis n'importe quoi ! J'ai été très heureux avec toi !

– Louis… Regardons tous les deux la réalité en face… Je suis vraiment désolé… insista Jackie d'une voix faible mais assurée.

Le jeune homme fut sur le point de se rebiffer de nouveau, mais, sous le regard de son père, il craqua et se jeta dans ses bras.

Jeanne mit fin aux effusions en faisant remarquer que leurs minutes étaient comptées.

– Lorsqu'Alex a décrit l'attaque, expliqua Jeanne, j'ai immédiatement pensé aux Émeraliens. Les gardes touchés par une arme mystérieuse et silencieuse qui s'effondraient sur eux-mêmes comme s'ils s'évanouissaient, l'odeur étrange répandue dans la prison, l'engourdissement d'Alex, les attaquants masqués… Tout cela correspondait.

– Jeanne avait vu juste, enchaîna celui-ci : Rémi a bien été enlevé par les Émeraliens qui l'ont mis en sûreté.

– Mais de quelle arme s'agit-il ? demanda Louis.

– Depuis que les Émeraliens et les opposants au Régime sont persécutés, arrêtés, emprisonnés, éliminés, répondit Jackie, le mouvement a créé des brigades d'intervention pour tenter de les arracher aux griffes du Régime. Elles se nomment brigades Saint-Bernard, du nom du chien de sauveteur. Mais une question éthique se posait : pour rester fidèles à notre vocation pacifique, nous ne pouvions utiliser la violence. Il fallait pouvoir neutraliser nos adversaires sans les tuer, et cela à distance. C'est ainsi que cette arme a été inventée, inspirée des fusils hypodermiques utilisés pour les gros animaux. C'est un pistolet à silencieux dont les projectiles contiennent un gaz soporifique sous pression. Quand le projectile touche un obstacle, il éclate sous le choc et libère le gaz qui endort la cible. C'est une arme de pacifique, mais elle demande de l'habilité, car, pour être efficaces, les projectiles doivent éclater au plus près des voies respiratoires de la cible.

Un détail chiffonnait Louis.

– Tu dis que Rémi est « en lieu sûr ». Ce type d'endroit existe encore, dans un Régime qui espionne les faits et gestes de chaque citoyen ?

– Oui, il existe un endroit où les Émeraliens sont en paix, libres de penser et de vivre selon leurs idées.

– Comment est-ce possible ? s'étonna Louis. Le Régime…

– Le Régime ignore l'existence de cet endroit, naturellement. Il s'agit d'une vallée isolée, je crois. Lorsque le Régime commença à imposer son idéologie, certaines familles décidèrent de quitter le pays, pour se mettre à l'abri de ce qu'elles considéraient comme une perversion contagieuse. Seulement, la plupart des pays voisins étaient sur la même pente. Alors, ils décidèrent de fonder une sorte de communauté coupée du monde et s'établirent dans ce lieu isolé et sûr. Mais tous les réfractaires aux nouvelles idées n'eurent pas la même réaction. Certains reprochaient aux précédents d'abandonner leur pays aux forces destructrices, suivant l'adage : « Après nous, le déluge… » Pour eux, il fallait rester sur le pont et tout faire pour que le bateau retrouve son cap. Il leur paraissait essentiel de diffuser leurs théories qui ne manqueraient pas de trouver un vieux terrain de bon sens et finiraient par germer. Même si cette mission s'avérait de plus en plus risquée. En réalité, les retranchés de la vallée collaborent d'une certaine façon au projet commun en fournissant le repli parfois nécessaire aux combattants.

17

Lorsque Louis et Jeanne revinrent à l'appartement de Lucie, une mauvaise surprise les attendait. Alex, laissé à lui-même, avait voulu atteindre les friandises qu'il savait cachées au-dessus d'un placard de la cuisine. Dans sa maladresse, il avait perdu l'équilibre et sa tête avait heurté le sol avec violence. Ils le trouvèrent à terre, gémissant. Louis le transporta sur le lit, se reprochant vivement de l'avoir laissé sans surveillance et ne sachant que faire. En effet, il était hors de question de l'emmener à l'hôpital puisqu'il n'avait aucune identité. C'est Jeanne qui eut l'idée pratique. Le docteur Lepetit, après quelques semaines à la *base*, était revenu à Paris. Elle fit tant et si bien que celui-ci accepta de se rendre au chevet du blessé.

– Qu'est-ce c'est que cela ? fit-il soudain en examinant la tempe du blessé. Sur quoi a-t-il bien pu tomber pour avoir une plaie pareille ?

– Il l'avait déjà en arrivant ici, répondit Lucie.

– Ouvrez ma mallette et apportez-moi de quoi le désinfecter, ordonna-t-il, de plus en plus intrigué. Ça alors…

Il avait débarrassé la plaie des débris, cheveux et croûtes. On pouvait nettement apercevoir un orifice circulaire d'où dépassait un faisceau de fibres.

– Je n'y comprends rien, avoua le praticien, éberlué.

– Est-il en danger ? s'inquiéta Lucie.

– Sa chute ne semble pas l'avoir affecté, si c'est là votre question, mais je m'interroge sur ce… dispositif qu'il a à la tempe. Parlez-moi de lui. Le connaissez-vous bien ?

– Nous nous retrouvions de temps en temps aux réunions de famille, et je me souviens d'un garçon enjoué, amusant et loquace. Depuis que je l'ai récupéré à la sortie de la prison, il semble très diminué intellectuellement.

– Curieux... Voyons cela, fit le médecin en s'approchant du blessé. Alex, regarde-moi bien et fais attention à ce que je te demande. Peux-tu me dire comment tu es tombé tout à l'heure ?

Lucie s'était approchée à son tour dans l'intention de traduire la réponse de son *frœur*, mais elle resta interdite lorsque celui-ci répondit d'une traite :

– J'avais faim, j'ai voulu attraper la boîte de bonbons au-dessus du placard et le tabouret a basculé.

– Ses propos me semblent tout à fait cohérents, remarqua le docteur Lepetit.

– Pourtant, je vous assure que, jusqu'à ce matin, il ne savait que bafouiller.

– C'est... c'est merveilleux, s'exclama Alex, radieux. Écoutez ! Je parle !

– Qu'a-t-il bien pu se produire pour qu'il retrouve l'usage de la parole ? s'étonna Jeanne.

– Ce doit être le choc sur la tête lorsqu'il est tombé, avança le médecin. Ce sont des choses qui arrivent. Par contre, ce qui m'intrigue, c'est la raison de la perte de parole. Te rappelles-tu quand cela s'est produit, Alex ?

Le garçon rassembla ses souvenirs.

– Cela a dû se produire au moment du consentement, lorsque j'ai appuyé sur la touche « Non » de la cabine de consentement.

– Je comprends... Mais ce qui me semble très curieux, remarqua le médecin en se tournant vers Lucie, c'est que votre ami ait conservé ses capacités mentales après être sorti de la cabine du consentement.

– Qu'est... qu'est-ce qu'on leur fait ? demanda Louis, hésitant.

– On les endort grâce à un gaz, et puis on les euthanasie. Il faut croire qu'il y a quelquefois des ratés...

– Donc, depuis trois mois, tu erres dans Paris sans identité et sans domicile ? s'attendrit Lucie.

– Je ne suis revenu à Paris que depuis peu, répondit Alex. Entre-temps, il m'est arrivé une aventure incroyable.

Et il entreprit de raconter l'étonnant périple qui avait été le sien.

18

Quand j'ai ouvert les yeux, je n'ai vu que du blanc. Je me suis dit que c'était peut-être le paradis dont parlent ceux qui croient encore à ça. Mais cela sentait le poisson pourri et j'avais la nausée, alors ça ne collait pas. Et ce blanc que je voyais, c'était le plafond, d'ailleurs tout écaillé. C'est à ce moment que j'ai réalisé que j'étais couché sur le dos. Pourquoi est-ce que je n'étais pas mort, comme je l'avais clairement demandé, et qu'est-ce que je faisais là dans cet endroit inconnu ? J'ai voulu me lever, mais des sangles me retenaient attaché sur une sorte de palette en bois. Nous étions quatre, allongés sur la même palette, un peu comme des sardines dans une boîte. J'ai regardé mon voisin de droite. Il était tout raide. J'ai eu peur qu'il soit mort – ça m'aurait gêné de savoir que j'avais dormi à côté d'un macchabée –, mais sa poitrine se soulevait régulièrement. J'ai dégagé un de mes bras pour tapoter son épaule, histoire d'établir le contact.

– Eh, tu dors ?

Enfin, c'est ce que je voulais lui dire, parce que je n'ai émis qu'un drôle de gargouillis. Sur le moment, j'ai pensé que je devais m'être enroué et cela ne m'a pas inquiété. Surtout que le voisin venait de se tourner vers moi. Cela m'a fait un choc… Non, il ne dormait pas ; ou alors il était somnambule. Parce que ses yeux étaient complètement vides. Enfin, je veux dire qu'il avait un œil normal, avec un iris, une pupille et tout, mais aucune vie derrière, vous comprenez ? Une sorte de mort-vivant… Cela m'a fichu la trouille… Et des palettes comme la nôtre, avec des zombies comme mon voisin, il y en avait des tas. Tout un tas de corps inanimés, alignés les uns contre les autres. La plupart était jeunes, de mon âge peut-être, mais il y avait aussi des adultes et des vieux. Et de tous les genres : des femmes, des hommes, des neutres.

La plupart avait une sorte de blessure, au niveau de la tempe. Quand j'ai vu ça, j'ai aussitôt passé les doigts sur ma tempe. C'était douloureux, tout poisseux, et j'ai compris que ça devait saigner. Mais j'ai aussi senti qu'il y avait autre chose que de la chair et du sang. On avait dû profiter de mon inconscience pour me triturer le cerveau. Un vrai cauchemar…

À ce moment-là, j'ai pris conscience qu'on oscillait de droite et de gauche, lentement, et j'entendais un bruit de moteur. Je devais être dans la cale d'un bateau. Bientôt, le ronronnement des moteurs a diminué, puis il y a eu un choc et le roulis s'est arrêté. Alors, j'ai entendu des voix lointaines qui semblaient donner des ordres. Au bout d'un moment, deux engins sont entrés dans la cale, avec des grands bras rigides.

– Il faut les empiler par quatre ! a lancé un des conducteurs d'engin à l'autre.

Même si je ne comprenais pas ce qu'il voulait dire, je sentais que j'avais intérêt à ne pas me faire remarquer et à faire le zombie comme mes voisins. Mais je suivais ce qui se passait à travers mes paupières mi-closes.

– On s'occupe d'abord des femelles jeunes, a dit le même gars. Elles partent pour l'unité n° 1.

Les engins étaient en fait des transpalettes. Le premier a glissé ses deux bras métalliques sous une palette avec quatre filles. Il l'a déplacée, puis déposée sur une deuxième palette de filles. J'ai cru qu'elles avaient été écrasées, mais je n'ai pas entendu de cris… Et puis une troisième, et une quatrième. Et alors, l'autre engin a chargé le tout et est parti avec, pendant que le premier recommençait son manège.

– Qu'est-ce qu'on fait des vieilles femelles, des mâles et des neutres ? a demandé le deuxième conducteur.

– Charge-les tous, les gars feront le tri dans l'unité n° 2, a répondu l'autre.

Alors, ç'a été mon tour. Quand il a élevé ma palette dans les airs, ça m'a bien retourné l'estomac, mais enfin j'ai l'habitude des fêtes foraines. Le moment que je redoutais, c'est quand une autre palette est venue sur moi. Heureusement, le gars du transpalette était un expert, et ceux qui avaient imaginé ce système avaient bien fait les choses : ça nous laissait un espace d'une vingtaine de centimètres avec la palette du dessus, suffisant pour ne pas être écrabouillé. Tout était calculé ; de toute évidence, on tenait à conserver la marchandise en état. Cette pensée m'a un peu rassuré, mais je me demandais de plus en plus ce qu'ils voulaient faire de nous.

Les palettes ont été chargées sur un camion et, après un court trajet, déchargées dans un entrepôt. Au fur et à mesure qu'elles étaient déposées, des individus en uniforme enlevaient les sangles. Alors, j'ai constaté que les autres étaient tout mous, incapables de se tenir debout. Juste des corps, sans une lueur de vie dans les yeux. Comme les autres, j'ai été soulevé et calé dans une sorte de fourche sous les bras pour nous maintenir droits. Et alors, un des gardes est venu avec une paire de ciseaux et en deux ou trois coups, il a découpé mes vêtements et je me suis retrouvé tout nu. C'était comme quand on débarrasse un sandwich de son emballage plastique… Les fourches s'inséraient dans des rails qui couraient au plafond, et on a commencé à avancer lentement, à la queue leu leu, jusqu'à un embranchement. À cet endroit, il y avait un autre garde ; j'ai compris que c'était un gradé vu comment il parlait aux autres… Il examinait minutieusement chacun des *corps* qui défilaient devant lui, quelquefois il les palpait, puis il se prononçait. S'il annonçait : « Unité n° 2 », alors la fourche et son passager partaient sur la gauche ; si c'était : « Unité n° 3 », alors ils se dirigeaient vers la droite.

Moi, c'est à l'unité n° 2 qu'ils m'ont mis. Pendant toute une journée et une nuit, on est restés là, allongés sur une couchette, sans rien faire. Les gardiens, qui n'avaient aucune raison de se méfier de ces morts-vivants aux yeux clos, parlaient librement devant eux. La nuit, ils venaient même fumer et boire dans le hangar qui nous servait de dortoir. C'est en les écoutant parler que j'ai su qu'on allait nous conditionner. Mais je ne comprenais pas bien en quoi cela consistait. Le lendemain, sur ma blessure à la tempe, on a fixé une sorte de boîtier, qui s'est mis à m'envoyer des décharges électriques. C'était très désagréable, mais ça m'a fait rire de voir les *corps* qui s'agitaient dans tous les sens. Et, d'un coup, ils ont ouvert les yeux. J'avais imaginé que le traitement visait à les réveiller, mais, en regardant mes voisins, je n'ai vu au fond de leurs yeux qu'un vide effrayant. Flippant…

Une voix résonnait dans ma tête, pour donner des ordres simples : « Baisse-toi » ; « Avance la jambe gauche, puis la droite » ; « Ouvre et ferme la main »… Tant que le *corps* ne réussissait pas à réaliser ce qu'on lui demandait, il recevait une décharge, légère mais désagréable. Je sais de quoi je parle ; plusieurs fois, j'ai fait semblant de me tromper, pour ne pas éveiller les soupçons. Au bout de quelques jours, tous les *corps* savaient marcher, s'asseoir et dormir sur ordre. C'était sans doute trop compliqué de leur apprendre à manger, alors on nous avait implanté dans le bras une perfusion, qu'il suffisait de brancher sur l'alimentation centrale. On a aussi appris aux *corps* à balayer, à nettoyer le sol au jet d'eau et à toiletter un mannequin allongé sur une planche. Je me demandais à quoi tout cela pouvait bien servir.

Enfin, un beau matin, l'entraînement a pris fin. On nous a habillés d'un uniforme de couleur rose et on nous a conduits, en rangs serrés, vers un immense bâtiment : l'unité n° 1. À l'odeur, j'ai d'abord cru qu'il s'agissait d'une étable. Ce n'était pas loin de la vérité. Sauf que ce n'étaient pas des vaches, mais des centaines de *corps* nus et rasés. À leur nudité, on voyait clairement que c'étaient des filles ou des femmes. Et toutes étaient enceintes, à différents stades. Les gardes les nommaient « *corps* Gravides », par opposition à nous, qui étions les « *corps* Servants ». Les Gravides étaient branchés par intraveineuse, de manière à leur assurer une alimentation continue. Pour l'évacuation de leurs excréments aussi, ça se faisait en continu : ils étaient couchés sur des planches à claire-voie, avec un caniveau en dessous…

Pour obéir à la Voix qui résonnait dans nos têtes, les Servants se sont postés à différents points du hangar, et plusieurs files de grabats se sont mis à avancer lentement vers nous. À chaque fois qu'un grabat passait devant un Servant, on devait, à l'aide d'une éponge imprégnée d'une solution désinfectante, nettoyer le *corps* Gravide qui s'y trouvait. C'était si... étrange, ces automates qui s'activaient en silence autour de pantins inertes...

À la fin de la matinée, nous sommes rentrés à notre unité – un hangar presque semblable à l'unité n° 1, les caniveaux en moins. Nous nous sommes allongés sur nos couchettes après nous être branchés sur l'alimentation centrale. L'après-midi, nous sommes retournés au hangar des Gravides, mais cette fois pour le nettoyage à grande eau et la tonte des *corps*.

Le programme était globalement le même chaque jour. J'ai fini par éprouver pour les *corps*, non pas une attirance devant leur nudité, mais au moins un certain attachement. Je me suis même mis à leur parler pendant que je les lavais. Je savais bien que cela les laissait de glace. Et les mots que je leur adressais ne sortaient de ma bouche que sous forme de bouillie. C'était pour moi le moyen de rester vivant, non seulement dans mon corps, mais aussi dans mon esprit. La première fois qu'un ventre a bougé sous mon coup d'éponge et s'est bizarrement déformé, cela m'a fait un choc. J'étais à la fois intrigué et émerveillé. Par la suite, j'essayais de provoquer ce phénomène qui me fascinait, et j'adressais mes petits discours à ces êtres cachés.

Un soir, au coucher, j'ai compris que la journée du lendemain serait différente de toutes les précédentes. En effet, alors que j'étais censé dormir, la Voix s'est mise à me murmurer des instructions, qu'elle répétait en boucle, pour m'apprendre d'autres gestes. Et au matin, après la « toilette », elle m'a dirigé vers un autre groupe que le mien. Et je me suis retrouvé vêtu de vert. Cela signifiait que je n'irais pas à l'unité n° 1.

Tous les zombies verts se sont mis en route. Nous avons marché un moment sur la lande. De loin, on apercevait une haute et longue palissade. Lorsque le premier de la file a atteint la palissade, une porte s'est ouverte et nous sommes tous entrés. Il s'agissait d'un camp peuplé d'humains. Oui, des humains, et non plus des *corps*, puisque je les entendais discuter à mi-voix et que je voyais sur leurs visages des expressions variées. Hommes, femmes ou neutres, ils se tenaient debout ou assis sur des bancs, isolés ou par petits groupes, à discuter.

– Regardez ! a dit soudain un jeune neutre roux à mi-voix.

– Quoi donc ? a fait un de ses camarades.

– Ce drôle de *corps* ! On dirait qu'il nous épie.

Moi, j'ai aussitôt repris l'air absent et imbécile propre aux Servants.

– Bah, vous rêvez ! a rétorqué une femme plus âgée. Les *corps* n'ont ni regard pour voir, ni bouche pour parler, ni oreille pour entendre, vous le savez bien.

– Je sais, reprit le jeune neutre, mais je vous dis que celui-là est différent. Qui sait s'il n'existe pas des espions parmi eux ? Des *corps* dressés à nous espionner…

– Nous espionner ? a rigolé la femme. Et qu'est-ce qu'on voudrait donc apprendre sur nous ?

– Savoir si nous sommes correctement rééduqués !

– On voit bien que tu es nouveau dans le camp, a remarqué un homme à l'air désabusé. Ils n'ont rien à craindre de ce côté-là. Leurs méthodes sont terriblement efficaces, elles ont fait leurs preuves depuis des dizaines d'années. Après quelques semaines de traitement spécial, que tu le veuilles ou non, tu seras devenu un adversaire farouche et sans pitié des idées que tu professais auparavant et qui t'ont conduit ici.

– Ça ne risque pas ! a lancé le neutre, fiérot. Moi, ils ne m'auront pas !

Le travail dans ce nouveau lieu n'était pas bien différent d'avant : il s'agissait de nettoyer les douches ou la cuisine. Mais ce travail présentait pour moi une grosse difficulté : côtoyer des vrais gens sans pouvoir les aborder, sans même laisser filtrer la moindre trace d'intelligence dans le regard… J'avais une telle soif de relations humaines… Je devais me contenter d'écouter les rares paroles qu'ils échangeaient entre eux. Les prisonniers se répartissaient en trois catégories principales. Les premiers, les nouveaux venus, se tenaient en petits groupes, méfiants et quelquefois agités. Certains étaient brutalisés par les gardiens parce qu'ils refusaient d'assister aux séances de rééducation. Les seconds restaient isolés, le regard vague, les traits incertains. Les troisièmes faisaient bloc et leurs yeux brillaient de façon inquiétante. Ils parlaient fort et beaucoup, ils abordaient les uns et les autres pour tenter de les convaincre et il y avait parfois des bagarres avec les nouveaux venus. J'ai revu le neutre roux qui était si sûr de lui le premier jour ; en quelques jours, il était passé dans le camp des fanatiques.

Un matin, les gardes étaient dans une grande agitation. Le bateau était de retour, et c'était un événement considérable. Le problème, c'est que la tempête menaçait et, pour éviter que le bateau soit piégé au port pendant plusieurs jours, il fallait en un minimum de temps décharger une importante cargaison de nouveaux *corps*, mais aussi embarquer les « nouveaux citoyens » – les prisonniers finalement rééduqués – et la production de l'unité n° 1 – les bébés nés des *corps* Gravides. On avait besoin de toutes les mains disponibles pour aider au chargement, aussi, on nous a conditionnés à la va-vite. Depuis l'entrepôt de l'unité n° 1 jusqu'au port, nous avons dû porter des caisses si lourdes qu'il fallait s'y mettre à deux. Aux abords du bateau, c'était une véritable cohue. Même les *corps* ressentaient le stress ambiant. Au moment de franchir la passerelle, deux *corps* Servants ont voulu me doubler. Nous nous sommes carambolés et leur caisse m'a violemment heurté la tête. J'ai failli perdre l'équilibre, et mon émetteur, qui avait été arraché sous le choc, est tombé à l'eau. À cause de cela, je ne recevais plus les instructions de la Voix et j'étais obligé de copier mes mouvements sur ceux de mon partenaire, qui se déplaçait comme un automate au bout du rouleau. Il a fallu jouer des coudes pour parvenir jusqu'à la cale puis hisser notre caisse sur plusieurs autres, au niveau de notre tête. La mer était de plus en plus grosse, et la Voix elle-même s'énervait. Quand elle a donné l'ordre de quitter la cale, l'autre *corps* a tout lâché et s'est sauvé. Mais la caisse était encore de guingois, elle a commencé à basculer. Je savais, d'après les pleurs que j'entendais, qu'elle contenait des bébés. Ceux auxquels j'avais peut-être parlé lorsque je nettoyais les ventres... Et ils allaient s'écraser par terre... Je me suis précipité et j'ai fait comme j'ai pu pour remettre seul la caisse en place, alors que ça braillait de plus en plus fort à l'intérieur. J'ai été pris d'un malaise, ça bourdonnait dans ma tête. Pendant ce temps, d'autres binômes de *corps* sont entrés dans la cale en titubant et ont empilé leur chargement, si bien qu'il y a eu un mur de caisses entre la sortie et moi. J'avais beau grogner, crier, frapper des poings, ils étaient sourds à tout ce qui n'était pas la Voix. Là, je me suis affolé. J'avais une terrible nausée et les bourdonnements devenaient insupportables. En passant la main sur mon visage en sueur, j'ai découvert qu'un liquide chaud et épais coulait de ma tempe. Et j'ai perdu connaissance.

Quand j'ai rouvert les yeux, le bateau était immobile. Je me suis faufilé jusqu'à un hublot, et j'ai compris que je m'étais involontairement évadé d'une île.

19

– Quelle chance tu as eue, commenta Lucie. Il y a donc quatre unités sur cette île, récapitula-t-elle.

Alex hocha la tête.

– L'unité n° 1 est celle des mères porteuses… ou plutôt des *corps* Gravides, continua la jeune fille en comptant sur ses doigts. L'unité n° 2 est celle des *corps* Servants, à laquelle tu as été affecté. Il y a aussi le camp des prisonniers, qui sont « rééduqués ». Mais tu n'as jamais parlé de l'unité n° 3.

Alex eut une moue d'ignorance.

– Certains des *corps* arrivés en même temps que toi y ont été dirigés. Tu ne les as jamais revus ?

Alex fit non de la tête.

Pendant tout le récit d'Alex, Louis était resté songeur. Il prit finalement la parole.

– Je pensais à Amélie. David a laissé échapper que les PPD comme elle ne sont pas incarcérés, de peur de la contagion idéologique, mais envoyés en camp de redressement, il ne savait où. Je me demande si elle n'a pas été amenée là-bas. Peut-être qu'Alex l'a vue, puisqu'il y a servi pendant quelque temps.

– C'est possible, acquiesça Lucie. Il saurait nous le dire s'il avait une photo d'elle.

Louis ne disposait d'aucune photo d'Amélie, mais ils purent en trouver dans les archives de presse. Ils mirent au point le stratagème précédemment utilisé : ils mêlèrent la représentation du parent 3 de Louis à d'autres images de personnes inconnues et présentèrent l'ensemble à Alex. Celui-ci fut formel : Amélie se trouvait bien dans le camp de rééducation de l'île.

20

Dès qu'il apprit la nouvelle, Louis n'eut plus qu'une idée en tête : se rendre sur l'île pour en ramener Amélie.

– Elle n'a pas hésité à mettre sa vie en danger pour moi, je lui dois bien cela, disait-il quand on lui énumérait tous les risques que cela comportait. Et puis, j'ai besoin d'elle, conclut-il, péremptoire.

Usant de son charme, il réussit à décider Alex de l'aider. Bien qu'il éprouvât pour le garçon une certaine aversion, il avait besoin de lui, puisque celui-ci connaissait les lieux et pourrait le guider.

C'est en retrouvant les traces de son passage précédent qu'Alex aboutit à l'embarcadère. Ils restèrent dans les environs plusieurs jours et commençaient à désespérer, lorsqu'un bateau accosta, qui fut reconnu par Alex comme celui qui assurait le service de l'île. Les deux jeunes profitèrent du va-et-vient occasionné par le chargement et le déchargement pour se faufiler dans le navire, et c'est comme passagers clandestins qu'ils firent la traversée. Ils débarquèrent relativement facilement sur l'île. Ils avaient joué de chance. C'était du moins l'opinion de Louis. Alex, quant à lui, affirmait avoir vu un garde s'éloigner précisément au moment où ils s'étaient glissés dans le navire. Il lui semblait que le même, ou un autre – allez savoir, ils se ressemblaient tous –, avait détourné l'attention d'un de ses collègues lorsqu'ils avaient débarqué. Cela le troublait et il se demandait si on n'était pas en train de leur préparer un piège. Louis se contenta de hausser les épaules.

– Conduis-moi au camp de rééducation, demanda-t-il à Alex.

– Tout de suite ? Alors qu'on n'a rien mangé ? Et puis, est-ce que tu as un plan ?

– Pas encore, mais je veux d'abord observer les lieux.

Alex s'exécuta à contrecœur, et ils traversèrent une lande marécageuse, piquée çà et là de bruyère et de quelques bosquets d'arbres. Pour Louis, l'enfant de Paris-sous-Globe, tout était étrange : le vent qui jouait dans ses cheveux, le sol spongieux qui semblait vouloir aspirer ses chaussures, l'odeur de tourbe... Ils arrivèrent bientôt en vue d'une sorte de fortin. Alors qu'ils envisageaient d'en faire le tour, un bruit de moteur leur parvint. Il n'y avait guère d'endroit où se cacher.

– Couche-toi par terre ! ordonna Alex tout en donnant l'exemple.

Les portes du camp s'ouvrirent et une voiture en sortit, suivant un chemin de terre à quelque distance des deux garçons.

– Cache-toi mieux que ça ! insista Alex en plaquant la tête de Louis au sol.

Lorsque celui-ci se redressa, il avait le visage maculé de boue. Son compagnon laissa échapper un gloussement.

– Toi, je te préviens que, si tu l'as fait exprès, tu vas...

– Tais-toi donc ! coupa le jeune garçon. Avec ta tignasse blonde et ta grosse voix, tu vas finir par nous faire repérer !

Louis le fusilla du regard et attendit que le véhicule se fût éloigné. Puis il se releva et s'essuya du mieux qu'il pût.

– Ce devait être la relève de la garde, observa Alex. Le camp est gardé en permanence, de peur des évasions.

Louis s'en doutait un peu, mais cela le contrariait. Ils jugèrent prudent de gagner un bouquet d'arbres un peu plus loin.

– Comment faire pour y pénétrer, alors ?

– Moi, quand j'ai le ventre vide, je n'arrive pas à réfléchir, bougonna Alex.

– Désolé, mais je ne vois ici rien à manger.

– On s'était pourtant réparti les rôles. Moi, je te guidais et, toi, tu organisais l'expédition. Et tu n'as rien prévu à se mettre sous la dent... Vraiment...

Ils interrompirent brusquement leurs chamailleries. Un bruit léger venait de se produire derrière les arbres.

– Que faites-vous là ? les interpella soudain une voix mâle.

Alex fit un bond de surprise. Un garde venait d'apparaître devant eux. Les deux garçons furent sur le point de s'enfuir, mais l'arme pointée sur eux les en dissuada.

– Qu'êtes-vous venus faire sur cette île ? reprit le garde.

Les deux jeunes restèrent cois, puis Louis se décida :

– Je suis venu chercher ma mère dans le camp de prisonniers, fit-il, crânement.

– Il plaisante ! intervint aussitôt Alex. Il voulait dire…

Mais le garde le coupa et, contrairement à ce qu'ils redoutaient, sa voix se fit moins dure.

– On ne dit pas *camp de prisonniers*, mais *unité de rééducation.* Quant à ce mot de « mère »… Cela fait bien longtemps que je ne l'avais plus entendu…

– Qu'allez-vous faire de nous ?

Le garde abaissa son arme tout en répondant à Louis :

– Continuer ce que je fais depuis votre arrivée : couvrir vos arrières et vous éviter les ennuis… Du moins dans la mesure du possible. Mais vu votre manque de discrétion, cela ne va pas être chose facile…

– Ah, tu vois ! s'exclama Alex. Je te l'avais bien dit qu'avec ta tignasse claire et ta grosse voix tu allais nous faire repérer ! Il me demande d'être son guide, continua-t-il en se tournant vers le nouveau venu, mais il ne veut pas m'écouter !

L'homme avait d'abord observé le garçon le sourire aux lèvres, mais, soudain, il redevint grave.

– Son guide ? Mais comment peux-tu connaître les lieux ?

L'inconnu n'inspirait aucune confiance à Louis. Mais il eut beau donner un coup de coude à Alex puis lui écraser le pied, rien n'y fit ; le garçon était trop heureux de raconter son histoire, depuis son passage par la cabine du consentement jusqu'à son évasion. Comme l'autre demandait des preuves, il souleva son bonnet, exhibant sa tempe endommagée.

– J'ai entendu parler d'un *corps* Servant manquant à l'appel, il y a quelques semaines, commenta l'homme, mais comme on a retrouvé son émetteur au fond de l'eau, on en a conclu qu'il s'était noyé.

– Quel émetteur ?

– Ce petit boîtier collé au crâne des *corps* Servants sert à transmettre les ordres, mais aussi à localiser chacun des *corps*.

Louis continuait à se méfier et il trouvait Alex bien naïf de se confier à un homme dont ils ne savaient rien, qui portait l'uniforme de garde, mais discutait tranquillement avec eux.

– Vous ne nous avez pas dit qui vous êtes, remarqua-t-il sans aménité.

– Je suis garde... officiellement.

– Et officieusement ?

– Officieusement... je glane ici et là des informations.

– Vous êtes journaliste ?

– Non. J'agis à titre privé. Et par conviction. Il faut que le monde sache. Sur cette île se déroulent des choses effroyables. Je suis convaincu que, s'ils voyaient ce qui se passe ici, même les plus endormis par la propagande du Régime se réveilleraient et auraient un sursaut salvateur. En vous apercevant dans le bateau, je me doutais que vous étiez du même bord que moi, c'est pourquoi j'ai facilité votre arrivée ici. Je me nomme Phil, Phil Desportes.

Il leur tendit la main et, à leur tour, ils se présentèrent.

– J'étais auditeur de certification, reprit Phil. Lors d'une visite dans une agence de *reproductique*, il y a quelques années, j'ai mis le doigt sur des malversations qui m'ont révolté. C'était non seulement une escroquerie aux assurances, mais aussi une atteinte à la dignité de l'homme. Par la suite, je suis devenu contrôleur à la PF – Planification de la famille. Cet organisme d'État propose les mêmes services que les agences, mais pour un coût modique, puisque chacun, riche ou pauvre, a un droit à l'enfant. L'État se doit de prendre en charge ce besoin. Toutefois, il existe dans toute procédure de *reproductique* des frais réels incompressibles – me semblait-il : les actes médicaux, le portage... Qui payait, en définitive, puisque le coût supporté par les commanditaires était minime ? Il y avait, je le sentais, des gens lésés, à un niveau ou à un autre, et je subodorais qu'il s'agissait des porteuses. Comment étaient-elles payées ? Dans quelles conditions travaillaient-elles ? J'ai voulu investiguer de ce côté. Mais, à chaque fois, on m'en empêchait et mon chef me chargeait alors d'un autre dossier. Cela m'a confirmé dans l'idée que c'était un sujet sensible… voire interdit. J'avais tout de même appris que le portage se déroulait sur cette île. J'ai démissionné, et je me suis arrangé pour me faire embaucher comme garde.

– Et vous avez effectivement découvert des bizarreries…

– Pour cela, oui, j'ai été servi. À en avoir froid dans le dos. La Planification de la famille, tenue de fournir son quota de bébés à faible coût, devait trouver des solutions. Pour diminuer les coûts, on a essayé d'imposer des grossesses multiples, d'écourter le temps de portage de façon à remettre les porteuses en service le plus rapidement possible… Jusqu'à ce que quelqu'un lance l'idée d'utiliser les corps abandonnés par leurs propriétaires, en provenance des unités d'euthanasie. C'est un concept écologique. Le Régime a inventé le *corps de seconde main*.

– C'est… révoltant ! s'écria Alex. Ils avaient demandé à ne plus exister, pas à finir comme esclaves du Régime.

– Ils ont été exaucés ! Car qu'est-ce qu'un humain ? En le lobotomisant, on détruit sa conscience, c'est-à-dire la capacité qu'il a de se rendre compte de ce qu'il est. Ce qui reste, c'est une coquille vide, un vêtement abandonné qu'un autre ramasse et utilise à ses fins. Il devient propriété de l'État, qui en fait ce que bon lui semble. Le cerveau gardant quelques capacités, on peut effectuer un conditionnement, c'est-à-dire un dressage.

– Et l'unité n° 3 ? En quoi consiste-t-elle ? interrogea Louis.

– L'unité n° 3 ? répéta Desportes. C'est la plus… inhumaine. La plus effroyable. C'est l'unité des combattants. Celle des guerriers aux yeux vides. Imaginez une armée entière, constituée de milliers de soldats inaccessibles à la peur et à la pitié. De la chair à canon obéissant sans un murmure et tombant sans un regret… La plus performante des armées…

Cette évocation leur donna des frissons dans le dos.

– Mais dites-moi, reprit Phil, comment pouvez-vous affirmer que votre mère se trouve bien ici ?

Louis s'apprêtait à répondre, mais Alex le prit de vitesse.

– Je l'ai vue quand j'ai travaillé dans le camp ! Il m'a montré une photo d'elle et je l'ai reconnue, j'en mettrais ma main à couper !

– Que comptez-vous faire pour la sauver ?

– Entrer dans le camp, et l'emmener loin d'ici, fit sobrement Louis.

Phil Desportes sourit.

– Cela me semble bien léger. Comment entrerez-vous ?

– Je ne sais pas, mais vous nous arrangerez bien ça, non ? Cela ne doit pas être bien difficile pour vous.

– C'est impossible ! Il y a toujours au moins deux gardes et je ne peux pas me permettre d'attirer les soupçons sur moi.

– Écoutez, retrouver ma mère est plus important que tout. C'est pour cela que nous avons pris le risque de venir jusqu'ici, et je ne vais pas renoncer parce que vous ne voulez pas m'aider !

– Ne prenez pas la mouche ainsi. Je ne refuse pas de vous aider, mais on peut trouver des méthodes plus malines et plus sûres. Laissez-moi réfléchir…

Au bout de quelques instants, Phil exposa son plan.

21

L'objectif était d'approcher Amélie sans éveiller les soupçons ni la mettre en danger. Il fut décidé qu'Alex et Louis se feraient passer pour des *corps* Servants en service au camp de rééducation. Lorsque la nuit fut tombée, Phil les entraîna vers l'unité n° 2, le hangar qui servait de dortoir aux *corps* Servants.

– Mais c'est un plan stupide ! Cela revient à se cacher dans la gueule du loup…! protesta Louis.

– Les *corps* Servants sont, d'une certaine façon, sourds et aveugles, et de toute manière ils ne pourront rien révéler.

– Il doit bien y avoir des gardes, là aussi ?

– Ils ne font leur tournée que le soir, au moment du coucher, et le matin, lorsque la Voix éveille les *corps*.

Ils arrivèrent à l'unité n° 2 et Phil y fit entrer les deux garçons.

– Choisissez deux *corps* qui vous ressemblent plus ou moins et qui portent une combinaison verte, signe qu'ils travaillent au camp de prisonniers. Ensuite, nous effectuerons une substitution.

– Qu'allons-nous faire de ces *corps* ?

– Les éliminer discrètement.

– Vous voulez dire… les tuer ? fit Alex, horrifié.

– Puisque je vous dis qu'il ne s'agit que de coquilles vides ! Ce n'est pas un meurtre que d'écraser une coquille vide…

Mais les deux autres restèrent inflexibles sur ce point.

– Vous me compliquez la vie, ronchonna Phil.

Ils firent comme prévu et ils enfermèrent leurs deux victimes dans un local abandonné dont Phil avait la clé et qu'il referma soigneusement. Puis Alex et Phil enfilèrent les combinaisons vertes que le garde leur procura et prirent la place des deux *corps* jusqu'au matin.

Enfin, la Voix résonna dans leur tête, annonçant le réveil.

– *Corps* Servants, réveillez-vous.

Aussitôt, la lumière se fit dans le hangar et, d'un même ensemble, tous les *corps* se redressèrent sur leur séant, puis pivotèrent pour laisser pendre leurs jambes hors du lit, et mirent pied à terre. Ils se placèrent devant leur grabat, tous tournés dans la même direction, puis, au signal, se mirent en route.

– Un défilé de pantins, se dit Louis, qui s'efforçait d'imiter les gestes mécaniques de ses voisins.

Ils arrivèrent devant un bassin. Comme ses voisins, Louis s'arrêta et tendit les bras à l'horizontale, se demandant ce que cela signifiait. Soudain, du sol surgirent deux instruments, de chaque côté de ses pieds, qui ressemblaient à des ciseaux montés au bout d'une tige. S'élevant, ils attaquèrent proprement la combinaison, qui bientôt se retrouva en deux morceaux et tomba au sol. Louis était nu. La file de *corps* nus se remit en marche sans manifester aucune émotion particulière et entra dans le bassin. L'eau – ou plutôt le liquide désinfectant – était pulsée, de façon à assurer un nettoyage satisfaisant. Ils traversèrent le bassin, remontèrent de l'autre côté. Tout en marchant, ils furent rincés à l'eau, puis passèrent entre des buses d'air chaud qui les sécha. Ils vinrent ensuite se placer au centre des cercles marqués au sol. C'était l'habilleuse. Un cylindre surgit du sol, encerclant chacun des *corps* et l'emmaillotant d'un textile non tissé vert dont la machine soudait les bords de chaque côté.

22

Lorsque les Servants pénétrèrent dans la cour du camp, Louis scruta anxieusement chacun des prisonniers, puis sursauta. Se pouvait-il qu'Amélie, cette jeune femme rieuse, enjouée et affectueuse, soit devenue cette créature vieillie, aux cheveux gris, au teint blafard et aux traits tombants qu'il apercevait assise seule sur un rondin ? Plus il l'observait, plus il retrouvait certains détails ; mais quelle transformation… Le garçon en eut le cœur serré.

Louis et Alex furent affectés à la distribution du repas, avec tout leur commando de *corps* Servants. C'est à ce moment qu'il put l'aborder. Elle se trouvait la dernière de la file de prisonniers. Il avait fallu qu'un garde aille la chercher sur son banc pour l'obliger à rejoindre la queue. On sentait qu'elle n'avait ni faim, ni soif, ni envie de rien, et qu'elle était tout entière minée par une grande lassitude et un certain dégoût.

– Amélie ! souffla Louis, tout en remplissant sa gamelle d'une bouillie répugnante.

Elle releva brusquement la tête qu'elle tourna de droite et de gauche, et derrière elle. Mais il n'y avait personne d'autre autour d'elle. Elle se persuada qu'elle s'était trompée et reprit son air prostré.

– Amélie, répéta Louis.

– Qui… qui me parle ? fit-elle affolée. Où êtes-vous ?

– Je suis là, devant toi.

Elle le fixa, les yeux exorbités.

– Mais vous êtes… tu es… un *corps* ! Tu ne peux pas parler ! Tu ne peux pas me connaître ! Cieux, je deviens folle !

– Regarde-moi. Mon visage ne te rappelle rien ?

Elle leva de nouveau les yeux sur lui, apeurée. En guise de réponse, ses traits se crispèrent en une grimace affreuse.

– Non, non… rien du tout… ça ne peut pas… pas être vrai.

– Je suis Louis, Amélie.

Elle avait de nouveau baissé la tête, qu'elle hochait dans tous les sens, faisant voler ses cheveux graisseux autour de sa tête.

– Non… non, tu es un *corps*, et moi je suis folle… folle… Il n'y a pas de Louis. Il n'y a jamais eu de Louis !… Folle !

Sa voix était montée en puissance et elle criait presque. Un gardien s'approcha à grands pas.

– Qu'est-ce qui se passe, ici ?

Louis redouta qu'elle ne le dénonce. Mais elle se contenta de répéter :

– Folle…

– Mais, tête de mule, tu refuses de prendre tes médicaments ! On a bien vu que tu les cachais sous ton matelas, pour nous tromper. Tu vois où ça conduit ! Alors, tu vas les avaler, là, sous mes yeux !

Amélie sortit de sa poche un petit tube. Ses doigts tremblaient tant qu'elle n'arrivait pas à l'ouvrir. Quand elle y parvint enfin, elle laissa tomber au sol quelques-uns des comprimés, mais en déposa trois dans le creux de sa main, qu'elle avala d'un coup. Ses yeux devinrent presque aussi vides que ceux des *corps* et elle retrouva un calme qui ressemblait à une absence. Sans sourciller, elle saisit la gamelle pleine que lui tendait Louis et s'éloigna, les épaules courbées sous un immense fardeau.

23

– L'alerte a été chaude, résuma Phil, qui de loin avait assisté à la scène, étant ce jour-là de service au camp de rééducation. Je me demande s'il faut persévérer.

Louis eut un geste indigné, mais le garde le coupa.

– Je sais, Louis, que d'avance tu as accepté tous les risques que comportait ton projet. Mais as-tu pensé que tu mets Amélie en danger ? Cela fait bientôt cinq ans qu'elle est ici. Elle s'est bien battue, mais ils sont les plus forts, on n'y peut rien. Maintenant, elle est sur le point d'être libérée et ramenée à Paris. Est-ce vraiment la peine de tout remettre en cause ?

– Ils ne la lâcheront que quand elle sera complètement laminée, réduite à l'état de mouton bêlant, à moins que ce ne soit un loup chassant pour le Régime. Un mort-vivant auquel on aurait injecté l'idéologie de la Nouvelle Ère, ainsi qu'une bonne dose de fanatisme. Alors, non, je ne veux pas arrêter là. Au contraire, je veux l'arracher à cette île avant qu'elle ne soit complètement déshumanisée, dépersonnifiée. Je lui dois bien cela.

Phil haussa les épaules.

– Tu vas te faire autant de mal qu'à elle. Tu as vu qu'elle t'a renié, aujourd'hui…

– C'est parce qu'elle était surprise, plaida Louis. Elle ne s'attendait pas à me voir là, devant elle. Et je saurai lui parler…

– De son côté, elle semble se débattre contre les souvenirs qui se rapportent à toi et qui la font souffrir.

– Mais ce sont de très bons souvenirs ! Nous avons été heureux ensemble ! s'insurgea Louis.

– Bien sûr. Mais elle a payé cher son attachement à toi. Elle a écopé de deux ans de prison pour t'avoir enlevé lorsque tu étais nourrisson. Et pour le second enlèvement, elle a subi cinq ans de rééducation. Tu reconnaîtras qu'elle a des raisons de vouloir tourner la page.

– Avouez plutôt que vous vous dégonflez ! lança Louis, furieux. Vous avez la trouille de ne pouvoir continuer à prendre tranquillement vos photos, « pour que le monde sache ».

– Louis ! gronda Alex. C'est important aussi ! Tu ramènes tout à ton propre problème, à ta propre quête…

– Excusez-moi, fit Louis après un silence, en se passant la main sur la figure. Je me laisse emporter… Je… je vous remercie pour ce que vous avez fait pour moi,… et même toi, Alex. Sentez-vous libres de renoncer. Moi, en tout cas, je continue.

Touchés d'un tel revirement, Alex et Phil lui renouvelèrent leur soutien.

24

C'est avec un air de chien battu qu'Amélie se présenta à la distribution du repas le lendemain. Le regard en dessous, elle repéra Louis et se plaça dans une autre file que celle qu'il servait. Mais lorsque vint son tour, elle se trouva face à Alex qui, bousculant un des *corps*, venait de prendre sa place. Lui tendant sa gamelle remplie d'une soupe claire, il lui chuchota :

– Louis veut vous rencontrer. Vous ne pouvez pas lui refuser cela, après tout ce qu'il a enduré.

La femme ne répondit rien, et Alex prit cela pour un encouragement à continuer.

– Cet après-midi, nous nettoierons les douches avec notre commando de *corps* Servants. Venez y retrouver Louis. C'est très important.

– J'ai payé et expié, qu'on me laisse en paix maintenant !

Et, sa gamelle à la main, elle s'éloigna en sanglotant.

L'après-midi s'avançait. Louis et Alex, gagnés par le découragement, exécutaient machinalement les ordres que la Voix diffusait dans leur tête. Ils avaient déjà remis en état les douches des neutres et entrèrent dans celles des hommes. Peu après, la porte s'ouvrit et Amélie s'avança vers les deux jeunes, l'air bravache.

– Je suis venue vous dire que je ne suis pas celle que vous croyez.

– Vous n'êtes pas Amélie Carlet ? s'inquiéta Louis.

– Si. Mais j'ai changé. Dans le passé, j'ai commis de nombreuses fautes. Des fautes impardonnables contre le Régime. Mais au lieu de m'anéantir, dans sa grande mansuétude, le Régime m'a offert une régénération.

Elle avait débité son discours comme une leçon laborieusement apprise.

– Alors mes yeux se sont ouverts, poursuivit-elle. J'ai reconnu mes torts et le Régime m'a absoute. J'étais une misérable et, par sa grâce, je suis une femme nouvelle. Mon passé n'existe plus. Et toi non plus !

Elle tourna les talons et se dirigea vers la sortie, évitant les *corps* qui, imperturbables et sans se soucier de la scène qui se déroulait sous leurs yeux, nettoyaient le sol à grande eau.

– Attends ! cria Louis.

Il la rattrapa, la saisit par le bras et l'obligea à lui faire face.

– C'est faux. Tu n'étais pas une misérable. Tu étais au contraire une battante, une femme courageuse, et une mère si...

– Tais-toi, cria-t-elle avec rudesse, comme s'il avait prononcé un gros mot.

Sa voix avait retrouvé l'autorité dont elle usait lorsqu'elle avait la charge de l'éduquer ; lorsqu'elle était sa mère, précisément.

– Il n'y a plus ni mère ni père, énonça-t-elle. C'est discriminatoire. Il n'y a plus que des parents. J'ai été ton parent 3, pendant cinq ans, jusqu'à ce que l'État juge bon de me retirer à la fois mes droits sur toi et mon titre de parent.

– Je me fiche des titres décernés par la loi. Je parle des sentiments qui nous ont unis, toi et moi. Je parle aussi de ton courage quand tu as estimé que je subissais des mauvaises influences dans le *trouple* de David.

– Tais-toi ! Tu ne comprends rien à rien ! J'étais en infraction ! J'ai voulu te soustraire au Régime, aux progrès de la Nouvelle Ère, comme si tu m'appartenais. Alors que c'est à l'État que les enfants appartiennent. Mais maintenant, j'ai compris cela, oh oui, et je regrette mon aveuglement passé.

– Comment ? Même si tu me savais en grand danger, tu n'interviendrais pas ?

– Tu ne peux pas être en danger, puisque le Régime pourvoit au bien-être de chacun, récita-t-elle.

– En tout cas, je ne sais pas si les parents 3 appartiennent aussi au Régime, mais, moi, je te sais en danger de dépersonnalisation, et je veux te sauver, en souvenir de ce que tu as fait pour moi.

– Tu te trompes, c'est seulement maintenant que je suis vraiment moi.

Louis ne savait plus comment la convaincre.

– Te souviens-tu du nom que tu voulais que je te donne ?

– Je veux l'oublier.

– Tu voulais m'entendre dire : « Maman ». Et moi, quand je voulais obtenir quelque chose de toi, je t'appelais ainsi. Tu fondais et tu ne savais pas résister.

– J'étais folle. Déviante.

– Non. En réalité, tu étais beaucoup plus que mon parent 3. Tu étais…

Les yeux d'Amélie s'agrandirent et ses traits se crispèrent dans l'expectative de ce qui allait suivre.

– Tu es ma mère porteuse.

– Comment l'as-tu appris ? sanglota-t-elle, pleine de honte.

– Peu importe. Moi, je trouve cela très beau, tu sais. Ces neuf mois d'intimité ont créé naturellement cet attachement.

Louis la rattrapa avant qu'elle ne s'effondre, prise d'un vertige soudain. Il l'installa au sol, le dos calé contre le mur.

– Je ne sais pas ce que j'ai… murmura-t-elle faiblement.

– Moi, je le sais, rétorqua doucement Louis, agenouillé à ses côtés. Ton esprit est le lieu d'un combat terrible. Tu es déchirée entre ce que tu sais être vrai et ce qu'on t'a ordonné de croire. Tu t'es battue vaillamment, Amélie, et tu ne dois pas les laisser prendre le dessus sur toi. Je suis venu pour te sauver, t'arracher à tout cela.

– Tu me demandes de trahir le Régime, qui a été si bon pour… commença-t-elle en geignant.

– C'est un mensonge ! coupa le garçon, et, au fond de toi, tu le sais très bien. Le Régime n'a fait preuve envers toi et tous ses opposants d'aucune bonté. S'il ne vous a pas purement et simplement éliminés, c'est par calcul, par... écologie politique. Il a préféré recycler votre énergie et votre courage pour vous retourner et faire de vous des pantins militants à sa solde. Te rends-tu compte que tu es en train de devenir un perroquet qui débite les leçons qu'on lui a mises dans la tête ? Moi, en tout cas, je ne veux pas de cela pour toi.

– Que... que veux-tu pour moi, alors ?

– Je veux t'emmener loin d'ici.

– Tu es fou, tu ne te rends pas compte...

– Si, je me rends parfaitement compte. Des dangers, nous en avons bravé déjà beaucoup, Alex et moi, pour arriver jusqu'ici.

– Mais... pourquoi ?

– Parce que j'ai pris conscience de ce que tu avais fait pour moi... par amour. Alors j'ai des devoirs envers toi. Et puis, j'ai besoin de toi, de ton affection.

Toujours assise sur le sol trempé par les jets d'eau des *corps* Servants, elle s'était recroquevillée sur elle-même, la tête entre les genoux, et on devinait que se livrait en elle un rude combat. Elle releva finalement son visage baigné de larmes et souffla, suppliante :

– Emmenez-moi... Emmène-moi loin d'ici.

Un cri de victoire retentit. Il ne sortait pas de la bouche de Louis ni de celle d'Alex. Un jeune neutre venait d'entrer dans les douches.

– J'en étais sûr ! fit-il, triomphant, devant le spectacle qui s'offrait à lui. Je sais les repérer, moi, les traîtres. J'avais deviné votre manège à tous les deux, je savais que vous n'étiez pas de vrais *corps*, mais les loups dans la bergerie. Venus pour semer le mensonge et la perversion. Et vous avez tout de suite repéré le maillon faible de ce camp, la brebis galeuse qui a mis presque cinq ans avant de se convertir, et encore, bien superficiellement...

– Tandis que toi, tu as retourné ta veste au bout de deux mois, rétorqua Amélie, qui s'était relevée et lui faisait maintenant face.

– Retourné ma veste ! répéta-t-il, outré. Ouvert les yeux, oui, découvert la vérité, reconnu humblement mes horribles manquements, mes fautes ignobles. Et je sais gré au Régime de ne pas m'avoir rejeté, comme je le méritais – oh, oui ! –, mais de m'avoir au contraire pris dans son sein pour corriger avec bonté…

– Oui, on connaît, coupa Louis, on a déjà entendu ça. Mais, pauvre cloche, tu ne te rends pas compte qu'on t'a lessivé le cerveau ? Qu'on y a effacé toutes les opinions personnelles pour les remplacer par l'idéologie de la Nouvelle Ère ? Tu comprends ça ?

– Ce que je comprends, rétorqua le neutre, et ses yeux se mirent à briller d'un feu inquiétant, c'est que, pour mériter les faveurs dont le Régime m'a comblé, malgré mon indignité, je me dois de participer à la grande œuvre d'épuration. C'est mon devoir, mais aussi ma gloire de débarrasser la société des parasites, des hypocrites et des traîtres !

Tout en parlant, il avait reculé jusqu'à la porte. Alors, se retournant, il se mit à appeler :

– Gardes ! Gardes, à moi ! J'ai découvert des traîtres !

Bientôt une silhouette s'encadra dans l'ouverture de la porte. Louis entoura sa mère de ses bras tandis qu'elle étouffa une plainte.

– Venez ! fit le neutre au garde. Venez les arrêter ! Ils sont là, à notre merci !

Le garde sortit alors son *paralyseur* électrique de son étui, on entendit un crépitement et le jeune neutre s'effondra en se contorsionnant de façon comique.

Amélie et Louis se regardèrent, incrédules.

– C'est Phil ! Il est de notre bord, expliqua Louis à sa mère, une fois revenu de sa surprise.

– Vous avez de la chance que j'arrive le premier, fit-il remarquer.

En effet, des pas s'approchaient.

– Cachez-vous ! souffla-t-il. Ce n'est rien, continua-t-il à haute voix en se tournant vers son collègue qui arrivait. Juste un prisonnier qui a pété les plombs et agressé quelques *corps*. Mais je l'ai facilement neutralisé au *paralyseur*.

– Pourtant, il parlait de traîtres…

– Paranoïa, syndrome du complot, tu sais ce que c'est…

Au sol, le neutre émettait quelques grognements véhéments, mais le deuxième garde se contenta de le regarder avec quelque dégoût teinté de pitié et laissa tomber :

– Avec les traitements qu'on leur fait subir ici, rien d'étonnant à ce qu'ils deviennent fous…

Le soir venu, lorsque les *corps*, escortés des deux gardes, quittèrent le camp de rééducation, personne ne signala qu'il y en avait un de trop.

25

Ce ne fut pas la Voix qui réveilla Louis et Alex ce matin-là, mais une forte poigne qui les secoua sans ménagement.

– Levez-vous, leur intima Phil. Il y a un pépin. Un gros pépin. Vous vous souvenez des deux *corps*…? Ceux que vous aviez enfermés dans le réduit pour prendre leur place ?

– Ils ont donné l'alerte ?

– D'une certaine façon, oui. Un de mes collègues les a découverts en allant prendre des outils dans le réduit. En triste état… Quand il a constaté qu'ils n'avaient plus de boîtier sur la tempe et que tous les lits du dortoir étaient occupés, il a vite compris…

Les deux jeunes, Amélie et Desportes, déjà dans l'allée centrale, se dirigeaient à pas pressés vers la sortie du hangar quand un bruit soudain se fit entendre. D'un même ensemble, tous les *corps* sautèrent à bas de leur grabat et convergèrent vers l'allée. Lorsqu'ils virent ces rangées de spectres aux yeux vides se diriger vers eux, ils firent demi-tour. Mais, derrière eux, ils découvrirent le même spectacle de cauchemar. De toutes parts, ils étaient entourés, pressés. La Voix lança un nouvel ordre ; alors, tous les bras se tendirent et des centaines de mains se saisirent de ce qui se trouvait devant elles. Les premiers *corps* s'étaient agrippés aux quatre fuyards, mais les autres s'étaient rivés aux *corps* voisins, formant ainsi une sorte de grappe monstrueuse.

– Qu'est-ce qu'on fait ? fit Amélie d'une voix qui trahissait la panique imminente.

– C'est seulement de l'intimidation, rassura Phil. Les *corps* ont été lancés sur nous pour nous retenir en attendant les gardes, mais ils sont inoffensifs. Ils ne sont pas conditionnés pour frapper, ni tuer, ni même pour se défendre.

Il arracha les mains qui s'agrippaient à lui et à ses camarades. Alors qu'elles se tendaient derechef, il sortit son *paralyseur* électrique et il en toucha le *corps* le plus proche. Celui-ci sursauta, puis ce fut le tour de tous ses voisins, toujours liés à lui, et la troupe des *corps* se transforma en une mêlée grouillante, agitée de soubresauts, d'où s'échappaient des cris inarticulés. Toutefois, la grappe humaine compacte obstruait toujours le passage vers la sortie. C'est alors que les gardes firent leur entrée à l'autre bout de l'allée. Phil prit la direction des opérations : bousculant un ou deux *corps* qui s'effondrèrent sans résistance, il gagna le premier grabat et bondit dessus. Les lits, désertés par leurs occupants, offraient une voie de secours. À grandes enjambées, ils bondirent de l'un à l'autre jusqu'à ce qu'ils aient dépassé l'enchevêtrement humain. De leur côté, les gardes menaient grand bruit, leur ordonnant de s'arrêter, se frayant difficilement un passage à travers la masse des *corps*. À l'extrémité du hangar se trouvait une petite porte. Plein d'espoir, Louis, premier arrivé, fit jouer la poignée, mais elle était fermée à clé.

– Reculez-vous ! cria Phil.

Et, avec son pistolet de service, il fit sauter la serrure.

Les poursuivants avaient également sorti leur arme et les balles commencèrent à siffler autour des fuyards. Ceux-ci s'élancèrent hors du hangar et, avant que les gardes n'aient franchi à leur tour la petite porte, ils avaient gagné le couvert des bois.

– Avec un peu de chance, fit Desportes, ils attendront que le jour se lève ; mais, ensuite, ils iront chercher les chiens, qui nous retrouveront forcément.

– Où serons-nous à l'abri ? demanda Louis.

– Nulle part. Du moins, nulle part sur cette île.

– Alors, nous sommes perdus... fit Amélie d'un filet de voix.

– Erreur ! J'ai mon yacht, fit Phil d'un air de mystère. J'avais prévu de pouvoir m'enfuir en cas de pépin, expliqua-t-il après s'être amusé de l'air éberlué de ses compagnons. Lorsque le bateau a accosté pour la première fois, j'ai subtilisé un canot de sauvetage, que j'ai camouflé dans une crique. C'est l'occasion ou jamais de l'utiliser. Il n'y a pas un instant à perdre, suivez-moi.

Ils accélérèrent l'allure. Des bruits lointains leur parvinrent et ils reconnurent des aboiements.

– Ils ont été plus réactifs que je l'imaginais, souffla Phil entre ses dents.

Les aboiements se rapprochaient. Les gardes possédaient de puissantes lampes torches et connaissaient les lieux, tandis que les fuyards, maintenant sortis de la forêt, se déplaçaient dans l'obscurité sur un sol rocailleux et incertain. Déjà, on entendait le bruit des vagues.

Soudain, un cri étouffé s'éleva, suivi d'un bruit d'éboulement.

– Que se passe-t-il ? Phil, où êtes-vous ?

Alex, Louis et Amélie stoppèrent leur course et revinrent en arrière, se guidant aux gémissements. Ils découvrirent Desportes, qui était tombé dans une crevasse. Celle-ci n'était guère profonde, à peine de hauteur d'homme, et ils tentèrent d'en extraire leur ami.

– J'ai la jambe cassée, fit celui-ci, et je suis coincé par les éboulis. Laissez-moi et sauvez-vous.

– Jamais ! fit Louis.

– Vous n'aurez pas le temps de me remonter avant qu'ils n'arrivent, et encore moins celui de gagner la crique. Perdu pour perdu, je vous ordonne de me laisser là et de quitter l'île !

– Mais…

– Ne discutez pas ! Vous êtes en train de perdre un temps précieux !

– Adieu, Phil, souffla Louis. Et merci pour tout ce que vous avez fait pour moi et ma mère. Je vous en serai éternellement reconnaissant.

Alors qu'ils commençaient à s'éloigner, Phil Desportes les rappela.

– Je vous confie ceci, fit-il en tendant un objet. C'est mon *combiné*. J'y ai stocké toutes les photos et les enregistrements que j'ai pris depuis mon arrivée dans l'île. Pour que le monde sache.

– Le monde saura, Phil, murmura Louis.

Dès que les trois fugitifs eurent le dos tourné, Desportes tira son revolver de son étui.

Lorsqu'il eut épuisé sa dernière cartouche, les aboiements redoublèrent, comme si les chiens sentaient l'hallali.

Soudain, le soleil se leva. En une fraction de seconde, la mer sombre et menaçante fut transformée en un vaste miroir resplendissant, sur lequel, tel un fétu de paille, une petite embarcation traçait son sillon.

Fin du premier tome

Table des matières

Achevé d'imprimer en octobre 2015
sur les presses de l'imprimerie Pulsio
75018 Paris
Dépôt légal : octobre 2015